여러분, 안녕하세요.

저는 이 책의 저자 마크 웨버입니다.
한국과 같은 놀라운 나라에서 저의 책이 출간된다니 매우 기쁩니다.
저의 이야기에 여러분이 어떤 반응을 보일지 무척이나 기대가 되는군요.
한국에서 근무했던 여러 친구들을 통해,
한국에 대해 많은 이야기를 들을 수 있었습니다.
저와 제 가족들의 이야기가 여러분에게
건강하고 긍정적인 영감을 불러일으키기를 바랍니다.
한국에서 출간된 책을 하루 빨리 만나 보고 싶군요.
감사합니다.

2013년 5월 22일
마크 웨버

KB117719

마크는 2013년 6월 13일에 재활을 받았습니다. 이 책은 그가 죽기 전 한국 독자들을 위해 남긴 편지입니다.

TELL
M Y
SONS

힘들 때 꺼내 보는 아버지의 편지

1판 1쇄 인쇄 2014. 8. 25.
1판 1쇄 발행 2014. 8. 29.

지은이 마크 웨버
옮긴이 이주혜

발행인 김강유
책임 편집 임지숙
책임 디자인 지은혜
해외 저작권 차진희
제작 안해룡, 박상현
제작처 민언프린텍, 서정바인텍, 금성엘엔에스

발행처 김영사
등록 1979년 5월 17일(제406-2003-036호)
주소 경기도 파주시 문발로 197(문발동) 우편번호 413-120
전화 마케팅부 031)955-3100, 편집부 031)955-3250
팩스 031)955-3111

저작권자 © 마크 웨버, 2014
이 책은 Imprima Korea Agency를 통한 저작권자와의 독점계약으로 김영사에서 출간되었습니다.
저작권법에 의해 한국 내에서 보호를 받는 저작물이므로 무단전재와 복제를 금합니다.

값은 뒤표지에 있습니다.
ISBN 978-89-349-6884-9 03840

독자 의견 전화 031)955-3200
홈페이지 www.gimmyoung.com
이메일 bestbook@gimmyoung.com

좋은 독자가 좋은 책을 만듭니다.
김영사는 독자 여러분의 의견에 항상 귀 기울이고 있습니다.

이 도서의 국립중앙도서관 출판시도서목록(CIP)은 서지정보유통지원시스템 홈페이지(http://seoji.nl.go.kr)와
국가자료공동목록시스템(http://www.nl.go.kr/kolisnet)에서 이용하실 수 있습니다.(CIP제어번호 : CIP2014023780)

힘들 때 꺼내 보는
아버지의 편지

마크 웨버
이주혜 옮김

김영사

누구나 결국에는 행군의 마지막에 다다른다. 어떤 이에게는 그 길이 길지만 어떤 이에겐 짧다. 그러나 중요한 것은 여정의 길고 짧음이 아니라, 우리가 걸어왔던 발걸음이다.

만약 병으로 삶이 단축되었다는 것을 깨닫고 이 대열에서 이탈한다고 해도, 당신을 떳떳하게 비판할 수 있는 이는 아무도 없을 것이다. 그러나 불치병에도 자신의 임무를 끝까지 해내려는 사람, 마지막까지 강건하고 기쁜 삶을 살아가는 사람에게 우리는 어떤 이름을 부여한다. 우리는 그들을 영웅이라 부른다.

2004년, 마크가 합동참모본부 의장을 위해 미국위문협회USO 순회공연을 조직했는데, 이 일로 그를 만나 함께 즐겁게 일한 적이 있다. 당시 그는 모든 군 인사들이 그렇듯 내게 영감을 주었다. 국가를 위해 복무하는 이들은 누구나 개인적인 희생에 대해 존경을 받을 자격이 있고 나는 확실히 그들을 존경한다. 그러나 그가 암과의 사투를 벌이고 있다는 사실을 알게 된 뒤로는 그를 향한 존경심이 기하급수적으로 솟구쳤다. 흔히 전쟁을 지옥에 비유하지만 불치병과의 싸움은 훨씬 더 혹독하다.

군인은 전쟁에서 살아남을 수 있다. 그러나 4기 암환자는 보통 그렇게 운이 좋지 않다. 싸움이 계속될수록 가능성은 줄어든다. 이는 고립의 원인이 되기도 하지만 남은 삶을 통해 강렬한 메시지를 보낼 기회가 되기도 한다. 마크 웨버는 후자를 택했다. 그는 마음을 닫아걸지 않고 나섰다. 아들들을 위해 자신의 생각과 이야기를 모았고, 우리는 운이 좋게도 그가 남긴 책을 읽을 수 있게 되었다.

마크 웨버 중령은 목적의식과 유머, 존엄성과 우아함을 잃지 않고 행군했다. 이 책은 무엇이 그를 이끌었는가를 들려주는 이야기다. 그가 어떤 사람이고 무엇을 믿었으며 아들들의 삶에서 무엇을 기다리고 있는가를 볼 수 있다. 책을 읽는 동안 우리 역시 세상을 헤쳐나가는 길에 도움을 얻을 수 있을 것이다.

그가 그 길을 비추어주리라.

영화배우
로빈 윌리엄스

——— 세상에서 가장 소중한 내 아이들 노아, 매슈, 조슈아 (2003년 12월).

사랑하는 매슈, 노아, 조슈아에게

아빠는 너희를 위해 이 책을 썼단다. 너희가 태어나기 훨씬 전부터, 심지어 네 엄마를 만나기도 전에 쓰기 시작했지만 언제나 너희를 위해 써온 거란다.

열두 살 때, 아빠의 할머니가 심장마비로 갑작스레 돌아가셨단다. 할아버지를 거들어 할머니의 유품을 정리하다가 1944년 8월 할아버지가 할머니에게 쓴 편지를 발견했지. 할아버지에게 일이 생겨 두 분은 떨어져 지내야 했고, 할아버지는 당신의 일과 날씨에 대해(바다 건너에서 날뛰는 세계대전에 대한 언급은 없더구나) '당신 없는 이곳에서의 1년이 어떠했는지'에 관한 편지를 쓰셨던 거지. 할아버지는 퍽 재미있는 분이셨어. 편지 가장자리에 그림을 그렸는데 혀를 내미는 남자의 얼굴도 있었지. 할아버지는 할머니가 만들어준 바비큐와 케이크가 얼마나 맛있었는지 말하며 편지를 끝맺고 다시 새 두 마리를 그렸어. 당시 할아버지의 두 아들을 위한 그림이었지.

그 빛바랜 편지는 고대의 유물처럼 보였지만, 평소 할아버지가 그토록 다정하게 말하거나 행동하는 것을 본 적이 없었다는 게 어린 내겐 가장 놀라웠어. 심지어 할아버지는 당신이 그런 편지를 썼다는 사실조차 기억하지 못했고 전혀 본인이 쓴 것 같지 않다고 말씀하시더구나. 그게 마음에 남았어. 할머니에 대해 더 많은 것을 알고 싶어졌지. 또 그런 편지를 쓴다는 게 어떤 것인지 절대로 잊지 않겠다 다짐했지.

나이가 들면서, 친가와 외가 통틀어 살아 계신 세 분의 조부모에 대해 생각보다 자세히 아는 게 별로 없다는 것을 깨달았다. 물론 각자 사연을 들려주셨지만, 내가 알고 싶어 하는 세세한 이야기는 빠져 있었어. 그분들은 젊은 시절의 감정이나 이성을 기억하지 못했고 가장 큰 실수나 후회에 대해서는 입을 다무셨지. 그분들이 줄 수 있거나 주려는 대답은 내가 알고 싶은 것과는 딱 맞지 않았어.

언젠가 내가 할아버지가 되면 내 손자들도 나에 대해 알고 싶어 할지도 모르겠다는 생각이 들더구나. 그래서 일기를 쓰기 시작했다. 지독할 만큼 솔직한 일기였지. 돌이켜보면 정말 부끄러운 일도 많았지만, 어쩌면 그 자랑스럽지 못한 일들이 그동안 나의 성장을 반영하는 게 아니겠니. 이 책은 그 일기에서 출발했다.

물론 손자들에게 직접 이 이야기를 들려주는 내 모습을 상상했었지만, 병으로 죽어가는 지금 손자들은커녕 너희에게 직접 들려주기도 힘들지 몰라. 태도만으로 생존을 결정할 수 있다면 나는 50년은 더 살 거야. 그러나 안타깝게도 우리 몸은 결정이 되어버렸고 40년 된 내 몸은 생각보다 빨리 길을 내줘야 하는 상황을 맞았구나. 놀라운 치료법들이 있음에도 불구하고 나는 여전히 암을 품고 있고 더는 수술도 받을 수 없으며 화학요법도 실패를 거듭하고 있다. 군복을 입고 있을 때 혹은 전동기계를 어깨에 메고 나뭇가지를 자르고 있을 때 얼핏 천하무적으로 보일지 몰라도 솔직히 이 아빠는 죽어가고 있단다. 그래서 너희에게 내 이야기를 들려줄 방법을 생각하기 시작했다.

너희 셋은 아빠가 처음으로 인생에 대해 진지하게 생각했던 나이에 다가가고 있고, 그런 너희를 바라보는 열여덟 살 소년이 내 안에 살고 있단다. 그 소년은 23년 전 입대 4일 차 군인으로서 연병장에 서서 보이지 않는 해설자가 그 유명한 1962년 더글러스 맥아더 장군의 웨스트포인트 연설을 열정적으로 재연하는 소리를 듣고 있다. 연설과 배경음악을 들으며 팔과 목의 털이 쭈뼛 곤두섰고 기어이 눈물이 뺨을 타고 흘러내렸다. 난생처음, 삶이란 것이 내 주변에서 일어나는 일들보다 훨씬 더 큰 것임을 이해하게 되었지.

나는 맥아더 장군의 연설문을 열심히 외웠고 지난 20여 년간 수많은 퇴임식과 휴가 동안 똑같은 열정으로 연설문을 암송했다. 너희가 아기였을 때 아빠는 3만 명이 넘는 육군 장교 가운데 최고의 위관장교로 인정받았다. 어떻게? 바로 맥아더 장군 리더십상을 받았단다. 솔직히 아빠는 맥아더 장군을 열렬히 좋아하지는 않고 그랬던 적도 없단다. 군사고등학교에 들어가면서 열네 살부터 군복을 입었기 때문에 처음 그의 연설을 들으면서 맥아더가 누구인지 알게 되었지. 그는 늘 실존인물이라기보다는 영화 속 주인공처럼 보였고, 아빠는 현실 속의 사람이 되고 싶으면 현실 속의 인물로부터 배워야 한다고 생각했거든.

젊은 사관생도들을 위한 그의 연설은 진짜 사나이가 되는 것에 관한 이야기였어. 우리가 끌어안아야 하는 고난으로서의 삶에 대하여, 삶의 복잡성과 혼란과 모순에 대하여, 그것을 헤쳐나가는 데 필요한 지혜의 추구와 용기에 대하여, 그리고 합리적이리 만큼 솔직해야 하는 태도에 관한 이야기였어. 그래서 나는 살면서 배운 것들을 너희에게 들려주기 위해 맥아더의 연설문을 한 번 더 빌려오기로 했다. 포부가 넘치는 나의 어린 '사관생도'들에게 맥아더의 연설문에서 배운 도덕을 한 가지씩 각 챕터에 담아 들려주려고 한다.

큰아들 매슈, 네가 열두 살 때 어떤 일상적인 화제로 짤막하게 대화를 나눈 뒤 이 아빠가 조언 한마디를 건네려는데 네가 내 말을 가로막은 적이 있었지. 너는 내 관심을 끌려고 격양된 말투로 이렇게 말했다. "아빠, 제가 해결책을 알아낼게요." 그때의 너는 옳았고 지금도 여전히 옳다. 너는 질문을 던지고 전후관계를 이해하고 나서 너만의 길을 걷기 시작했어. 그런 과정을 통해서 너희 셋 모두 정말 알아서 잘할 거라고 아빠는 굳게 믿는다.

그래서 이 책에서는 조언, 지시보다 의견이나 견해를 보여주려고 했단다. 평소의 아빠처럼 확신 있고 열정적으로 말하겠지만,

그러한 성격은 매슈의 말처럼 오랜 시간에 걸쳐 아빠 스스로 얻어낸 거야. 그러니 나의 이야기는 너희가 삶을 살아가는 방법의 본보기가 아니란다. 무한한 수의 경로 가운데 한 가지 예에 불과해.

너희는 어느 길을 가야 할까?

그건 살아가면서 만나게 될 수많은 이들의 도움을 받아 너희 스스로 알아낼 거야. 그 길에서 너희가 전화만 걸면 언제든 내가 받을 수 있는 것처럼 이 책을 자주 그리고 편안하게 들추며 상담할 수 있기를 바란다. 살면서 겪게 되는 여러 시기에 여러 의문들에 부딪혔을 때 이 책을 찾을 수 있다면 더할 나위 없겠다. 그리고 그에 맞는 대답이나 견해를 찾을 수 있다면 정말 좋겠지?

이런 편지를 써야만 하는 게 괴롭구나. 그러나 편지를 못 쓰게 되는 게 한층 괴로울 거야. 내가 나의 아버지와 그랬던 것처럼, 너희와 낚시를 하거나 차를 몰고 멀리 여행을 가는 동안 묵은 대화를 나눌 수만 있다면, 그보다 더 행복한 일이 있을까. 하지만, 내 삶의 가장 매력적인 경험들을 전달할 시간이 충분히 주어진 것에 감사드린다. 이런 편지를 써야만 하는 상황이 슬프기는 하지만, 아빠가 떠나야만 하는 순간이 오기 전까지는, 이별 생각 따위는 잠시 접어두고 우리가 어떤 기쁨을 누릴 수 있는지 한번 보자꾸나.

사랑하는 아빠가

차 례

—— 우리가 함께라는 사실만으로도 아빠는 행복하단다(암 진단을 받기 일주일 전).

우리는 이렇게 어른이 된다

2010년 6월 수요일 오후, 스탠리 맥크리스털Stanley McChrystal 장군이 공식 경질되면서 아프가니스탄의 모든 작전명령권이 데이비드 퍼트레이어스David Petraeus 장군에게 넘어갔단다. 대통령이 나쁜 행실을 이유로 장군을 해고한 일은 해리 트루먼Harry Truman 대통령이 한국전쟁 전략에 관해 의견이 맞지 않는다는 이유로 더글러스 맥아더Douglas MacArthur 장군을 해고한 이후 처음이었어 (맥크리스털 장군은 한 언론과의 인터뷰 중 버락 오바마 대통령과 조 바이든 부통령을 비난하는 발언을 해 파문을 일으켰고 결국 2010년 6월 경질됐다 — 역자 주).

미네소타 주방위군의 고위 간부들은 대부분 퍼트레이어스가 2005~2006년 이라크 파병 당시 나를 선발했다는 것을 알고 있었어. 당시 나는 소령이었고 여전히 미 육군의 상비군이었지. 많은 사람들이 그때부터 내가 퍼트레이어스 장군과 관계를 유지해온 것도, 그리고 최근 그가 미네소타로 와달라는 초청을 받아들였다는 것도 알고 있었어. 동기들은 반 농담으로 아빠가 곧 장군의 전화를 받게 될 거라고 했단다.

사실 전화가 아니라 이메일을 받았다. 이메일에는 아빠도 함께 아프가니스탄으로 파견을 나가 그 나라 의회에서 고위직 임무를 맡아달라는 제안이 담겨 있었어. 퍼트레이어스가 두 명의 부하 장성 중 한 명에게 연락을 취했고, 열두 시간 후인 아침에 아빠는 꽉 막힌 출근길 고속도로에서 뜻밖의 전화를 받았단다.

"마크, 콜드웰 중장이네. 여기 아프가니스탄인데……. 잠시 통화할 수 있겠나?"

직접 만난 적도 없는데 콜드웰 중장은 전속부관이나 무르익은 관계에서나 쓸 법한 말투와 어휘를 동원해 말을 걸더구나. 그는 퍼트레이어스가 나를 공식적으로 지지하는 게 더할 나위 없이 좋은 기회라고 말했어.

"그러니, 한번 해보게나."

중장은 아빠가 무슨 일을 했기에 퍼트레이어스에게 그토록 신임을 얻었는지, 또 어떻게 이라크의 고위급 지도자와 장기적인 관계를 유지할 수 있었는지 등을 물었어. 여기서 이라크의 고위급 지도자란 구체적으로 아빠가 파견 나가 있을 동안 보필했던 이라크군 총참모장 바바커 제바리Babaker Zebari 장군을 말한단다. 아빠는 열정이 가득했고, 사교적으로 깎듯하게 예의를 갖췄으며, 이라크 장군의 모국어인 쿠르드어를 배운 점을 비결로 꼽았어. 겸손하게 들릴지 모르지만 사실이었단다. 콜드웰은 그게 전부일 리가 없다고 생각하는 눈치였지만 그냥 이렇게 말하더구나.

"뭐, 우리도 그런 재능을 원하고 또 필요로 하네."

그날 밤 침대에 누워 천장을 물끄러미 쳐다보는데 복잡한 감정들이 어지럽게 차오르더구나. 너희를 두고 갑작스럽게 1년이나 전쟁터로 떠나야 한다니 일단 슬프고 또 걱정이 되었어. 한편으로는 전투란 군인의 존재 이유이고 지난번 해외 파견 이후 5년이나 지났기 때문에 이런 임무를 부여받는 것은 어떤 계급의 군인에게나 직업적으로 특별히 긍정적인 일이라는 생각이 들었다.

아빠는 혹시 미네소타 주방위군 지휘부가 이번 요청을 언짢게 생각하지는 않을까 걱정했단다. 사실 아빠 말고 이런 임무를 떠안을 자격이 충분한 다른 장교들도 있었거든. 하지만 괜한 걱정이었음이 드러났지. 미네소타 군 부관참모인 래리 셸리토Larry Shellito 소장이 콜드웰 중장에게 받은 이메일을 보여주었단다.

마크는 지난 이라크 파견근무 당시 이라크군 총참모장의 군사 보좌관으로 뛰어난 기량을 발휘했다네. 과거의 경험과 검증된 우수한 수행 능력을 바탕으로 그에게 아프가니스탄의 차기 내무부장관 비스밀라 모함마디Bismillah Mohammadi의 군사보좌관으로 이바지할 기회를 주고자 하네. 결코 평범하지 않은 이 임무의 애매모호한 속성과 미묘한 차이를 제대로 헤쳐나갈 그의 특출한 솜씨와 검증받은 능력은 매우 귀중한 보탬이 될걸세. 우리 정부가 부처별로 매우 결정적인 시기에 돌입하는 이때, 마크의 활약이 큰 이점을 가져올 거라고 믿네. 퍼트레이어스 장군과 나는 마크에 대해 이미 이야기를 마쳤으니 자네가 동의한다면 그를 보내주길 진심으로 바라네. 마크를 보내면 자네 팀은 그 없이 가야 하는 손실을 감수해야겠지만, 이번 일을 성사시켜준다면 정말로 고맙겠네.

셀리토 소장은 이 정중한 요청을 즉각 승인했단다. 사실은 일주일 안에 나를 중령으로 전격 진급시키는 데 찬성했지.

해외 파견근무를 배치받은 것치고는 집은 이상할 만큼 평화롭고 조용했단다. 크리스틴(너희에게는 엄마지만 이 책에서는 크리스틴이라고 할게)은 담담하게 그 소식을 받아들였어. 흥분하지도 동요하지도 않았어. 이별을 밥 먹듯이 하는 군인 생활에 익숙해져 있기도 했지만, 무엇보다 이번에는 아빠의 군 생활 중 처음으로 크리스틴이 살고 싶어 한 그곳에 있었으니까. 바로 미네소타란다.

미네소타는 크리스틴의 고향이었다. 언니와 부모님이 모두 자동차로 한 시간 거리 안에 살았어. 또 크리스틴은 내가 파견근무에서 돌아오더라도 이전처럼 새로운 주둔지와 새집으로 이사할 걱정을 하지 않아도 된다는 것을 알고 있었단다. 아빠는 진급과 국제적으로 큰 의미가 있는 꿈의 파견근무에 대한 인수인계를 받고 있었어. 크리스틴은 그동안의 군 생활 중 그 어느 때보다 만족스러워했지. 너희는 이전에는 경험하지 못했던 대가족을 만나게 될 예정이었어. 아빠 인생에서 가장 행복한 순간이었을 거야.

유일한 걸림돌은 아빠가 스스로 불러왔지. 파견근무를 나가기에 이미 의학적으로 신체상에 부족함이 없었음에도, 아빠는 조금 더 철저하게 검사를 받아보고 싶었단다. 3년 전 출혈성 궤양을 진단받았는데 평범한 궤양이 아니었거든. 소장에 두 차례 심각한 출혈을 일으켰는데, 첫 번째 출혈을 일으켰을 땐 거의 죽을 지경이었단다.

너희도 2007년 추수감사절에 아빠 없이 저녁을 먹었던 일을 기억할 거야. 그때 아빠는 일곱 개 주나 떨어진 병원에 입원 중이었어. 또 2009년 매슈의 열세 번째 생일 직후에도 아빠가 없었던 걸 기억하니? 그때도 아빠는 병원에 있었어. 궤양이 18개월 동안 천천히 출혈을 일으키고 있었던 거야. 그 때문에 아빠는 또 다른 사태가 벌어질지도 모른다는 생각을 하게 되었어. 머나먼 아프가니스탄으로 파견을 나가 있는 동안 출혈을 일으키면 어떻게 될지 뻔했지.

이런 일들이 경종을 울리고 있음에도, 사실 아빠는 그냥 내버려두고 싶은 마음도 있었어. 민간병원 위장 전문의 두 명이나 그랬지. 수천 명의 사람들이 그냥 갖고 살기로 하는 병을 아빠가 갖고 있는 것뿐이라고. 생명에는 크게 위협적이지 않은 상태라고. 둘 다 궤양 외에 다른 문제가 발생할 가능성은 없다고 했기에 말을 의심할 이유가 없었단다. 아빠는 우리 집 뒷마당에 15미터나 되는 나무뿌리 덮개를 날랐고(매슈 네가 도와주었지) 일주일에 세 차례나 3킬로미터를 넘게 달리고 있었잖니. 피로를 느끼기는 했지만 비정상적이라고 생각하지는 않았어. 그래서 확진을 받지 않은 세균감염이나 장벽 근처에 작은 동맥류 정도나 있을지 모른다고 생각해버렸지.

일주일 후, 세 번째 위장 전문의인 제이크 매틀록Jake Matlock 박사를 만나러 갔단다. 그는 앞서 나를 진찰했던 의사들이 내린 궤양 진단이 정확히 틀렸다고는 볼 수 없지만, 내 증상을 보니 내시경으로 더 자세히 살펴보는 게 좋겠다고 하더구나. 이전에도 두 차례나 내시경 검사를 받았기 때문에 어떤 건지 알고는 있었어.

검사를 마치고 매틀록 박사가 알 듯 말 듯한 표정을 하고 병실로 찾아왔어. 그는 내 십이지장에서 주먹 크기의 병변이 발견되었다고 하더구나. 1년 전 궤양보다 열 배는 더 컸어. 또 혈류의 철 함유량을 검사했더니 정상치가 100~300 사이인데 나는 2라고 하더구나. 그 숫자가 무엇을 의미하는지 굳이 해석할 필요는 없었지만, 수혈과 항생제와 소작술로도 고치지 못할 어떤 병이 있을 거라고는 생각지도 못했어. 의사가 CT 촬영을 제안하더구나.

다음 날 CT 검사 결과를 들으러 크리스틴과 함께 병원에 왔어. 우리는 기다리는 동안 다소 흥분되어 수다를 떨었어. 하지만 아빠 마음은 딴 데로 마구 뻗어갔지. 머릿속에서는 다가올 파견 날짜를 알리는 시계 소리가 째깍거렸고 또 새로 만나게 될 아프가니스탄의 장관을 생각하기도 했단다. 곧 매틀록 박사가 방으로 들어와 서둘러 자리에 앉더구나. 그는 아무런 표정도 싣지 않고 곧바로 할 말을 전했어. 부드럽고도 온정적인 말투로 이렇게 말하더구나.

"마크, 좋지 않은 소식을 전해야겠어요. 정말로 나쁜 소식이에요. 그 '궤양'은 암입니다."

그 말은 마치 그의 입에서 느린 동작으로 천천히 나오는 것만 같았어. 도무지 현실적으로 느껴지지 않았지. 내가 등장하는 영화의 한 장면을 보는 것 같달까? 그 소식의 의미를 축소해보려고 했지만 CT 사진을 보면 도무지 부인할 수가 없었단다.

"여기, 위와 장이 연결되는 부위를 보세요."

매틀록 박사가 십이지장과 췌장, 그 연결관들과 주위 림프절을 가리키며 말했어.

"이 부분이 주변 조직과 구분이 안 돼요."

종양은 간의 75퍼센트 정도까지 퍼져 있었다. 온갖 크기의 종양이 대략 열다섯 개 정도 보였어. 간의 왼쪽 돌출부에 있는 종양들은 골프공만 한 크기였고 오른쪽의 종양들은 10센트와 5센트 동전만 했어. 박사의 설명은 겨우 1~2분 남짓 걸렸단다. 그가 문득 크리스틴 쪽을 보다가 말을 멈추었는데, 그의 얼굴에 떠오른 표정을 보니 이유를 알 것 같았단다. 당시 크리스틴의 얼굴은, 지금 떠올려도 여전히 목이 잠기고 마음이 무너지는 기분이야. 완전한 공포에 질려버린 열 살 여자아이, 크리스틴이 바로 그랬단다. 의자 끝에 아슬아슬하게 걸터앉아 몸을 곧추세우고 부릅뜬 눈에선 쉴 새 없이 눈물이 흘러나왔지. 크게 비틀려 올라간 입술을 덜덜 떨며 조용히 매틀록 박사에게 묻더구나.

"우리 애들이 아빠를 잃게 될 거란 말씀입니까?"

박사는 대답하지 않았어. 크리스틴은 내 쪽으로 고개를 돌리고 내 눈을 깊이 응시하면서 똑같은 목소리로 물었다.

"우리 함께 늙어가기로 약속했잖아."

나는 크리스틴의 손을 꼭 쥐고 모든 게 괜찮을 거라고 단호하게 되풀이했다. 대체 나는 무엇을 알고 있었던 걸까. 아빠는 굉장히 놀랐지만 완전히 무너지지는 않았단다. 군대에서 배운 신조 하나가 떠올랐지. '전장에서 온 첫 번째 소식은 언제나 틀렸다.' 현실은 더 나아질 수도 나빠질 수도 있었지만, 첫 소식은 거의 언제나 옳지 않다는 말이었다. 그래서 우리는 장례식을 논할 게 아니라 남은 이야기를 챙기는 게 우선이었다. 매틀록 박사가 분명한 어조로 말했다.

"해외 파견근무는 불가능합니다."

'농담하지 마세요, 박사님. 농담하지 말라고요.' 박사가 90분 거리에 있는 로체스터의 메이요클리닉Mayo Clinic에 가보라고 권했지만, 내 보험이 적용되는 병원이 아니었기 때문에 논의에서 제외했다. 나는 크리스틴에게 집에 가서 이야기하자고 했어. 크리스틴이 직장에서 병원으로 곧바로 왔기 때문에 둘 다 각자 차를 몰고 왔는데, 크리스틴의 감정이 극도로 불안한 상태에서 혼자 집까지 차를 몰고 갈 수 있을지 걱정이 되더구나. 크리스틴이 눈에 보일 정도로 덜덜 떠는 모습을 처음 보았어.

집이 보이더구나. 크리스틴의 슬픔과 분노와 혼란과 공포가 폭발할 것에 마음의 준비를 단단히 하며 문을 열고 들어갔단다. 하지만 아빠의 생각은 완전히 빗나갔지 뭐냐. 평소 나서기 싫어하고 소곤소곤 작은 목소리로 말하던 여자가 집으로 오는 내내 전화통을 붙들고 있었던 거야. 15분 동안 운전하면서 크리스틴은 이틀 후 메이요클리닉에 광범위하게 검진을 예약해두었더구나. 위장내과, 종양학과, 외과, 이렇게 세 곳이나 말이다.

"트라이케어(미군을 위해 제공되는 보험 및 의료서비스― 역자 주)만 쳐다보고 앉아 있을 수가 없어서."

크리스틴은 확신에 찬 목소리로 말했다. 그 말투로 보아 내가 반대할 것을 알고 있었던 거야. 나는 공식 진단서나 진료의뢰서도 없이 어떻게 예약할 수 있었느냐고 물었지.

"안 된다는 대답은, 내가 아예 받아들이지 않았거든."

아빠의 군인 심장이 두 배로 커졌단다. 그게 바로 군인의 아내였어. 지금껏 목격한 것 중 '두려움을 느낄 때 결연히 떨치고 일어설 수 있는 용기'의 가장 강력한 본보기였단다.

강인함, 나약함, 용기, 두려움.

우리가 이 단어들이 무얼 의미하는지 거의 생각을 하지 않고 살아가는 건 아닐까 이따금 생각한다. 우리는 일찍부터 두려움은 부끄러운 일이라고 배웠어. 하지만 그 생각은 잘못된 거야. 두려움은 건강한 거야. 우리를 살아 있게 하거든. 아빠가 공수 및 공습 훈련을 받으며 비행기에서 뛰어내리고 헬리콥터에서 밧줄을 잡고 내려오는 법을 배울 때도 모든 일에 대해 전혀 두려움이 없는 듯 보이는 대원 옆에는 앉고 싶지 않더구나.

용기란, 두려움을 피하거나 무시하는 게 아니야. 용기는 두려움을 느낄 때 어떻게 하는가를 보여주는 것이란다. 두려움에 맞선다는 건 좋든 싫든 자신이 처한 상황에 대해 모든 것을 받아들이고 앞으로 어떻게 할 것인지를 이해하는 거야. 다른 것은 그저 굴복의 다른 형태일 뿐이란다.

강인함은, 어떤 일을 하지 않아도 되는 단단한 핑계나 이유가 있는데도 그 일을 해내는 것을 말한다. 너희 엄마는, 정작 자신은 잘 모르지만, 우리에게 매일 그 본보기를 보여주고 있단다. 크리스틴은 자신의 나약함을 느끼기도 하고 몹시 두려워하기도, 삶이 자신에게 안겨준 것에 대해 슬퍼하고 노여워하면서도 우리 가족과 집을 보살피기 위해 꼭 해야 할 일을 놓치는 법이 없지.

인생에 이런 순간이 닥쳐온다면 너희는 어떻게 하겠니?

1 고난과 도전

"어떤 순간이든 함께한다면
이기지 못할 일은 없다"

tell my sons

평화로운 일상에 찾아온
갑작스러운 불행

2010년 7월, 메이요클리닉의 의료진은 만장일치 소견을 내놓았다. '편안한 길'은 없었다. 의료진은 '휘플플러스Whipple-plus'라는 급진적인 대규모 수술을 제안했다. 십이지장과 담관, 췌관, 췌장 앞부분, 주위 림프절, 담낭, 수술 중 발견될지도 모르는 여타 다른 부위에서 종양을 제거하는 수술을 말한다. 여기에 '플러스'는 간의 60퍼센트를 차지하지만 전체 암 중 절반밖에 안 되는 종양을 제거하고 이후 남은 것들을 다시 수술할 계획을 세우는 것을 말하지. 의사들은 믿기 어려울 만큼 낙관적이었지만 자동차 광고보다 더 많은 조건과 단서를 붙이더구나.

  암은 생각나지도 않더구나. 그 수술만으로도 몇 달 동안 심각한 신체장애를 겪을 수 있고 하룻밤 사이에 생활방식(먹기, 활동, 여가, 일, 사회적 관계)이 크게 변할 것이며 그 난리를 겪고도 내 몸속에는 의사들이 제거하기로 한 만큼의 종양이 그대로 남아 있을 것이었다. 나를 맡은 수술팀은 휘플 수술을 일주일에 다섯 번이나 하고 있었지만, 경험이 많지 않다는 사실을 굳이 숨기지 않았고 위험성을 줄여 말하지도 않았어. 수술을 해도 죽을지 모르지만, 수술을 하지 않으면 곧 죽고 말 것이라더구나.

내게는 어려운 결정이 아니었단다. 쓰러지더라도 싸우다가 쓰러질 테니까. 공격을 앞둔 군대에게 사령관의 감동적인 연설보다 더 자극적인 것도 없단다. 나 역시 같은 방식으로 나의 작은 군대를 모으기로 마음을 먹었지. 어느 날 아침 눈을 뜨자마자 어떤 말을 써야 할지 영감이 떠오르더구나. 새벽 6시까지 나는 역사상 가장 큰 공격이었던 노르망디 상륙작전 전날 밤 미 육군 제3군을 향한 조지 패튼George Patton 장군의 연설문을 내 방식으로 개작하며 열정적으로 자판을 두드렸단다.

얘들아, 나라를 위해 목숨을 바쳤다간 절대로 전쟁에서 승리할 수 없다는 사실을 명심해라! 가엾은 상대편 군인들이 제 나라를 위해 목숨을 바치게 해야 전쟁에서 이길 수 있다. 가족들아, 친구들아, 너희가 지금껏 들어온, 암이 늘 싸움에서 승리한다는 말은 모두 말도 안 되는 소리다.

맹세컨대 우리가 맞서 싸우는 가엾은 암세포가 나는 정말이지 딱하다. 하늘에 맹세코 정말이다. 우리가 대량으로 놈들을 학살할 테니 말이다. 지금부터 30년 후, 너희가 나의 손자를 무릎에 앉히고 난롯가에서 얘기 나눌 때, 그 녀석들이 할아버지가 2010년에 뭘 했느냐 묻는다면 "글쎄다, 네 할아버지는 미네소타에 주저앉아 신세를 한탄하고 있었지"라고 말할 일은 절대로 없을 것이다.

내 기분이 어떤지 너희도 알 것이다. 나와 함께 강해지자. 나와 함께 싸우자. 나는 뛰어난 너희를 자랑스럽게 이끌고 전장으로 나갈 것이다. 언제 어디서라도. 이상!

패튼 장군은 36년간의 군 경력을 가지고 두 번의 세계대전에서 살아남았지만, 전쟁이 끝나고 4개월 후 자동차 사고로 갑작스런 죽음을 맞았다는 사실이 내게는 별로 당황스럽게 다가오진 않는단다. 마치 내가 21년간의 군 경력과 전투에서 살아남았지만 결국 서른아홉의 나이에 암에 굴복하고 말았다는 이야기와 비슷하게 들릴 뿐이란다.

그보다는, 전투연설이 어른들에게는 대단하게 들릴지 몰라도 아이들에게는 별 효과가 없다는 사실을 깨달았단다. 너희에게 암에 대해 어떻게 뭐라고 말해야 할까. 비행기 불시착을 당해도 이겨낼 수 있으려면 일단 비행기에 탑승부터 해야 한다고 일찌감치 결론을 내렸다.

시간이 흐른다고 나쁜 소식이 좋아지지는 않겠지. 조만간 사랑하는 사람들도 나쁜 소식을 듣게 될 거야. 그럼 그 사람들은 그 소식을 누구에게 듣기를 원할까? 우리에게 직접 듣기를 원할까, 아니면 다른 사람에게 전해 듣기를 바랄까? 만약 다른 사람에게 전해 듣는다면 나쁜 소식이 더 나쁘게 들릴 가능성이 있지 않을까? 사랑하는 사람에게 중요한 사실을 숨긴 게 되니까 말이야.

우리는 다른 사람을 통해 이 사실을 들을 때까지 잠시 입을 다무는 일 같은 건 절대 하지 않기로 했어. 총알처럼 소식들이 페이스북을 떠다니는 이 세상에서 말이야. 다행히 조슈아와 노아 너희는 겨우 열 살이었으니까 휴대전화도 컴퓨터도 없었고, 매슈는 보이스카우트 필몬트 캠프 때문에 뉴멕시코에 가 있었기 때문에 전화를 받을 수가 없었단다. 우리는 발 없는 소문보다 먼저 너와 연락이 닿아야 했지만 캠프를 마칠 때까지는 기다려야 했어.

필몬트 캠프는 보이스카우트에게 통과의례나 마찬가지였고, 열네 살이었던 매슈 너는 하루 이틀이면 캠프를 마칠 예정이었지. 너는 이미 11일 동안 23킬로그램이나 되는 배낭을 메고 총 129킬로미터를 걷고 일곱 개 산봉우리를 올랐다. 그 사이 매일 비가 왔고 사흘은 꼬박 안개가 꼈지. 네가 이토록 놀라운 성취에 기뻐하는 사이 너의 동기나 스카우트 지도자 중 한 사람에게 우연히 "네 아빠 소식은 정말 유감이구나"와 같은 말을 듣게 되는 사태는 절대로 만들고 싶지 않았다.

마침 나의 파견 임무는 완벽한 변명거리가 되어주었지. 너를 데리러 가는 길에 〈미션 임파서블〉의 주제가가 흘러나오는 것만 같았단다. 우리는 매슈 네가 캠프에서 나오자마자 차에 태우고 전화기와 페이스북 페이지를 차단시켰다.

마침내 너희 셋이 모두 집에 모이고, 다음 작전이 세워지고 나서 우리는 이 소식을 터뜨린 거야. 우리는 전체 이야기가 이 주제에 맞추어져야 한다는 생각을 지키면서 무엇을 얼마나 공유할 것인지 정했어. 또 지금 다뤄야 할 일과 다음에 다뤄도 되는 일을 구분해야 한다는 것도 알았지.

우리는 한 가지 질문을 지침으로 삼았어. 앞으로 2~4주 후에 너희는 어떤 것을 보고 듣게 될까? 너희는 터울이 다섯 살이나 되기 때문에 따로 이야기를 해야 했단다. 가장 먼저 매슈에게 전했고 그다음 너희 셋 모두를 앉혀놓고 말했지. 같은 메시지를 나이와 성격에 따라 다르게 말한 거야. 사실 우리는 군인 가족이기 때문에 "아빠에게 정말로 나쁜 일이 생기면 어떻게 할까?"라는 대화를 나눈 게 이번이 처음은 아니었잖니. 내가 파견을 나갈 때마다 우리는 내가 없는 동안(생사와 상관없이) 너희가 어떤 책임을 져야 하는지에 대해 많은 이야기를 나누었어. 너희에게 말을 꺼내기 전 생각을 정리하고 글로 써보기도 하며 예행연습을 했단다.

"아빠 너희가 똑똑한 녀석들이라는 걸 알아. 아마 지난주 주변에 많은 일이 벌어지고 있었다는 걸 눈치챘을 거야. 그렇지?"

노아 네가 천천히 고개를 끄덕이며 대답했지.

"엄마 눈이 빨개지는 걸 자주 봤어요."

너는 또 슬퍼하는 사람들이 많이 오가는 걸 봤다고도 했어.

"또 코플린 할머니가 지난주 전화로 아빠랑 암에 대해 말하는 걸 들었어요."

이런 실수들이 화가 나지는 않았어. 다만 아이들이 우리 생각보다 훨씬 더 많은 것을 보고 듣는다는 사실을 새삼스럽게 깨달았을 뿐이지. 목소리가 차분한 걸 보니 너희가 정보는 알고 있어도 그 의미까지는 제대로 파악하지 못했다는 걸 알 수 있었다.

"그래, 아빠에게 암이 생겼어. 몸 안이 아주 많이 아프단다."

노아 네 얼굴이 그날 병원에서 본 크리스틴의 얼굴처럼 변하더구나. 너는 크리스틴의 다리를 향해 손을 뻗으며 흐느껴 울기 시작했지. 나는 말을 멈추었다. 조슈아와 매슈 너희는 돌처럼 굳은 얼굴로 앉아 있었지만, 마음속은 똑같다는 것을 알 수 있었어. 말을 계속하기 전 그 사실부터 인정해야 할 것 같았다.

"왜 우니?"

나는 노아에게 조용히 물었지.

"아빠가 죽을 거니까요."

흔들리는 눈동자로 넌 이렇게 말하더구나. 나는 너희 셋을 향해 대답했다.

"그래, 엄마랑 아빠가 지금 너희에게 이런 이야기를 하는 이유 중 하나이기도 해. 너희도 무슨 일이 일어나고 있는지 알 수 있게 도와주고 싶어. 거짓말은 하지 않겠다. 아빠는 곧 죽을지도 몰라. 하지만 아직은 죽지 않았어. 많은 사람이 받으려 했지만 받을 수 없던 치료 기회도 얻었단다."

그리고 일부러 단호한 목소리로 바꾸려고 노력했단다. 너희를 훈육할 때 나오는 그 목소리 말이야.

"아빠에게 싸울 기회가 생겼단다, 아빠는 지금부터 싸울 거야.

당장은 이 일에 대해 우리가 아는 게 많고 또 좋은 계획과 전략을 세우고 대비할 테니까 처음에는 이 싸움이 꽤 쉬울 거야. 하지만 점점 더 어려워질 거란다. 몇 주 있으면 아빠가 힘에 겨워 쓰러지고 병원에 오래 입원하는 모습을 보게 될 거야. 아빠가 지금 아빠처럼 보이지 않는 날들이 올 거야. 하지만 아빠는 늘 싸우며 이 자리에 있을 거란다. 아빠가 우는 모습을 본 적이 없겠지만 사실 아빠도 운단다. 아빠도 겁을 먹고, 암 같은 일을 당하면 화가 나. 너희도 같은 감정을 겪을 텐데 사실 그래도 괜찮단다. 슬퍼도 화가 나도 좌절해도 겁을 먹어도 심지어 아주 가끔은 약간 부정해도 괜찮아. 하지만 그 자리에 머물러 있기만 해서는 안 돼."

아빠가 젊은 사병이었을 때, 우리는 한 번에 일주일씩 밤낮으로 이어지는 훈련을 여러 번 받았단다.

"팀원 하나가 지치면 우리는 잠깐 멈추고 다들 쭈그리고 앉아 쉬었어. 하지만 언제나 다시 일어났고 절대 훈련을 중단하는 일은 없었다. 그때의 젊은 군인들처럼 우리도 다 같이 쭈그려 앉아 있을 수는 있지만, 다시 일어나 움직이지 않는다면 그 자리에서 죽거나 무너질 가능성이 아주 크단다."

나는 너희에게 군인들이라고 그런 게 늘 행복한 건 아니지만 해야 하기 때문에 하는 것이라고 설명했지. 이번 일도 그렇게 해야 한단다.

"우리는 모두 한 팀이 되어서 이 일을 헤쳐나갈 거야."

우리는 계속해서 너희가 할 수 있는 일들에 대해 상의했다. 학교 상담선생님을 만나본다거나 몸과 마음을 쏟아부을 수 있는 수영이나 기타 운동을 하는 일 등에 대해 이야기를 나누었지. 또 감정을 다룰 때 피해야 할 건전하지 못한 일들에 대해서, 또 그런 감정들이 너희를 얼마나 취약하게 만들 수 있는지도 이야기를 나누었어. 예를 들어 너희가 암에 대해 분노나 두려움, 슬픔 등을 느끼면 갑자기 다른 일은 전혀 중요하지 않고 이전에는 생각조차 해보지 않았던 흡연이나 음주를 해도 될 것 같고 또 어른들에게 불손하게 굴거나 친구들에게 화풀이하고 싶어질 수도 있어.

너희도 기억하지? 그날 너희에게 감정에 관해 이야기하면서 아빠가 으레 그랬듯이 〈스타워즈〉의 요다 목소리를 흉내 냈잖아.

"분노, 두려움, 공격성 등 힘의 어두운 얼굴들! 그것들은 쉽게 끓어올라 순식간에 너희를 싸움으로 몰아넣는다. 오비완의 제자처럼 너희를 집어삼키고 말 것이다."

너희는 말도 안 되는 소리라는 듯 웃었다. 지금은 농담할 때가 아니라는 듯이 말이야.

"아빠, 그만하세요. 그건 진짜가 아니잖아요."

너희는 이렇게 대답했다지만 난 너희가 〈스타워즈〉를 아주 좋아한다는 걸 잘 알고 있었지. 너희가 쓰는 언어이기도 했고, 또 분위기를 조금 가볍게 만들고 싶기도 했어. 그래도 아빠가 하고 싶은 말은 진담이었어.

"애들아, 아빠도 〈스타워즈〉가 진짜 세계가 아니라는 거 알아. 하지만 감정을 이해하는 진짜 사람들이 만든 이야기란다. 요다의 입을 빌려 아나킨 스카이워커에 대해 말한 것은 사실이야. 그의 경고는 우리 모두가 새겨들어야 한단다."

이어서 아빠는 사촌 동생 마이클과 케이티의 이야기를 들려주었지. 너희도 마이클 삼촌이 아빠가 암 진단을 받은 후에 여러 의학적인 어려움을 헤쳐나갈 수 있게 도와준 의사라는 걸 알지? 마이클의 아버지는 마이클이 일곱 살 때 트랙터 트레일러와 정면으로 충돌해 돌아가셨어. 끔찍한 사고였어. 현장에서 곧바로 돌아가셨지. 사고 이후 마이클은 아버지와 어떤 대화를 나누거나 어떤 일을 함께할 기회마저 완전히 뺏겨버렸단다. 마이클은 그때의 감정과 에너지로 무엇을 하기로 선택했을까? 그는 의사가 되었어. 그리고 여동생은 변호사가 되었지.

아빠도 마음 한편으로는 너희가 그런 고통과 괴로움을 겪지 않도록 지켜주고 싶어. 하지만 그러지 않기로 마음먹었다. 너희에게는 방패가 필요하지 않다고 생각했기 때문이야. 사실 아빠는 어른보다 아이들이 더 적응력과 회복력이 뛰어나다고 생각한다다. 살면서 고통과 괴로움을 완전히 피할 길은 없기에 너희를 방패로 막아준다면 앞으로 살아가는 데 전혀 도움이 되지 못할 거야. 무엇보다 너희에게 필요한 건 양치기고 그게 바로 크리스틴과 내가 너희를 위해 노력하는 역할이란다.

암 진단을 받은 이후 아빠의 목표는 이전과 다를 게 없어. 바로, 너희가 살면서 분명히 마주해야만 되는 역경을 피하는 법이 아니라 헤쳐나가는 법을 알게 도와주는 것이란다.

할머니와 할아버지가 가르쳐준 것들

아빠의 조부모님들이 대공항과 제2차 세계대전에 직면해, 맥아더 장군이 넌지시 암시하듯 '기꺼이 삶의 고난과 도전의 중압감을 견디기'를 원했다고는 볼 수 없지. 오히려 '편안한 길'을 선택할 여지조차 없었던 거야.

그러나 너희는 그분들과는 다른 세상과 삶의 조건을 만나게 되겠지. 그 말은 곧 안락이든 고난이든 선택의 여지가 훨씬 더 많을 거라는 뜻이란다. 너희보다 앞서서 내가 그랬듯이 말이야. 조부모가 선택의 여지가 거의 없었던 환경에서 고난을 맞아 내게 가르쳐주었던 것들은 이후 내가 고난을 맞이할 때 훨씬 더 도움 되는 선택을 할 수 있게 해주었단다.

나의 외할머니 마리 라누Marie Lanoux는 1947년 외할아버지 매슈 가로팔로Mathew Garofalo와 결혼했다. 두 분 다 서른한 살이었지. 비교적 늦게 시작한 결혼생활이었지만 할머니는 15년 동안 총 열다섯 명의 자식을 낳았다. 그중에는 쌍둥이도 있었지. 마르코 삼촌이 태어날 때는 분만비가 공짜였대. 그 병원에서 열두 명을 채웠기 때문이라지?

1981년 외할머니가 예순셋이고 막내가 막 고등학교를 졸업했을 때 할머니는 심장발작을 일으켰고 이후 17년을 반신 마비 상태로 휠체어에서 보냈단다. 그해 나는 아홉 살이었는데, 이후 세월 동안 할머니는 선택의 여지가 전혀 없는 역경을 맞아 위엄과 우아함을 잃지 않는 게 무엇인지, 어떤 것에도 견줄 수 없는 훌륭한 본보기가 되어주었어.

어머니는 매주 3킬로미터를 운전해 할머니 댁으로 가서 최소한 몇 시간은 할머니를 도왔단다. 나도 할머니가 오트밀과 으깬 계란 요리를 만들 때 옆에서 거들거나 내 자전거를 타고 가게에 가서 점심으로 먹을 샌드위치를 사 오는 심부름을 아주 좋아했어. 나는 또 수다스러운 아이여서 어디든 찾아가면 늘 그리 특별한 것도 없는 친근한 대화를 나누곤 했단다. 할머니가 목소리를 높일 때는 이미 어른이 다 된 할머니 자식에게 아래층으로 내려와 화장실까지 데려다 달라고 부탁할 때가 유일했다. 열한 살의 나에게는 그 장면이 평범하게 다가오진 않았단다. 화장실에 가는 것조차 다른 사람에게 의지해야 한다면, 그건 어떤 삶일까?

열네 살이 되면서 나는 식사나 음식준비 외에 더 도울 일이 없는지 먼저 묻기 시작했어. 할머니가 부탁하면 곧바로 화장실에 모시고 가는 일도 거들고 싶었지. 쉬운 일은 아니었단다. 할머니는 몸무게가 70킬로그램이 넘었고 속옷도 스스로 내리지 못했거든. 열네 살 남자아이와 예순일곱 살 할머니 사이에 이보다 더 조심스러운 일은 없었지만, 할머니는 수치심을 내비치지 않았고 나 역시 마찬가지였단다. 반드시 치러야 하는 일이었으니까.

나는 식사준비를 거들고 빨래와 설거지, 청소기 돌리기, 부엌 바닥 걸레질, 장보기 등을 도왔어. 커서 운전을 할 수 있게 되었을 때는 양로원에 계시는 할머니를 찾아가기도 했단다. 우리는 함께 도자기에 그림을 그리거나 할머니 친구들과 함께 카드놀이를 하기도 했어. 할머니는 다른 노인들에게 나를 자랑하셨지. 나는 작지만 절실하게 도움이 필요했던 그분들을 기꺼이 도왔고 그분들이 한없이 감사 표시를 하는 것도 기쁘게 받아들였지.

당시 나는 할머니의 상태를 잘 안다고 생각했지만, 돌이켜보면 아무것도 몰랐던 거야. 할머니는 엄청난 양의 약을 복용했단다. 또 발은 끔찍할 정도로 부어 있었지. 게다가 할머니의 안락의자는 홀로 있을 때는 감옥과 다름이 없었어. 그런데도 나는 할머니 입 밖으로 불만의 소리가 나오는 걸 들어본 적이 없구나. 그러나 할머니가 조용히 고통스러워했던 모습이 고귀하다는 게 아니야. 오히려 할머니가 당신의 행동과 생각에 집중하면서 고통을 헤쳐 나가려는 걸 내가 도우려고 했던 과정에 고귀함이 스며 있었다고 생각이 드는구나.

20대 중반이 되어, 할머니의 상황이 얼마나 고통스러웠을지 더 깊이 헤아리게 되었을 때 이렇게 말한 적이 있어.

"할머니가 휠체어와 안락의자에서 살아가는 모습을 15년 동안 봤어요. 이렇게 고통스러운 삶을 매일 살아갈 수 있게 버팀목이 되어주는 게 뭐예요?"

할머니는 웃지도 대답하지도 않았어. 그저 움직일 수 있는 쪽 팔을 들어 주위 벽을 가리켰지. 거실의 사방 벽에는 200개가 넘는 사진 액자가 빼곡히 걸려 있었단다. 할머니의 자식들과 그 모든 결혼식, 서른 명이 넘는 손자들, 그 손자들의 결혼식 그리고 증손자들의 사진까지 말이야. 할머니에게는 '편안한 길'이라는 선택지가 주어지지 않았지만, 고난과 도전의 중압감과 채찍을 견디는 의미를 스스로 찾아내셨던 거지.

※

외할머니가 온정과 참을성과 인내심을 가르쳐주었다면 외할아버지는 열정의 가치와 도전이 재미있을 수 있다는 생각을(아주 이상한 방법으로였지만) 가르쳐주셨단다. 큰 키에 마른 체형인 매슈 할아버지는 입심이 거센 자동차 정비공이셨지. 자동차 두 대가 들어가는 집 차고에 자신의 정비소를 차려놓고 여든 살이 넘어서까지 운영하셨어. 젊었을 때 제2차 세계대전에 징집되었지만 그 임무에서는 어떠한 영광도 보지 못했다고 해. 할아버지는 이탈리아어밖에 할 줄 몰랐던 자신의 부모를 부양해야 된다며 징집 직후 다시 미네소타 집으로 돌아갈 수 있도록 당시 담당 부서를 설득한 것을 그곳에서의 가장 큰 성과로 꼽으셨지. 돌이켜봐도 할아버지는 세계대전이 가족의 부양을 넘어설 만큼 중요하지는 않다고 생각했어. 그렇게 생각하지 않는 사람들에게는 아주 혹독한 말을 쏟아부었지. 그러니 내가 군인이 되었을 때 별로 좋은 소리를 듣지는 못했겠지?

할아버지는 가족에 대해 이토록 깊은 신념을 품고 있었으면서도 아주 이상한 방식으로 애정을 표현했단다. 할아버지는 자식들에게 이런 말을 즐겨 했어.

"차라리 돼지 새끼를 낳을 걸 그랬어. 돼지는 나중에 잡아먹기라도 하지."

할아버지의 기질(우리 가족은 '열정'이라고 표현하는 걸 좋아하지)은 전설적이었단다. 누군가를 마구 비난하며 집으로 들어와 부엌을 완전히 산산조각 내버린 일이 두 번이나 있었지. 오직 당신만 아는 이유 때문에 말이야. 내 생각엔 '열정' 탓인 듯싶다. 매슈 할아버지의 성격은 너무도 일관적이고 예측 가능해 진짜 디즈니 영화 캐릭터 같았어. 할아버지는 식사 시간에만 집 안에 들어왔고 나머지는 차고나 지하실에서 일하며 보냈단다. "일하지 않는 자는 먹지도 마라." 할아버지가 즐겨 하던 말이었지.

할아버지의 '사무실'은 지하실이었단다. 동굴처럼 축축한 지하 감옥은 바닥에서 천장까지 자동차 부품과 연장, 놋쇠 부속품, 고물상에서 가져온 신발류로 빼곡히 들어차 있었어. 15미터 길이의 방 안에는 염소가 지나다니는 길처럼 구불구불한 길이 나 있었지. 마감이 안 된 좁은 모퉁이에는 제3세계 진흙집에서 떼어온 것처럼 보이는 샤워실의 흔적이 있었단다. 할아버지는 렌치로 수도관을 텅텅 두드리면서 위층에 뭔가를 가져오라 요구하곤 했지.

할아버지는 가로 9미터 세로 12미터 크기의 뒤뜰에 아스팔트를 깔았단다. 노는 손이 엄청나게 있었는데도, 그렇게 하면 잔디를 깎지 않아도 된다는 이유 때문이었지. 웨버 집안의 손자들이 생겼을 무렵 할아버지의 뒷마당에는 타이어 더미와 독일산 울프하운드 이고르를 위한 큼직한 개집만 있었단다.

할아버지의 '설교'는 언제나 장관이었어. 주제가 무엇이든 적어도 한 번은 욕설이 섞였고 설명은 적어도 두 번 반복되었단다. 언제나 그런 식이었기 때문에 우리는 그냥 그러려니 했다. 내게는 시처럼 들릴 정도였어. 조금만 신경에 거슬리는 일이 생겨도 할아버지는 곧바로 설교를 시작하셨어. 보통 이런 식으로 호통을 쳤지.

"조니는 말을 듣지 않아. 절대로 들을 수가 없는 거지. 걔는 듣는 법을 몰라. 듣는 것에 생사가 달려 있다면, 주의 깊게 듣는 일에 생사가 달렸다면, 걔는 벌써 저세상에 가버리고 없을 거야."

딱히 누구를 겨냥할 것도 없이 가능한 한 큰 목소리로 말이야. 사실 할아버지가 설교를 시작하면 상대방은 벌써 멀리 줄행랑을 치고 난 다음이었단다. 한 지붕 아래 자식이 열다섯 명이나 있으니 할아버지는 수용소의 괴짜 대장 같은 스타일로 자식들을 훈육했어. 팬벨트를 회초리로 사용함으로써 직업과 가정생활을 통합했다고 볼 수 있지. 어린 범법자들을 한 줄로 세워놓고 아주 인자한 말투로 이렇게 물었단다.

"쉐보레로 맞을래, 포드로 맞을래, 아니면 폰티악으로 맞을래?"

할아버지의 겉모습만 보면 속기가 쉬웠어. 60대 나이에도 키 큰 요다처럼 움직였거든. 등을 살짝 굽히고 일정한 방식으로 움직였지만, 청소년기 아들과 난리법석을 피울 때면 번개처럼 빨랐단다. 할아버지는 뒷골목이나 동네 언저리에서 아들을 잡으러 뛰어다니는 것으로 아주 유명했어. 내가 기억할 수 있는 가장 첫 기억은 형제들과 외가에 갔을 때 할아버지가 차고에서 낮고 굵은 목소리로 소리를 지르는 장면이야.

"오, 애들아. 드디어 때가 왔구나. 드디어 때가 왔어! 못 통을 열어라! 몽땅 박아버리자."

이런 말을 자동차 앞 덮개 아래에서 고개를 들지도 않고 했단다. 할아버지는 화가 난 것 같지도 않았고 그렇다고 행복해 보이지도 않았어. 할아버지 기분이 어떤지, 혹은 대체 무슨 말을 하는지 정확히 알 수는 없었지만, 고래고래 소리를 지를 때마다 언제나 웃음이 나왔단다.

매슈 할아버지와의 대화는 언제나 두 가지 주제 중 하나였어. 자동차 아니면 섹스였지. 다른 이야기도 했겠지만 기억이 나지 않는구나. 예를 들어볼까? 할아버지는 결혼 전에 당신이 '정복자'로 이름을 떨쳤다고 말했지. 정복자란 이탈리아어로 남자다움이나 성행위를 가리키는 말이라는구나. 또 할아버지는 일상적인 성관계를 '바나나 상자'라고 불렀어. 점심을 먹으러 집 안으로 들어올 때 부엌 식탁에 바나나 한 상자를 던져놓고 자식들이 바

나나를 먹느라 바쁜 사이 할머니와 은밀한 시간을 보냈다는 말
이란다.

할아버지는 아흔두 살까지 사셨어. 할아버지의 말년에 나는 미
네소타에 주둔해 있었단다. 조부모 가운데 쇠약해지는 모습을 유
일하게 목격했기 때문에 내가 암과의 전투를 시작하기 2년 전에
바라본 할아버지의 분투는 시의적절한 본보기가 되어주었단다.
다리 관절 운동을 시키려고 할아버지를 바닥에 눕히면 열띤 목소
리로 이렇게 말씀하시곤 했어.

"이런 체위로 하고 싶은 건 딱 한 가지밖에 없는데 말이야."

당신 삶의 마지막을 어떤 태도로 맞이하고 계셨는지 보여주는
말이었지. 내가 할아버지 장례식에서 추도사를 하던 중이었지.
지금쯤 성 베드로가 할아버지와 단거리 달리기를 하다가, 누가
제단에 바나나 한 상자를 던져났는지 의아해하고 있을 거라고 말
하자 교회에 모인 조문객들이 와르르 웃음을 터뜨렸단다.

✼

어린 내가 네 분의 조부모 가운데 가장 좋아했던 분은 마리 웨
버Marie Weber 할머니란다. 다른 분들과는 완전히 다른 이유로 내
게 깊은 영향을 미쳤지. 부활절을 앞둔 어느 일요일 아침, 마리
할머니는 예순일곱 살의 나이에 심장마비로 돌아가셨다. 열두 살
천주교 신도에게 이보다 더 모순되고 비참한 불행은 없어 보였어.

우리는 나중에야 할머니가 조울증을 앓고 계셨다는 것을 알게 되었어. 우울할 땐 지독하게 우울하고 흥분할 때는 지극히 흥분하는 병이란다. 커피잔이 날아다니고(커피가 든 채로!) 욕설이 오간 몇 가지 악명 높은 예가 있기는 하지만, 기억하는 한 내가 살면서 누구보다 사랑했던 다정한 할머니였어.

마리 할머니가 돌아가신 날은 내게는 매우 영적인 날이었다. 할머니를 잃었다는 게 도무지 이해가 되지 않았어. 나는 하나님을 향해 많은 질문을 던졌단다. 하필이면 왜 부활절이 다가온 일요일에 데려가셨나요? 이것은 벌인가요? 우리가 혹은 내가 신앙심이 깊지 않아서였나요? 나는 열심히 기도하면 하나님은 뭐든 고쳐준다고, 배운 대로 굳게 믿는 어린 소년이었어. 하지만 할머니가 돌아가셨을 때 삶이란 때로는 항상 아름답지만은 않다는 사실을 깨닫게 되었단다.

프랜시스 웨버Francis Weber 할아버지의 이야기 역시 극적인 고난과 도전으로 이루어져 있단다. 우리는 '프래니' 할아버지라고 불렀는데, 이십대에는 건방진 미남이었고 술과 여자를 아무렇게나 대하며 살아왔다고 해(할아버지와 나눈 수많은 대화로 미루어 짐작할 수 있었지만, 할아버지는 자세한 이야기는 하지 않았다). 가정을 이루고 산다는 게 아직은 먼일처럼 느껴졌던 서른 살 무렵, 할아버지는 공사장에서 끔찍한 사고를 당하면서 죽음의 문턱까지 다녀왔단다.

프래니 할아버지는 목수였지만 벽돌공 일을 비롯해 건축과 관련한 거의 모든 일을 했단다. 목숨을 잃을 뻔했던 그 사고 현장에서 할아버지는 상가건물의 손상된 벽돌에 줄눈시공을 하고 있었어. 당시 벽돌공들은 도르래와 긴 의자, 목재 쐐기, 널빤지로 이루어진 매우 원초적인 비계를 썼단다. 할아버지가 당시 비계를 대강 그림으로 그리면서 설명해주는데, 내 눈에는 〈인디아나 존스〉 영화에나 나올 법한 고고학 발굴지처럼 보이더구나. 지금은 그런 허술한 장치를 사용하는 것을 상상하기도 어렵지만, 당시는 검소하고도 엄격한 시대였고 산업안전보건청OSHA이 생기기도 한참 전이었어. 할아버지가 8층 높이에서 그런 구조물 위에 서 있는 사진을 실제로 보여주지 않았다면 아마 믿지 못했을 거야.

어떻게 된 일인지 할아버지의 동료와 윗사람이 지지대를 잡아당기면서 발밑의 구조물이 무너져버렸단다. 할아버지는 안전줄을 놓치면서 널빤지에서 미끄러졌고 25미터 아래 벽돌과 회반죽, 나무 널빤지가 아무렇게나 쌓여 있는 더미로 떨어졌어. 할아버지는 아래 있던 사람의 몸 위로 떨어졌고, 그 사람은 현장에서 즉사했지. 할아버지는 엉덩이와 다리를 포함해 몸 안의 거의 모든 뼈가 부러지는 큰 부상을 입었어. 충격으로 한쪽 안구가 튀어나왔고 한쪽 귀는 거의 찢어져 머리 옆에서 너덜거리고 있었지. 병원 측에서도 어떻게 해야 할지 알 수 없을 정도로 부상 정도가

───── 프래니 할아버지(좌)와 외할아버지 매슈(우)는 아빠에게 삶의 자세를 가르쳐 준 소중한 분들이란다.

심각했어.

할아버지가 의식을 되찾았을 때는 바퀴 달린 들것 침대에 누워 병원 복도에 혼자 있었다는구나. 아마 누구도 할아버지가 살아나지 못할 것으로 생각해 죽을 때까지 놔뒀을 거라는 게 할아버지 짐작이야. 당시는 1930년대 대공황 시절이었으니까. 할아버지는 석 달 동안 온몸에 깁스를 하고 지냈어. 당시 입은 부상은 평생 할아버지를 괴롭혔지. 손목은 모양이 완전히 망가졌고 상반신도 균형을 잃고 모양이 어긋나버렸지.

내가 청소년이었을 때 할아버지의 이야기는 일생일대의 커다란 재앙처럼 보였단다. 하지만 어른이 되었을 때는 할아버지의 이야기에서 매우 다른 게 보이더구나. 할아버지는 할머니가 돌아가신 뒤 14년 동안 우울증을 앓았고 증세는 나이가 들면서 점점 심해졌어. 아흔한 살까지 살면서 몸은 움직일 수 있었지만 우리 가족은 늘 샤워를 하라고, 옷을 갈아입으라고, 강아지를 돌봐주라고, 상한 음식을 먹지 말라고 할아버지에게 당부하고 또 해야 했단다.

이십대 초반에 할아버지에게 무엇이 그렇게 마음을 괴롭히느냐고 물어본 적이 있어. 할아버지는 죄책감 때문이라고 대답하더구나. 젊은 시절이나 할머니에 대해서나 종교적인 배반에 대해서 후회하는 듯한 암시를 주었지만, 자세한 이야기는 들을 수가 없었어. 할아버지는 그저 울기만 하셨지.

나는 애처롭고 슬픈 노인의 모습으로 너희에게 남고 싶지 않구나. 프래니 할아버지는 아주 독특한 방식으로 우리에게 웃음을 주던 대단히 기운찬 모습으로 남아 있다. 할아버지는 방귀를 뀌면 "미안하구나, 여기가 코코모 섬인 줄 알았지 뭐냐"라고 말하곤 했어. 또 "나비야, 나비야. 이리 와, 나비야" 하며 보이지도 않는 고양이를 부르곤 했지. 우리가 "에?" 하고 반응하면 할아버지는 "돼지 엉덩이를 걷어차면 '에?' 하던데?"라고 대꾸했단다. 피할 길이 없었든지 스스로 가져왔든지, 웨버 할아버지를 훨씬 더 괴롭혔던 건 추락사고보다 심리적인 고난과 도전이었다는 사실을 너희가 꼭 알았으면 좋겠구나.

어린 시절을
고통스럽게 했던 순간들

나도 어린 시절 고통을 겪었다. 누구나 신체적으로 이런저런 문제가 있기 마련이지만 나는 극단적인 예를 보여주는 아이였단다. 두 살에 편도선염을 앓고 14년간 중이염을 반복해서 앓으며 네 번이나 수술을 받아야 했으며, 손목 골절 두 번, 치과 교정도 두 번이나 했고 열 살부터 안경을 썼지. 따로따로 생각하면 이 정도 어려움은 일반적이었지만 이 모든 일을 한꺼번에 겪는 아이는 본 적이 없다. 또 사고도 유난히 잘 당하는 아이였던 것 같아. 이층 침대 위 칸에서 자다가 굴러떨어진 게 세 번인데, 한 번은 손목이 부러졌고 또 한 번은 이 하나가 부러졌단다(물론 그 시절에도 안전난간이 있긴 했는데 소용이 없었어).

그러나 귀를 둘러싼 문제는 지독하게 힘들었단다. 매년 호수에서 수영할 때마다 고막 뒤로 물이 들어가 염증을 일으켰고 중이에 엄청난 압력이 가해졌지. 그 작은 뼈는 몹시 민감해 물이 빠지고 염증이 가라앉을 때까지 심장 박동에 맞춰 쏘는 듯한 통증이 느껴졌단다. 대부분은 항생제를 복용하거나 귀에 넣는 약을 처방받아 중이염을 치료했지만, 내게는 그런 해결책이 효과가 없었다. 내 주치의는 항생제를 선호하지 않았고(항생제가 남용된다고 생각했어) 귀에 넣는 약은 소용이 없었어. 5~6세 사이 고막에 작은 구멍을 뚫고 작은 플라스틱 관을 삽입해 물이 빠져나오게 하는 수술을 무려 네 차례나 받았단다. 그러니 매년 여름, 적어도 2주는 엄지로 귀를 마구 펌프질해대며 고통 속에 몸부림치며 보냈지. 저녁이면 도무지 잠을 이룰 수가 없었단다. 내 울음에 불평하는 사람은 아무도 없었지만, 다른 사람을 방해하기 싫어서 집 안 곳곳으로 옮겨 다니며 울었던 기억이 나는구나.

이런 경험이 어른이 된 지금 어떤 영향을 주었는지는 곰곰이 생각해본 적이 없고 지금도 마찬가지야. 조부모들처럼 나도 안락한 길을 선택할 여지는 없었지만, 고난과 도전의 중압감과 채찍을 맞이하는 것에 관해서는 생각보다 훨씬 더 많은 것을 배웠을 거야.

※

세계의 모든 중이염을 다 합한 것보다 훨씬 더 큰 고통을 경험한 게 고등학교 1학년 때였다. 아빠는 가톨릭계 남학교인 크레틴 고등학교Cretin High School에 다녔어. 나는 체육 시간을 정말로 싫어했어. 수업 자체는 좋았지만 수업을 마치고 난 뒤의 샤워가 싫었던 거야. 아담과 이브가 에덴동산에서 쫓겨났을 때의 모습 그대로 알몸으로 태어난 것을 수치스러워하기 쉬운 천주교 신자 소년에게는 특히 스트레스였단다.

샤워 시간은 살얼음판을 걷는 기분이었어. 우리는 모두 똑같은 종교를 믿었기 때문에 예의에 대해 각자 암묵적으로 동의했다고 생각했다. 즉, 각자 볼일을 보고 나와 옷을 입고 이 일에 대해 농담하지 않기. 그러나 1학년 생활이 석 달째로 접어들 때 그런 예의는 기괴하게 무너지고 말았지. 운이 나쁘게도, 이후 3년간 지독히 나를 따라다닌 무작위 괴롭힘의 희생자가 되어버렸다. 도무지 그 이유를 이해할 수가 없는데, 한 급우가 탈의실에서 갑자기 고개를 들더니 천장에 대고 큰 소리로 외치더구나.

"야! 웨버가 샤워하면서 발기한 거 본 사람?"

그는 내게서 여섯 칸 떨어진 사물함 앞에 있었기에 내 눈에도 보였다. 그렇게 말하고 나서 그 친구 얼굴에 떠오른 득의양양한 표정이 지금까지 잊히지가 않는구나. 나는 그 자리에 얼어붙은 듯이 서서 내 사물함만 빤히 노려보고 있었다.

'대꾸를 할까? 그냥 서 있을까? 아무도 못 들었을 거야. 그냥 무시하는 게 좋겠어.'

그는 계속 나를 놀려댔는데, 마치 전류가 흐르는 소몰이용 막대로 여기저기 찔리는 기분이었단다. 잠시 후 누군가 그의 말을 덥석 물자 아이들이 떼를 지어 가담하더구나. 나는 그냥 상황을 농담으로 만들려고 "좋아 셰인, 재미있었어"라고 대꾸했어. 그러자 그는 이렇게 말하더구나.

"웨버, 어물쩍 농담으로 넘기면 안 되지."

그러더니 그 친구가 다시 천장에 대고 이렇게 소리를 지르는 게 아니겠니.

"다들 비누를 단단히 끈으로 묶어두는 게 좋을 거다. 잘못해서 떨어뜨리기라도 하면 비누를 줍는 사이 웨버가 몰래 뒤에서 덮칠지도 모르니까."

나는 심한 충격에 탈의실에서 뛰쳐나가 제발 이 상황을 끝내달라고 하나님께 기도했다. 그러나 그것은 시작에 불과했어. 그해 내내 그리고 2학년 때까지 놀림은 계속되었고, 우리 학교가 여학교와 통합해 크레틴-더햄홀Cretin-Derham Hall 학교가 된 3학년 때까지 이어졌다. 그런 경험은 과장하거나 축소하지 않고는 설명하기가 어렵지. 거의 매일 대부분 아이들에게 지속적으로 괴롭힘을 당한 것은 아니었다. 다만, 두려움으로 가득한 사건들이 드문드문 벌어지면서 요란한 놀림이 이어져왔던 거지.

내가 어떤 말을 하고 어떤 행동을 해도(그냥 웃어넘기거나 침묵을 지키거나 '그러든지'라고 대답하거나 그런 일이 일어났는지 실제로 본 사람이 있느냐고 따져 묻거나 상대방에게 싸우자고 위협하거나) 악몽이 사라지지는 않았다. 말로 하는 조롱이 나를 충분히 자극하지 못한 것 같으면 누군가 사물함에 '발기' 혹은 '발기맨'이라고 낙서를 해놓기도 했단다. 어머니는 학교 당국이 개입해주기를 바랐지만, 그 일은 오히려 새로운 놀림거리만 보태줄 뿐이더구나.

"엄마한테 자기 일을 대신 해결해달라고 한 사람이 누구게?"

그 후로 인생이 고통스럽거나 해결할 수 없는 사회적 문제를 다시 안겨주는 일은 없었어. 그런 경험은 다시 되풀이하고 싶지 않지만, 돌이켜 생각해보면 좋은 결과도 있었던 것 같아. 남은 일생 동안 도움이 될, 갈등을 조정하는 기술을 연마할 수 있었거든.

1학년 때는 집안에서도 큰 스트레스가 있있어. 어머니가 아버지의 음주와 우리 가족에게 미치는 영향에 아주 질려버렸거든. 아버지는 심각한 주정꾼은 아니었고 또 지나치게 많이 마시지도 않았지만, 그렇다고 단순히 기분 전환용으로 가볍게 마시는 것도 아니었다. 어쨌든 술은 아버지의 일에 영향을 끼쳤어. 다른 여자가 개입한 적도 있었으며 집 앞에서 경찰을 부를 뻔한 거북한 사건이 적어도 한 번 이상은 있었으니까. 결국 어머니는 아버지를 집에서 쫓아냈고 술을 끊어야만 돌아올 수 있다는 단서를 붙였단다.

추한 이별이 4개월째 이어지고 있을 때, 우리 형제들은 아버지가 과연 집으로 돌아올 수 있을지 의문이 들었지. 솔직히 나는 별로 신경을 쓰지 않았다고 말하는 게 맞을 거야. 우리는 부모님의 이별이 단지 아버지나 술만이 원인이 아니라는 것을 알고 있었지만, 그런 건 중요한 게 아니었어. 어머니가 어두운 구석에서 조용히 우는 모습을 볼 때마다 우리는 화가 났고 맹렬하게 방어적이 되었지.

집에서도 학교에서도 이런 스트레스가 짓누르자 머릿속에 자살이라는 단어가 스멀스멀 기어들어오기 시작하더구나. 버튼만 누르면 모든 게 편안해질 것처럼 아주 손쉬운 해결책 같았지. 몇 주 동안 시나리오를 그려보기도 했지만 결국 자살은 문제를 해결하지 못한다는 확고한 결론에 도달했단다. 나는 정신병을 앓는 것도 아니었고 내 어려움에 직접 맞설 수도 있었으니까. 아무래도 자살은 이기적이고 사랑하는 이들에게 고통만 안겨주는 방책으로 보였어. 결국 나는 끝까지 가보기로 마음먹었다.

새롭게 시작된
군인으로서의 삶

군인으로서의 삶은 고등학교 1학년 때 시작되었다. 그 학교에는 백년이나 되는 군사교육 전통이 있었어. 군대 생활을 일찍 시작한 걸 두고 흔히 내가 타고난 군인인 것처럼 생각할 수도 있겠지만, 전혀 그렇지 않단다. 아빠는 23년간의 군 생활에서 모든 결정을 의식적인 선택으로 내렸고 그때마다 엄청난 회의와 걱정이 몰아쳤어. 지금 아빠 모습을 보면 믿기 어렵겠지만 첫 8년 동안은 군 생활에 대해 걱정을 매우 많이 했고, 처음 군복을 입었을 때만 해도 규율과 확신의 본보기와는 전혀 거리가 멀었단다.

고등학교 시절에 아빠는 먼저 나서서 군 경력을 시작한 아이가 아니었어. 그저 세인트 프란시스 드 살Saint Francis de Sales 초등학교 출신 아이들이 으레 하는 대로 했을 뿐이야. 학군장교 후보생 예비학교JROTC라고 부르는 '군사교육' 과정은 자원제였기 때문에 나는 참가할까 말까 망설였단다. 당시 내가 유일하게 참고한 것은 학생들이 고등학교를 장악하고 마을에서 작은 전쟁을 벌이는 1981년 영화 〈생도의 분노〉였어.

이 군사교육 과정은 사실 리더십과 경영교육 과정에 더 가까웠단다. 교관들은 시민의식과 리더십 계발을 강조했지. 우리는 용기와 충성, 헌신, 성실, 자발성, 결단력 등 리더십 속성들을 실생활에서 어떻게 계발할 수 있는지를 탐험해나갔다. 친구들과 가족은 JROTC가 군대에 가고 싶게 나를 세뇌시킨다고 걱정했단다. 일면 맞기도 해. 나는 곧 세뇌를 당했지만 다음과 같이 특별히 긍정적인 교훈을 배웠다.

- 모범을 보여라.
- 책임감을 갖고 자신의 행동에 책임을 져라.
- 휘하 사람들의 복지를 보살펴라.
- 자신에 대해 알고 자기 발전을 추구하라.
- 부하들의 책임감을 키워줘라.
- 개인적인 지도자가 아니라 장교로서 헌법을 지키고 수호하라.
- 스스로 하지 않는 일을 부하에게 시키지 마라.

이 교훈들 대부분은 집이나 교회에서 배우고 본 것들이었지만 '거리낌 없이 말해라'와 '의견이 다르다고 불손한 것은 아니다' 등은 완전히 새로운 것이어서 부모님이나 교회 지도층이 반드시 환영한 것은 아니었다. 그래서 나처럼 어린 신참에게는 큰 힘을 실어준 교훈이 되었지. 책임을 추구하고 거리낌 없이 의견을 말할 자격이 있지만 유능하고 공손할 줄 아는 법을 배우는 것이 고귀하고 명예로운 일이라고 가르쳐주었단다. 군사교육 과정의 엘리트주의와 위계질서는 환영할 만한 면도 있었어.

우리는 매일 군복을 입었고 사관생도 계급과 책임 있는 지위를 부여받았으니까. 우리가 할 '일'은 현실 세계의 가치관을 규정지었단다. 우리는 열병식을 하고 훈련을 받고 군복을 깨끗하게 다려 입고 머리 모양도 깔끔하게 다듬었다. 또 구두에는 늘 광이 나야 했으며, 상장과 훈장도 정확한 자리에 반듯하게 달렸어야 했단다. 이런 것들은 개인적인 책임과 규율, 성실성을 입증하고 평가할 수 있는 매우 실천적인 방법이었어.

안타깝게도 JROTC는 학부모들과 일반 교사들 사이에 일종의 두려움을 불러일으켰어. 아이들이 군복을 입고 열병식을 하고 의무적으로 경례하고 '명령'을 수행하는 모습을 보면 아무리 합리적인 어른이라도 등줄기가 서늘해지기 마련이지. 당시 나는 독일의 나치스 히틀러 청소년단 같다는 소리를 많이 들었단다. 교관들도 조심했어. 그들은 모두 퇴역군인이었고 베트남전쟁이나 한국전쟁의 참전용사였지. 대부분 전투에서 부상당한 분들이셨지. 전쟁의 공포를 직접 목격했기에 군 생활에 대해 낭만적인 생각을 품은 학생들을 재빨리 물러나게 했지.

나는 JROTC 교육 과정에 관심과 활력을 쏟아부었는데 좋은 점도 있었고 나쁜 점도 있었지. 아빠는 나폴레옹의 최고 부대처럼 열병식을 거행할 수 있었고 리더십의 의미와 원칙에 대해 언제든지 줄줄 외울 수 있었으며, 그 어떤 학생보다 소총훈련을 잘할 수 있었어. 하지만 수업에는 잘 집중하지 못했고, 입에는 제대로 규율이 잡히지 않았었단다. 3학년 때는 아빠에게 모욕적인 말을 한 어떤 선생님에게 그만 닥치라고 말했지 뭐냐. 요즘 말로 하면 '의도는 좋았으나 판단이 잘못된' 경우라고 할 수 있겠지. 선생님도 잘못했지만 선생님에게 내가 감히 닥치라고 한 것은 혹독한 결과만 불러온, 너무 안이한 해결책이었던 거야. 군사교육 과정에서 몹시 중요한 이정표였던 중위 진급 명령이 발표되었을 때, 내 이름은 빠져 있었다. 나는 친구들 앞에서 공개적으로 울었어. 실패가 오로지 내 탓이라는 것을 깨닫기까지는 몇 주가 걸렸단다.

크레틴에서의 생활이 거의 끝나갈 무렵, 나는 어떤 장엄한 성취를 이루어냈다는 것을 서서히 깨닫기 시작했다. 물론 실용적인 가치는 거의 없었단다. 아빠는 GPA(고등학교 내신성적으로 만점이 4~4.5점 정도)에서 2.25점을 ACT(대입학력고사로 만점 36점)에서 19점을 받았거든. 운동을 하지도 않았고 자원봉사에 나서지도 않았으며 JROTC에서 중요한 지위에 오르지도 못했지. 아빠가 내세울 만한 재능으로는 예외적인 논쟁기술, 리더십과 경영의 속성에 대한 확고한 이해, 30초 만에 미네소타주의 87개 카운티를 모두 외우는 능력 등이 있었단다(마지막 항목은 굳이 확인하려 들지 말길).

고등학교 진학상담 선생님은 무뚝뚝하게 말했다.

"너는 대학이랑 안 맞아. 어떤 대학에서 널 데려가겠니. 앞으로 뭘 하며 먹고살지 생각해보렴."

선생님의 말씀은 더 많이 생각하고 더 열심히 공부해야 한다는 사실을 일깨워주었단다.

❋

징병관을 만나러 간 나의 선택은 저녁식사 메뉴를 고르는 것처럼 자연스러웠다. 그리고 내 선택은 '의무, 명예 그리고 조국(미 육군사관학교 웨스트포인트의 목표 — 역자 주)' 때문이 아니었지. 미네소타 주방위군에 입대하면 대학교 등록금의 반이 지급되었고 매달 몇백 달러의 수입이 생겼으며, 대학 졸업 후에도 계속 군에 남으면 경력을 닦아나가는 데도 도움이 될 것이었다. 심지어 군인이라는 직업(헌병)을 선택한 것도 경제가 기준이 되었단다. 보너스가 2,000달러나 되었거든.

그러나 기초훈련을 받으려고 미네소타에서 앨라배마로 갔을 때 아빠는 얼음물에 빠진 것처럼 큰 충격을 받았단다. 야외취침구역은 전국 곳곳에서 온 다양한 문화권과 사회적 배경 출신의 온갖 개성이 한 냄비 속에 비좁게 들어찬 형국으로 안락함이나 친근감 따위는 전혀 찾아볼 수 없었지. 아빠는 행군법이나 총을 쏘고 지도를 읽는 법을 알았고 리더십 원칙을 웬만한 훈련교관보다 더 잘 외웠지만, 이곳은 고등학교가 아니었고 이 사람들도 하급생이 아니었지.

훈련교관들의 속도와 모습은 내 아버지의 거친 성격마저 고풍스럽게 보일 정도로 극악무도했다. 자유를 빼앗기고 내 머리카락은 모두 잘려나갔으며 모든 결정은 내가 아닌 다른 사람이 했다. 심지어 허락 없이는 소변도 마음대로 볼 수 없었어. 먹는 행위도 생존을 위한 행위일 뿐, 사교 같은 건 없었다. 지시를 따르지 못하면 욕설이 날아왔다. 또 매일 치러야 하는 의식 중에는 적어도 한 번은 '고바야시 마루(《스타트렉》에 등장하는 생도들을 대상으로 하는 테스트로, 어떻게 해도 지게 되어 있는 시나리오를 던져주고 어떤 선택을 하는지 보는 시험 ― 역자 주)'가 포함되었다. 의도 자체가 불공평한 시험이었지.

나중에야 전체적인 방식에 어떤 목적이 있다는 걸 알게 되었단다. 즉 전투 중에는 계획에 따라 이루어지는 게 아무것도 없다는 교훈이었어. 전투 시에는 혼란이 대권을 장악한단다. 그러니, 그런 훈련에서의 짜놓은 부당함과 삶에서의 부조리를 견디지 못하는 이라면, 다른 어디 가서도 어떤 일을 해내리라고 믿을 수 없다는 거야. 그런데 그게 각본으로 짜인 연습 상황이란 걸 아는데도 견디기가 쉽지 않더구나.

아빠는 기본적인 군사예법에 대해서는 사실상 전문가였지만 스트레스 상황에서는 어떻게 해야 할지 거의 아는 게 없었단다. 처음 배운 것은 차려 자세로 가만히 서 있는 것이었는데 아빠에겐 애들 장난 수준이었어. 하지만 스트레스 때문인지 차려 자세가 양자물리학만큼이나 어렵더구나. 심장이 마구 뛰었고 몇 년 전에 이미 완벽하게 배웠는데도 손을 느슨하게 구부리지 못하고 그만 주먹을 꼭 쥐고 말았단다. 교관이 그걸 보고 진한 남부 억양으로 동료 교관을 부르며 심하게 질책했어.

"이봐, 이 친구를 좀 보라고. 훈련교관! 누굴 한 대 팰 생각인가 봐! 당장 그 주먹 풀지 못해, 이등병! 제대로 차려 자세로 서란 말이다!"

17주간의 기초훈련과 헌병교육은 새겨볼 만한 경험으로 가득했지만, 전체적으로 보면 편리함과 안락과 친밀감 없는 삶으로의 침잠이었다고 말할 수 있어. 이 모든 경험으로 나는 역경과 고난을 새롭게 이해하게 되었단다. 집에 있을 때는 일요일 미사에 참석하는 게 늘 귀찮은 일이었는데 군대에 오니 오아시스와도 같더구나. 집에서는 거슬리는 사람을 만나면 무시하면 그만이었지만 군대에서는 그들과 어울리는 법을 배워야 했단다. 또 실제로 그게 가능하다는 것도 목격했지. 집에서는 여덟 시간을 자지 못하면 죽을 것 같았지만 군대에서는 반만 자도 몸과 마음이 훨씬 더 가볍다는 걸 깨달았다. 결국 나는 어떤 가능성을 발견하고 이를 매우 강렬한 방식으로 경험하자, 이후부터는 이라크에서의 전투나 내 몸과의 싸움이 어떤 상황에서든지 이런 가능성을 추구하자는 생각이 들더구나.

궁극적으로 나는 한 번에 하루씩, 실제로 살아가는 것이 얼마나 참되고 가치 있는 일인지를 배울 수 있었다. 힘든 신체훈련을 받고 나서 샤워를 하면서 혼자만의 생각에 빠져 있을 때나 힘겨운 하루를 보내고 돌아와 침대에 누웠을 때, 또 야외훈련 중에 별을 쳐다보며 누워 있을 때 여러 번 외웠던 주문이었다. 분명 효과가 있었다. 물론 지금도 여전히 효과가 있다.

'할 수 없다'와 '하기 싫다'의 차이

암 진단을 받기 18개월 전, 크리스틴은 자신의 아버지가 전립선암과 싸우는 모습을 무기력하게 지켜봐야만 했단다. 그 암은 몇 년 동안 조용히 누그러들어 있다가 다시 나타나 우세를 떨치고 있었다. 나는 크리스틴에게 한없는 연민을 느끼고 그녀의 불안함을 이해했어. 그래서 여느 장교의 눈에는 도저히 이해 못할 일로 비치는 선택을 하기로 마음먹었어. 우리가 너희 외할아버지 근처에 살 수 있도록 16년 만에 현역 육군 장교직을 사임하고 미네소타 주방위군 상근직에 들어간 거야. 이번만은 아빠의 경력보다 크리스틴을 먼저 생각하고 싶었단다. 크리스틴에게 가장 절실한 때였으니까.

그런 결정이 힘들지 않았다고 말한다면 거짓말일 테지. 동기들과 선배들은 내가 마치 자살이라도 한 것처럼 반응했고 솔직히 내 마음 한쪽으로도 그렇게 느꼈단다. 아빠는 그동안 많은 이들이 가능할 것 같지 않다고 생각한 폭발적인 성공을 연달아 즐기며 살아왔단다. 이를테면 육군 최고의 하급 장교로 국가적인 인정을 받은 일이랄지, 정통 코스를 밟지 않았는데도 일찍 소령으로 진급한 일이랄지, 조지타운대학교 석사 과정에 전액 장학금을 받고 선발된 일, 합동참모본부 의장의 전속참모로 임명받은 일, 퍼트레이어스 장군의 전속참모로 발탁되어 이라크에서 복무한 일, 육군 헌병감실에서 근무할 수 있게 선발된 일 등등이 있지.

미네소타에 가면 이런 직업상 도전과제가 주어지지 않을 것을 잘 알고 있었어. 더 나쁘게는 소규모 군사조직에 들어가면 펜타곤에서 일한 특별한 경험들이 거의 효용이 없었단다. 또 중령만 8,500명이 넘은 일반 육군과 달리 미네소타 주방위군에는 중령 자리가 열일곱 개밖에 안 되었기 때문에 아빠는 말 그대로 '신참'이 될 수밖에 없었다. 진급할 수 있다고 해도 아마 엄청나게 뒤로 미뤄질 거라는 말을 솔직하게 들었단다.

이 모든 정황을 고려해보면, 당시 아빠의 결정은 일반적인 관습과는 너무 맞지 않는 것이었기에 크리스틴마저도 제대서류를 눈으로 확인할 때까지는 믿지 못하는 눈치였어. 개인적으로도 직업적으로도 이런 극적인 변화가 불확실하고 두려웠지만 크리스틴의 눈을 한 번만 들여다보면 곧 편안함이 찾아왔단다. 내가 올바른 일을 했다는 것을 알 수 있었거든. 사실 크리스틴의 눈을 들여다보는 것이야말로 아빠가 여태껏 필요로 했던 가장 큰 편안함이었어.

"나라면 결코 당신처럼 할 수 없었을 거예요."

얘들아, 아빠는 군대에 있는 동안에도, 또 암과 겨루는 중에도 이런 말을 자주 들어왔단다. 선의를 듬뿍 담은 그 말에 감히 반박할 수는 없었지만, 너희에게만큼은 그때마다 내 머릿속에 메아리쳤던 대답을 들려줄 수 있을 것 같구나.

"사실은 당신도 할 수 있어요. 다만 하고 싶지 않을 뿐이죠."

누구나 하고 싶지 않은 일들이 있어. 그게 잘못은 아니란다. 그러나 편안한 길이냐 고난과 도전의 중압감과 채찍이냐의 문제에 직면했을 때는 '할 수 없다'와 '하기 싫다'의 차이가 매우 크단다. '할 수 없다'가 훨씬 쉽지만 이는 아무것도 필요하지 않고 아무것도 생산하지 못해. 그러나 '할 수 있다'는 알고 있다고 생각했던 것들에 도전해야 할 필요도 있고, 하기 싫은 일도 다른 사람들과 함께해야 하며, 원하지 않는 관점을 찾아야 하고, 틀릴 수 있다는 위험을 감수해야 하고, 실제로 패배와 수치심을 겪어야 할 때도 있단다. 이러한 각각의 과정이 배움과 성장, 삶의 검증과 충만함을 나타내는 거란다.

너희에게 다가오는 고난과 도전의 물결에 당장 뛰어들라고 말하는 게 아니야. 한두 번의 걸음으로도 '할 수 있다'가 '할 수 없다'를 뛰어넘을 수 있어. 그리고 그 사이의 영토는 개인적인 성장과 직업적인 성취에 있어 기름진 땅이라는 말을 꼭 전하고 싶을 뿐이란다.

2 진실한 행동

"다만 행동으로 옮겨야 할 일을
말로 대신하지 마라"

tell my sons

몸 안에서 이루어지는
잔악한 내전

2010년 8월, 눈을 떴는데 움직일 수가 없다. 죽은 나무토막 같다. 머리가 멍하고 눈앞은 뿌옇다. 방 안은 주변 사물을 간신히 식별할 수 있을 만큼의 몽롱한 빛만 떠돌고 있다. 나는 흰색 벽으로 둘러싸인 작은 방에 누워 있다. 오른쪽에는 커다란 모니터가 있고 내 앞으로 천장을 따라 빛나는 금속 물질이 보인다. 고개를 천천히 왼쪽으로 돌렸더니 성조기가 보인다. 방 안의 소음도 빛만큼이나 희미하다. '여기가 어디지?' 다시 잠에 빠져든다.

다시 눈을 떴을 때도 여기가 어딘지 알 수가 없다. 희미하게 반복해서 '삐삐' '쉭쉭'거리는 소리가 일정하게 들려온다. 그 소리가 아니면 방 안이 너무 조용해 내 머리 주위에 달린 전자장치에서 무슨 소리가 들려올 정도다. 마치 비행기 조종실에 있는 것 같다. '여기가 어디지?' 친구 집에서 자다가 도중에 깨어났을 때 느꼈던, 방향 감각을 잃었을 때의 혼미함이 느껴진다. 친구 집에서는 금세 내가 어디에 있는지 알아차렸는데. 지금은 왜 도통 알 수가 없는 걸까? 나는 또 잠이 든다.

다시 눈을 떴을 때는 맹렬한 속도로 뭔가를 탁탁 두드리고 누르는 소리를 곧바로 알아들을 수 있었다. 오른쪽으로 고개를 돌리자 어떤 여자가 조종대 앞에 서 있다. 그녀의 모니터에서 흘러나온 빛이 방 안을 희붐하게 비추고 있다. 그녀는 화면과 자기 일에 집중하고 있다.

"여기가 어디죠?"

내 질문에 그녀는 대답하지 않는다. 내 말이 안 들렸나? 다시 물어봤지만 소용이 없다. 순간 어떤 생각이 번쩍하고 떠오른다. 드디어 나의 추론 능력이 가동되고 있다. 모니터와 희미하게 반짝이는 폴리에스테르 필름과 성조기와 전자장치와 비행기 조종실 같은 이 느낌. '여긴 우주선 안이야!' 나는 확신하며 눈을 감는다. 그러나 곧바로 말도 안 된다는 생각이 든다. 도대체 내가 우주선에서 뭘 한단 말인가? 갑자기 누군가 내 팔에 손을 대는 게 느껴진다.

"좀 어때요, 마크?"

아까 모니터를 들여다보던 그 여자다. 나랑 친해 보이는데 누군지 모르겠다. 나는 짐짓 화난 목소리로 묻는다.

"여기가 어디죠? 왜 내가 우주선 안에 있는 거죠?"

"여긴 병원이에요."

그녀는 내 질문에 웃지도 화를 내지도 않는다. 감각은 여전히 둔했지만 그건 한밤중이고 피곤해서가 아니다. 마취제 때문이다. 마침내 상황파악이 된다. 이 여자는 간호사다. 결코 깨어날 수 없는 악몽이라는 사실을 떠올리자 눈물이 터져 나온다.

나는 4기 암환자이고 수술 합병증이 생기면서 상황은 더 악화되었다. 꼼짝도 하지 못하는 상태로 머릿속만 깨어난 채 누워 있을 때 내 심장은 조깅할 때의 속도인 1분에 100번을 뛰었다. 3주 전 수술 이후로 이렇게 쉬지 않고 뛰고 있다(앞으로 4주 더 지속될 예정이다). 나의 장기들은 더 이상 인간적인 모습을 하고 있지 않다. 작동하는 것 자체가 놀라운 일이다. 의사는 '배관의 재설계'에 약간의 문제가 있었다고 설명한다. 췌장 중 손상되지 않는 부분은 여전히 건강해 췌장암이 찾아오지는 않을 것으로 예상된다. 그러나 건강한 췌장을 장에 연결하는 일은 콘돔에 바나나를 꿰매는 것과 같다. 손가락만 한 담관bile duct을 제자리에 꿰매는 것도 똑같이 어려운 일이다. 휘플 수술 후 20퍼센트 정도가 누공이 생긴다는 경고를 들었는데 내가 바로 그 행운의 당첨자다.

수술 후 며칠 만에 내 배를 내려다보고 갈비뼈 아래쪽을 가로지르는 깔끔하게 꿰맨 자국을 볼 수 있었다. 그러나 오늘은 아니다. 누공이 생기면서 늑골부터 엉덩이까지 복강 대부분이 담즙 유체와 췌장 유체로 가득 차고 말았다. 지난주 의사는 17인치 너비의 수술자국 실밥을 모두 뜯어내야 했다. 지금의 내 모습은 칼로 배를 가르고 한껏 벌려놓은 사슴 몸통 같다.

"다시 꿰맬 건가요?"

"아뇨. 이해하기 어렵겠지만 상처가 안에서 밖으로 아물어야 합니다. 그래서 꿰매지 않아요. 개방창이라고 부르는 겁니다."

이해하기 어려울 거라는 말은 지나친 평가였다. 수술자국 중 어느 부분은 너무 커서 내 주먹 두 개가 들어갈 수 있을 정도다. 근육은 갈아놓은 햄버거 패티처럼 보이고 노란 소화액이 끊임없이 흘러나와 몇 시간에 한 번씩 붕대를 갈아줘야 한다. 14주 내내. 배를 덮은 침대 시트를 걷으려고 손을 아래로 뻗는데 오른팔에 튜브들이 주렁주렁 걸린 게 느껴진다. 올려다보니 수액 거치대에 액체 주머니가 네 개나 걸려 있다. 새로 설계된 내 배관으로는 음식물을 처리할 수 없어서 먹을 수가 없다. 그래서 수액 주머니 중 두 개는 영양 공급용(종합비경구영양수액)이다.

다섯 번째 튜브는 딜라우디드Dilaudid(모르핀의 열 배 되는 진통마취제) 펌프와 연결된 것으로 내가 직접 통제할 수 있다. 통증이 심해지면 엄지로 폭탄의 뇌관처럼 생긴 단추를 누르면 대략 한 시간에 한 번꼴로 약이 나온다. 진통제의 부작용 중 하나는 살면서 겪어본 적이 없을 정도로 심한 갈증이다. 더 나쁜 점은 아무것도 마실 수 없다는 사실이다. 하루 24시간 갈증을 느낀다. 내게 허락된 유일한 물은 입술 마름을 막아주는 습기 먹은 스펀지나 얇은 얼음조각이 전부다. 앞으로 20일까지 마실 수가 없다. 손끝을 살짝 베었을 때 완전히 아물려면 얼마나 걸렸던가를 헤아려보고 나서 큼직한 수술자국을 내려다보며 속삭인다.

"이 정도는 별거 아니잖아, 마크."

그 후 몇 주 동안은 완전히 고문과도 같았다. 다량의 진통마취제와 끔찍할 정도의 복부 상처, 누수, 영양부족 탓에 걸어 다니고 소변을 누고 방귀를 뀌는 일은 고사하고 침대에서 일어나는 것조차 어려웠다. 아빠는 매일 몸을 일으켜 제발 소변이 나오게 해달라고 신에게 기도했단다. 그렇지 않으면 간호사가 도뇨관을 삽입해야 했거든. 방광을 비우려고 하루 세 번 요도에 도뇨관을 삽입하는 게 얼마나 고통스러운지 너희도 충분히 상상할 수 있을 거야.

"자꾸 넣었다 뺐다 하지 말고 그냥 삽입해두면 안 돼요?"

"다시 소변을 볼 수 있게 되기를 바란다면, 안 돼요."

간호사에게 애원해도 소용없었다. 또한 소화기 계통을 계속 움직이고 혈전을 방지하고 몸 안 근육의 긴장도를 유지하려면 계속 걸어야 했다. 필요한 만큼 자주는 걸을 수 없었지만 온 힘을 다해 걸었어. 한 번에 한 발짝씩 고통스러운 걸음을 옮기면서 60미터 정도를 천천히 움직였단다.

몸을 움직이지 못하고 또 내부 기관들이 '졸고' 있어서 부기가 빠지지 않았기 때문에 몸무게가 16킬로그램 정도 늘어났어. 다리와 발은 알아보기 어려울 만큼 부었고 고환은 오렌지 크기만큼 부풀었단다(노아, 네가 우연히 그걸 보고 나를 '빅 대디'라고 놀렸지). 몸 안에 수분이 빠져나가지 못하면서 호흡이 어려워졌고, 결국 폐에 물이 차면서 걷기도 자기도 심지어 똑바로 생각하는 것도 훨씬 어려워졌다. 내 몸은 꼭 잔뜩 부풀어 오른 사슴진드기 같았어. 폐에 고인 물을 빼주면 안 되냐고 물었지만 대답은 항상 부정적이었어. 절차가 너무 위험하다는 것이었다.

"지금 하고 있는 심호흡 운동을 하루에 열 번이라도 더 하는 게 훨씬 나아요."

이런 대답이 돌아올 뿐이었단다. 나는 그냥 웃어버렸다. 심호흡을 하루 두 번 하기도 어려웠거든. 결국 의사들은 내 폐에서 2리터들이 물통에 들어갈 만큼의 액체를 빼냈단다.

✲

사람이 두려움을 느끼면 아는 대로 행동하게 된단다. 21년차 군인이자 장교로서 아빠도 처음에는 전투나 전쟁 같은 군사용어로 암을 설명하려는 생각에 반발을 느꼈어. 요즘은 걸핏하면 약물이나 크리스마스나 비만이나 문맹, 빈곤, 테러 같은 것에 '전쟁'이라는 말을 붙이고 있잖니?

아빠도 전쟁이라는 말로 적과 패자라는 의미를 함축하려는 생각이 별로 마음에 들지 않았어. 암은 외국 침입자가 아니잖아. 나 자신의 잘못된 면역체계가 일으킨 결과였고 스스로를 적이나 패자로 여길 수는 없으니까. 게다가 아빠는 진짜 전투에서 적과 싸우고 패배하는 군인들을 너무도 많이 봐왔어. 그러니 그런 비유가 적절해 보이지 않았지. 그러나 전투 관련 용어를 쓰지 않으려는 조심스러움은 그리 오래가지 않았단다. 거의 모든 이들이 그 상징을 사용했고 또 나 역시 질병을 통해 더 많은 정보와 견해를 얻게 되면서 그런 비유를 점점 이해하게 되었어.

암은 갑자기 툭 튀어나오거나 부서지거나 낡아빠지거나 터져 나오는 게 아니었어. 전쟁, 몸 안에서 벌어지는 잔학한 내전이었어. 암환자 가족에게 그런 상징이 필요하다는 것을 깨달았단다. 나와 같은 말기질환은 삶에 대한 최악의 악몽을 불러일으키니까. 죽음이 서서히 찾아오고 그 결과 보호자나 남은 사람들에게 고통스럽고 비참한 존재가 되고 만다는 생각 말이야. 암을 전쟁에 비유하는 것은 어떻게든 이에 맞서 필사적으로 애쓰는 가족들에게 결집의 계기를 마련해줄 수 있잖니. 게다가 전쟁과 싸움의 언어는 군인인 나의 언어였단다.

한번은 암과의 싸움과 실제 전쟁터에서의 싸움이 어떤 차이가 있느냐는 질문을 받은 적이 있어. 뭐 전쟁터에는 총알과 폭탄이 있지. 그러나 현실적으로 유일한 차이는 배경이 되는 장면과 싸우는 사람들뿐이야. 암과의 싸움에서도 여전히 적에 맞서야 하고 또 자신의 두려움과 죽음에도 맞서야 하거든. 사소하든 심각하든 여전히 비참함과 상실감도 견뎌야 하고. 그리고 여전히 가족과 함께 앉아 여러 가능성의 준엄한 현실을 설명해야 한단다.

그러므로 암을 내전으로 규정한다면, 너희에게 동료 시민(암세포) 백만 명이 국토를 가로지르며 마주친 사람들을 무차별 살상하고 있다는 소식이 들려온다면 너희는 누구를 '아군'으로 생각하겠니? 정답은 상대편이 아닌 모두란다. 나의 아군은 크게 3군으로 구성되어 있단다. 내 몸, 친구와 가족 그리고 의료진.

이 진용에서 유일하게 '물리적인' 전사는 내 몸이야. 다른 사람들도 도움을 줄 수는 있겠지만 실질적인 싸움은 내 몸이 해야 하지. 2010년 7월 결집한 적군은 나의 국경지대에 머물러 있지 않았다. 암은 이미 나보다 우세한 화력을 갖추고 허를 찌르며 나를 포위했지. 내 전력의 엔진이자 연료처리거점(소화계통)은 이미 파괴되고 말았단다. 내 몸은 강한 심장과 이성, 폐와 근육을 갖추고 있었지만 연료가 없이는 장식물에 불과했어. 나는 하루아침에 전투 능력을 빼앗겨버렸지.

내 온라인 저널♦을 통해 '친구와 가족' 군이 단 일주일 만에 1,000명으로 늘어났다. 이 군대는 장기적으로 동기를 부여하고 영적인 지원을 아끼지 않았지만 암에 대항해 실천적인 전투 능력을 주지는 못했다. 그렇다면 마지막 남은 아군은 인간 생물학에 대해 가장 효과적이고 진보적인 무기로 무장한 소수정예, 바로 의료진이었다. 그러나 문제가 있다.

- 의사들의 무기는 암의 속성이 그렇듯 그저 무차별 살상을 가하는 것뿐이다.

♦ 자선단체, 환자치료, 재활 과정, 격려 메시지 등을 수록한 무료 웹사이트 www.caringbridge.org로서 방문자 모두 글을 읽고 댓글을 남길 수 있다.

- '전운'의 혼란과 불확실성은 군인들처럼 의사들도 방향 감각을 잃게 한다.
- 의사들은 암을 파괴하기 위해 순식간에 칼을 휘두르지만 그 해결책은 때로는 완전히 비효과적이다.

뷰퍼드, 불라와 함께한
열여섯 번째 결혼기념일

나를 돕고 지지하는 사람들은 "꼭 이겨낼 거야!" "널 위해 기도할게!"와 같은 말 외에는 무슨 말을 해야 할지 몰라 고민했다. 그래서 내가 원하는 지지는 어떤 것일까 스스로 물어볼 수밖에 없었어. 나는 군인으로서 이 일을 받아들이고 있지만 그렇다고 무조건 승리할 거라는 말을 듣고 싶은 걸까? 많이 웃고 있지만 여기에 웃을 일이 있기는 한가? 나는 영적인 사람이지만 신앙의 힘이 나의 생존을 좌우할까?

나는 이러한 주제들에 관해 사람들에게 내 생각을 말하고 각각의 임무에 어떤 도움을 줄 수 있는지 제안하기로 마음을 먹었단다. 그게 심각하게 아픈 사람의 책임이라고 생각해. 그래서 나는 사람들에게 이렇게 말했단다.

눈에 보이는 그대로 나에 대해 솔직하게 말해주세요. 그래야 내가 계속 현실을 직시할 수 있답니다. 나를 어둠 속으로 밀어 넣지도 말고, 곧 승리가 임박했다고 과장되게 주장하지도 마세요. 그냥 함께 이야기를 나누기로 해요. 유머에 대해서라면, 나는 나 자신을 보고 또 내 삶을 보고 웃어요. 암에 걸리기 전에도 그랬던 것처럼 지금도 앞으로도 그럴 겁니다.

지금까지 가장 큰 버팀목이 되어준 종교에 관해 말하자면, 제발 당신의 종교를 강제하지 말고 나의 신앙을 존중해주세요. 하나님은 전투와 삶 모두를 위해 내게 영감을 내려주시지만, 내가 대변도 보지 못할 때나 내 면역체계가 암세포를 알아봤을 거라고 확신하지 못할 때 그분이 우주의 벨보이처럼 달려와 나 대신 내 장을 느슨하게 풀어줄 거라고는 생각하지 않아요. 나와 함께 기도해주세요. 그러나 나나 의사들을 위해 하나님에게 어떤 일을 해달라고 기도했단 말은 하지 마세요. 하나님이 생각과 영감의 형태로 지금껏 주신 원재료만으로도 충분하니까요. 그것은 이미 차고 넘치는 기적이었답니다.

✂

당찬 말들이 앞으로 다가올 여정과 일에 관한 엄연한 현실에 굴복하는 때가 왔단다. 극소수 사람들하고만 나눈 생각이다. 4기 암은 4기 암이다. 밖으로는 아무리 자신감이 넘치고 긍정적으로 보여도 이 현실에 당의 같은 건 없단다. 현대의학은 많은 희망을 주었지만 내 조건이 부인할 수 없게 치명적이라는 사실에 솔직해야 한다는 것도 알고 있었어. 큰 싸움에서 아무것도 얻지 못한 사람을 무척 많이 알고 있다. 그들은 수술 합병증으로 삶의 질과 존엄성을 상당히 잃고 6~18개월 정도를 살다가 천천히 고통스러운 죽음을 맞이했단다.

친구들과 가족은 이런 생각이 건강하지 못하다고 여겼어. 그러나 나는 이야말로 '약해지는 자신의 모습을 돌아볼 수 있는 강한 의지'와 '도전의 중압감과 채찍을 기꺼이 견디는' 일이라고 생각한다. 어떻게 해야 나의 말과 행동이 균형을 이룰 수 있을지 오래, 그리고 열심히 생각해야 한다고 믿었지.

이런 성찰과 관찰이 용기를 꺾지는 않았어. 다만 내가 감히 바라는 바와 반대로 내가 꼭 해야 할 일들에 초점을 맞추고 여러 가능성들을 찬찬히 생각해보게 해주었단다. 결과에 대해 두려움이 느껴질수록 수술 합병증에 똑똑하게 대처하고, 점점 나빠지는 상황에 대해 정신을 똑바로 차리고, 어떤 질문을 던져야 할지 알아내고, 노력의 과정에서 내 책임이 무엇인지 제대로 이해하며, 가족도 같은 관점을 갖추도록 도와야 한다는 생각이 들었어.

이런 생각들이 어떤 행동으로 나타났을까? 나는 복부의 개방창을 거즈로 감싸도록 요구했고 붕대를 직접 갈았다. 또 매일 내 몸에 주입되는 약물이 무엇인지 알려달라고 요구했어. 또 이 모든 일에 대해 독립적으로 판단할 수 있게 가능한 한 많은 자료를 읽고 배웠단다. 또 이 싸움을 내 것으로 만들려고 상처에 이름을 붙여주었단다. 그 이름은 지금도 쓰고 있지. 복부의 벌어진 상처는 뷰퍼드Buford야. 또 복부 안쪽에서 액체가 새어 나오는 부위와 이와 관련해 엉덩이에 생긴 수술자국은 불라Bullah야. 결국 뷰퍼드는 이 모든 고난을 줄여 말하는 용어가 되었단다. 뷰퍼드는 진화를 거듭해왔다. 그와 함께 역경에 대한 우리의 이해도 역시 진화를 해왔지.

마침내 먹을 수 있게 되고 따뜻해야 할 음식이 자꾸 차갑게 식어서 병실로 왔을 때 나는 불평만 하고 있지 않았다. 병원의 주방관리자를 만나게 해달라고 요청했고 모든 환자들을 위해 더 나은 서비스를 해달라고 부탁했단다. 그리고 그는 실제로 잘해주었지. 수술팀이 내 요청을 거절하거나 내가 실제로 겪는 일에 대한 설명을 들어주지 않으면 나는 단호하게 나 역시 팀의 일원이라는 사실을 일깨워주었단다.

행동이 늘 쉬운 것만은 아니었어. 그래서 팀원이 필요한 거겠지. 8월 27일, 크리스틴이 수건과 비누를 가져오더니 내가 가장 두려워하는 일, 즉 목욕에 한번 도전해보라고 격려하더구나. 25일 만의 목욕이었단다. 열린 상처로 물이 들어갔을 때 느끼게 될 통증은 생각만 해도 진저리가 났어. 나는 팔을 들어 올리는 것만으로도 힘들어 크리스틴이 작은 천으로 내 몸을 구석구석 닦아주는 사이 그냥 가만히 서 있기만 했단다. "좋아. 이제 다리를 들어봐." 부부가 살다 보면 언젠가는 이런 순간이 올 줄은 알았지만, 지금은 아니었다.

크리스틴은 목욕을 마치고 내 몸을 닦아주었고 다리와 발목의 죽은 피부를 벗겨내고(부종의 결과였다) 로션을 바른 후 깨끗한 가운을 입혀주었어. 그리고 수술 이후 처음으로 내 작은 침대에 올라와 함께 부둥켜안았다. 내 생애 그토록 안정적이고 편안한 느낌은 처음이었어.

그날은 우리의 열여섯 번째 결혼기념일이었단다.

어머니의 헌신과
아버지의 하키스틱

기초훈련을 받던 중 훈련교관이 혹독한 장애물 코스를 통과할 수 있겠느냐고 묻더구나. 나는 "그러기를 희망합니다"라고 대답했단다. 교관은 코웃음을 치며 이렇게 대꾸하더구나.

"있잖나, 이등병. 한 손에는 희망을 다른 손에는 헛소리를 들고 앞으로 가면 어떤 놈이 먼저 도착할 것 같나?"

직접 부하들을 지휘하게 된 이후로 말보다 행동이 더 큰 힘을 지녔다는 것을 알려주기 위해 그 교관보다는 조금 더 점잖은 방법을 썼단다. 나는 부하들에게 집게손가락과 엄지로 '오케이' 사인을 만들어 턱 위에 그 동그라미를 대도록 했다. 그런데 90퍼센트가 동그라미를 뺨에 댄단다. 왜 그럴까? 내가 입으로는 턱에 대라고 설명하면서 오케이 사인은 뺨에 댔기 때문이지. 사람들은 내 말은 무시하고 행동만 본 거야. 많은 사람들이 그런단다. 아빠의 삶에도 말보다 행동이 더 힘이 세다는 것을 보여주는 예가 아주 많아. 그런 교훈은 지침서를 보고 깨닫는 게 아니란다.

28년 전 JROTC 시절에 머리가 길고 군복이 단정치 못했던 상급생이 한 명 있었어. 그는 한 계급이 높았고 능력도 있고 열심이었지만 계급이 더 낮은 생도들에게 별로 영향력이 없었단다. 또 기초훈련 중 비슷한 딜레마에 처한 중위를 만난 적도 있어. 그는 총명하고 자신감에 넘쳤으며 건강과 군인정신과 리더십에 대해 열변을 토했지만 그의 말은 정작 본인의 비만에 가려 빛을 보지 못했단다. 그런데도 본인은 전혀 그 사실을 깨닫지 못했지.

위선만이 많은 것을 시사하는 게 아니었어. 많은 훈련교관들이 식사시간에 훈련병들과 같이 식사를 하더구나. 그들의 업무량을 생각하면 비난할 수만은 없을 거야. 하지만 훈련교관 페러데이즈는 늘 가장 늦게 식사를 했어. "내가 다 먹으면 너희도 끝낸다." 그는 매일 이렇게 고함을 쳤지. 나보다 식사시간을 훨씬 짧게 가진 사람이 이렇게 말하면 누가 불평할 수 있겠니? 우리가 훈련을 받을 때 그 역시 같이 움직였다. 그는 우리 앞에 서서 고함만 지르지 않았어. 우리가 1킬로미터 행군을 하면 그도 전 거리를 함께 갔다. 그는 도착점에 미리 가서 우리를 기다리지 않았어. 이런 행동 때문에 우리는 자발적으로 그를 따랐지.

이런 기억이 평생 내 행동에 영향을 미쳤단다. 나는 가장 늦게 먹고 스스로 하지 않을 일은 남에게도 시키지 않았다.

말과 행동의 중요성이 가장 강조되는 분야가 바로 부모의 역할과 양육일 거야. 어른과 아이 사이의 상호작용에서도 마찬가지지. 열 살 아이가 어른의 말과 행동이 일치하지 않는다고 지적했을 때 아이와 입씨름을 벌이는 건 이해가 되지 않는 광경이겠지. 이 문제에 관해서 나는 너희 때문에 늘 겸손해야 했고, 너희 또한 너희 아이들을 대할 때 마찬가지일 거야.

나 역시 부모님의 행동을 보고 나름대로 판단력을 키워왔다. 어머니는 헌신적으로 자식들을 키웠고 아버지와는 완전히 상반된 행동을 했어. 어머니는 늘 우리 곁에 머물러 있는 점을 자랑스럽게 여겼고 우리에게 구체적인 애정표현을 마구 쏟아주셨지. 그러나 우리가 잘못을 저지를 때마다 어머니는 위기에 직면했어. 참을성이 바닥나면 아빠를 불렀지만 곧 분노를 폭발시킨 것을 후회했지.

어머니는 친밀감 탓에 권위는 부족했지만 대신 우리는 그로부터 신뢰와 자신감을 느낄 수 있었지. 우리는 어머니와 대화를 많이 나누었단다. 그 대화는 일기장에 쓰는 것들만큼 굉장히 내밀했어. 합리적이지 못하다는 걸 알면서도 내가 느끼는 감정들을 거리낌 없이 어머니에게 털어놓았단다. 나는 '마마보이'였는데 패튼 장군이나 맥아더 장군, 아이젠하워 장군도 같은 별칭으로 불렸다는 사실을 알게 된 후로 그리 많이 당황하지는 않았어. 어

머니와의 관계에서 사랑(늘 함께 있고 싶은 사람과 나누는 감정)은
아주 쉽게 왔단다.

※

'사랑'이라는 말은 어린 시절 내 아버지와는 연관성이 없는 단
어였어. 형제들과 내가 어떻게 죽지 않고 살았는지 모를 정도야.
돌이켜보면 충분히 죽고도 남을 수 있는 상황이었거든. 한번은
아버지가 우리 형제들이 망가뜨리거나 부순 문짝과 자동차 실내
장식, 연장과 가구가 다 합하면 1만 5,000달러는 될 거라고 고함
을 지르기도 했지.

여덟아홉 살 무렵, 무슨 계기로 그랬는지는 몰라도 아버지는
더는 말로만 혼내지 않겠다는 것을 분명히 보여주었어. 원인은
기억나지 않지만 결과는 확실하게 기억이 나는구나. 미네소타의
우리 집에는 하키스틱이 떨어지는 날이 없었단다. 아버지는 하키
스틱 하나를 붙잡아 구부러진 부분을 잘라내고 부엌 식탁에 앉아
우리에게 영원히 '매'로 불리게 된 도구로 깎아냈다. 심지어 그
위에 우리 이름을 새겨놓기도 했단다. 그러면 효과가 더 커졌지.
몇 번이나 매를 맞았는지 기억나지 않지만 다섯 번이었다고 해도
실제로는 쉰 번을 맞은 것같이 느껴졌단다. 매를 떠올리기만 해
도 숨이 멎을 것 같았어. 매를 숨기려고도 해보았지만 소용이 없
었지.

목수였던 아버지가 '죄수의 딜레마'라는 개념에 대해 들어본 적은 없었겠지만, 자연스럽게 터득하고 있었어. "매를 먼저 찾아온 사람은 안 맞는다. 누가 숨겼는지 말하지 않으면 다 맞을 줄 알아라." 아버지는 이렇게 말하곤 했지. 아동학대라고 소문내고 다니겠다고 위협해도 소용이 없었어. "짐 싸라. 이게 학대라고 생각하면 내가 직접 고아원에 보내주마." 그는 어머니의 승인을 받고 이렇게 말했지. 그 카드는 딱 한 번밖에 쓰지 못했어. 아버지는 자국을 남길 정도로 세게 때리지는 않았거든.

아버지는 "사랑한다"는 말을 하지도 않았고 했다고 해도 믿기지 않을 말이었다. 아버지는 대부분의 시간을 차고에서 경주용 자동차를 손보거나 낚시나 사냥을 하러 가거나 소프트볼을 하며 지냈어. 가정을 버리지는 않았지만 늘 다른 일에 분주했지. 원하면 우리 형제들도 얼마든지 따라갈 수 있었지만 아버지가 먼저 가자고 손을 내민 적은 없었단다. 또 따라가려면 도시락과 두루마리 휴지 한 통은 챙겨가는 게 좋았어. 마라톤처럼 길어질 가능성이 컸거든.

열두 살 무렵 한번은 아버지와 얼음낚시를 갔단다. 그런데 몸이 아프기 시작했어. 아버지에게 집에 가면 안 되느냐고 물어보았지. "원하면 트럭에서 기다려도 돼. 하지만 어디로도 가지는 않을 거다." 돌아온 대답은 이랬지(몇 년 후 아버지는 아마 그날 고기가 잘 잡혀서 그랬을 거라고 말했단다). 1월 중순 미네소타의 강추위 속에서 트럭에 앉아 있으려니 배 속이 꿀렁거리기 시작했어. 나는 얼른 트럭에서 뛰어나와 빨리 멜빵바지를 벗기 시작했다. 하지만 너무 늦어버렸지. 바지로 곧장 설사가 쏟아져내렸거든. 휴지도 갈아입을 옷도 없었어. 똥 무더기 위에 앉아 있든지 옷을 다 벗고 반라상태로 트럭에 들어가 있든지 둘 중 하나를 선택해야 했지. 강추위 때문에 선택의 여지는 없었다. 마침내 아버지가 트럭으로 돌아왔을 때도 어떠한 연민도 내비치지 않더구나.

그 일에서 톡톡히 교훈을 깨달았어야 했는데 몇 년 후 또 겨울에 아버지를 따라 밀랙스Mille Lacs 호수로 얼음낚시를 하러 갔지 뭐냐. 겨울이었지만 무척 포근한 날씨였다. 아버지는 얼음 위로 차를 몰고 들어갔다. 화창한 날씨였어. 호수 위로 꽤 멀리 들어와 호숫가가 보이지 않을 정도였지. 자동차 바퀴가 중간 부분까지 얼음 속에 가라앉는 것을 보면서 내가 얼마나 공포로 떨었을지 한번 생각해보렴. 아버지는 차분하게 걱정할 필요가 없는 이유를 설명했고 결국 무사히 호수를 떠났지만, 그 후 다시는 아버지를 따라가지 않았단다.

사슴 사냥 역시 소풍처럼 즐겁지 않았단다. 11월 초면 미네소타에서는 본격적인 겨울이 아니었지만, 본 계절이 올 때까지는 겨울 대신이었지. 열네 살 때 아버지는 사슴 사냥에 나를 데려가기로 하고는 본인이 젊은 시절에 입었던 옷을 내게 입혔다. 셔츠 두 벌과 재킷, 내복과 청바지, 양털양말 그리고 고무 덧신이 붙은 테니스화였단다(아버지가 젊었을 때는 꽤 괜찮은 옷이었을 거야). 그 후 내 돈으로 방한복을 살 수 있게 될 때까지는 사슴 사냥에 따라

가지 않았어.

단기적으로 보면 이런 여러 가지 일들이 상당히 곤혹스러웠지만, 장기적으로는 감동을 받을 수밖에 없었단다. 아버지는 신체적으로나 감정적으로나 어떤 일에도 당황하지 않는 것처럼 보였어. 이런 단순한 목적의식은 어른이 된 내가 몹시 존경하게 된 특징이란다. 그러나 십대 나이에는 그게 미덕으로 보이지 않았기 때문에 아버지를 '사이코 대니얼 분Daniel Boone(미국의 서부개척자이자 사냥꾼으로 최초의 민중 영웅 — 역자 주)'이라고 불렀단다. 아버지는 지금도 그 별명을 자랑스럽게 달고 다니지.

아버지와 철학적인 대화를 나눴던 기억은 없구나. 아버지는 나약해 보이거나 지나치게 친근하게 보이지 않으려고 본능적으로 거리를 두었던 것 같아. 양육과 사랑은 늘 어머니의 몫이었단다.

✄

어휘의 선택과 행동, 그리고 양육에 관해 남자와 여자, 혹은 소년과 소녀 사이에 분명히 차이가 존재한단다. 크리스틴은 남자형제가 없어서 너희의 행동을 판단할 때 당혹스러울 때가 자주 있다고 말하더구나. 내가 생각하는 부모의 좋은 점이나 나쁜 점을 예로 들면서 앞서 말한 것과 같은 일화를 설명하고 만다면 그건 무책임한 일일 거야. 너희도 알겠지만 아빠는 너희를 키우면서 양육 방식에도 장단점이 서로 균형을 이루고 있다는 것을 배우게 되었단다.

너희 할아버지는 매우 거칠었지만, 군인으로서 나는 아버지의 양육 방식에서 미덕을 보았지. 친근함은 자칫 무시를 낳기 때문에 건강한 두려움과 거리감을 조성하면 아직 규율이 서지 않고 미숙하고 비합리적인 부하들을 다룰 때 상당히 도움이 된단다. 하지만 할아버지나 내가 군이 애정과 재미로부터 아예 등을 돌려야만 했을까?

암 진단을 받고 1년이 되던 날 우리가 함께 보드게임을 하면서 이 문제를 시험해봤단다. 그냥 보드게임이 아니었어. 우리에게 나름 역사가 있는 '리스크(군사 전략 게임 — 역자 주)'였단다. 너희가 지금보다 훨씬 어렸을 때, 우리가 그 게임을 할 때면 아빠는 군모를 쓰고 공격당하는 지역이나 나라의 각기 다른 억양을 흉내내곤 했었지.

너희는 한편으로는 혼란스럽고 다른 한편으로는 즐겁고 어떤 이유에선지 좀 당황스러운 물고기처럼 나를 쳐다보더구나. 너희가 먼저 다른 나라 말투를 흉내 내달라고 부탁한 적도 없었고 또 그런 내 장난을 너희가 정말로 좋아하는지도 알 수가 없었지. 내가 그렇게 행동한 건, 너희가 아직은 다 크지 않아서 서로 간 벽을 허물 수 있기에 그런 상태에서 재미있게 웃을 수 있다는 것을 보여주기 위해서였단다. 조금도 망설이지 않고 너희와 친근함을 나누고 싶었던 거지.

이번 게임에서는 너희도 각자 군모를 쓰게 될 거라고 설명해주었다. 처음 반응은 회의적이었지. 아빠가 바보처럼 구는 건 너희 모두 괜찮게 여기는 것 같았지만 그렇다고 너희도 똑같이 해야 한다는 뜻은 아니었으니까. 어색한 침묵을 처음 깬 사람은 매슈 너였지. 너는 리더십을 발휘해 재빨리 조슈아와 노아를 이끌더구나. 몇 분도 안 되어 너희는 각자 어떤 캐릭터를 맡을지 열띤 토론을 벌였어. 아빠는 너희를 장군으로 만들고 각자 이름도 붙여주었다. 이 기회에 각자 이름이 어떤 의미가 있는지 문화와 배경을 설명해주는 것도 잊지 않았어.

조슈아는 쿠르드족 민병대 페시메르가Peshmerga의 장군 무스타파 제바리가 되었지. 페시메르가는 쿠르드어로 '죽음에 맞서는 사람들'이라는 뜻이란다. 또 제바리는 아빠가 이라크에서 복무할 때 보필했던 이라크 장군 바바커 제바리의 이름에서 따왔지. 또 무스타파는 1930~1940년대 대다수가 아랍계였던 이라크 안에서 쿠르드족의 정체성을 지키는 데 크게 공헌한 '쿠르드족의 조지 워싱턴' 이름에서 빌려왔단다.

매슈는 아프리카의 장군 쿠조 카트Kujo Khat가 되었다. 쿠조는 아프리카의 복음성가 가수 이름이야(너는 노래도 잘하고 기타도 치니 썩 들어맞는 이름이라고 볼 수 있지). 카트는 아프리카 북동부 지역 사람들이 담배처럼 씹는, 그러나 효과는 훨씬 더 강력한 꽃식물의 이름이란다.

노아는 사우디아라비아의 장군 알리 술탄 빈 모하마드 알 카다리Ali Sultan bin Mohammed al Quadari 왕자가 되었어. 아랍의 문화를 보여주는 긴 이름이란다. 술탄 왕자는 아빠가 1996년 사우디아라비아로 파견을 나갔을 당시 그 나라의 왕세자 이름이었어. 아랍은 우리처럼 첫 번째 이름, 가운데 이름, 마지막 이름으로 되어 있는 게 아니라 이름 뒤에 길게 꼬리를 붙인단다. 빈은 '아들'이라는 뜻이고 '알'은 '그'라는 뜻이야. 그러니 노아 네 이름은 '알리 술탄, 모하마드의 아들, 그 카다리'라는 뜻이겠지(아랍 전문가가 들으면 웃을지 몰라도 이 게임을 위해서는 충분한 설명이라고 생각한다).

마지막으로 아빠는 특유의 억양과 불량한 태도를 지닌 호주의 장군이 되었어. 토요일 세 시간이 재빨리 흘러갔고 결국 누군가는 진짜 전쟁처럼 패배의 굴욕감으로 괴로워하게 되었지. 애통한 알리 왕자의 서거 소식이 들려왔다. 노아, 넌 게임을 그만하겠다고 선언했어. 아빠는 호주 억양으로 약간의 유머와 위엄을 곁들인 교훈을 들려주었지. 패배는 부끄러운 일이 아니나 도중에 게임을 그만두는 것은 부끄러운 일이며 아빠가 있는 한 그런 일은 절대로 있을 수 없다고 말이야.

"자넨 게임을 끝까지 완수해야 하네. 그게 유일한 선택이야!"

매슈와 조슈아는 깔깔거리며 웃었지만 노아 넌 코웃음을 치며 아빠를 노려보았지. 잔인한 놀림처럼 느껴질 수도 있겠지만 그래도 적절한 교훈이었어. 또 여러 달이 지난 후, 너희 모두 이 순간의 세세한 모습들을 분명하고도 즐겁게 돌이켜볼 수 있는 일종의 유언이 될 수도 있단다. 리스크 게임을 하면서 내가 나의 아버지와 얼마나 똑같고 또 얼마나 다른지를 깨닫게 되었어.

- 아버지와 같은 점: "내가 하자는 대로 하지 않을 거면 관둬라"라는 진취적인 정신. 게임을 그만두고 싶다는 노아의 말에 네가 그 게임을 즐기고 있는지를 알지 못하고 궁극적으로는 신경도 쓰지 않는 점.
- 아버지와 다른 점: 이런 시간을 마련하겠다는 결심. 재미있는 연기, 유머, 문화적인 호기심 그리고 다 자라지 않은 이성으로 감정을 관리해야 할 때 그 방식을 노련하게 알려주어 돕겠다는 의지.

크리스마스의 기적,
눈 요새

친근함의 문제에 관해서라면 아빠와 아들이 완전히 달라서 빚어진 더 강렬했던 경험이 또 있지. 우리가 미네소타로 돌아와 처음으로 본격적인 겨울을 맞았을 때, 내 마음은 유난히 어린 시절로 자주 돌아가곤 했어. 특히 걸어 들어갈 수 있을 만큼 커다란 눈 요새를 만들었던 게 기억났지. 그런 일에는 아버지의 힘이 필요했어. 우리 아버지가 그런 경험을 만들어주지 않았던 것에 대해 후회는 없지만 나는 너희와 한번 해보고 싶었단다. 그러나 그런 기회는 쉽게 오지 않았지. 1년에 76센티미터나 눈이 내리지만 날씨가 몹시 춥거나 한꺼번에 많이 쏟아져야만 엄청 큰 눈 요새를 만들 수 있었거든.

2009년 12월 드디어 잭팟이 터졌다. 미네소타 기록상 다섯 번째로 큰 눈이 쏟아진 거야. 하루에 43센티미터나 내렸단다. 일주일 안에 그 위에 또 40센티미터가 내렸다. 게다가 시기도 완벽했지. 크리스마스 방학이었거든. 나는 공격 개시일이라도 된 것처럼 너희를 불러 모았지.

"얘들아, 드디어 때가 왔다. 어린 시절에 이런 눈은 인생에 딱 한 번만 온단다."

실제로 미네소타 기록을 검색해보았더니 하루나 한 달 안에 이 정도로 눈이 많이 온 건 아빠 인생에 딱 두 번뿐이었는데, 한 번이 바로 내가 조슈아와 노아 너희 둘보다 딱 한 살 많았던 1982년 12월이었단다.

너희의 눈은 흥분으로 타올랐다. 그러나 아빠는 그렇게 순진하지 않았어. 일이 힘들어지면 너희를 부추기기가 그렇게 쉽지 않을 거라는 사실을 알고 있었지. 우리 집과 이웃집 진입로에서 눈을 모으는 데만 이틀이 걸렸다. 어느 시점에는 눈이 너무 단단히 뭉쳐 있어서 일반 분사식 제설기로는 옮길 수가 없어 손수레를 써야 했잖니. 우리는 높이 2.5미터, 너비와 길이 4.5미터 눈더미를 쌓았어. 풀사이즈 SUV 자동차 두 대를 묻을 만큼의 양이었지.

다음 날 아침 7시, 아직 졸음도 가시지 않은 대원들을 끌고 나

—— 너희와 함께 만든 눈 요새에서. 아빠는 그 순간을 아직도 잊을 수가 없구나.

가 눈더미를 파내기 시작했다. 매슈는 단단히 뭉친 눈 벽돌을 만드는 파내기 기법을 독창적으로 개발했지. 우리는 네가 만든 눈 벽돌로 요새 절반 둘레에 2미터 높이의 복도를 쌓고 네모반듯한 성 정면도 쌓았단다. 영하의 기온 덕에 요새를 만들기에 아주 좋았지만, 아홉 살 대원들의 근로 의욕 고취에는 그리 좋지 않았어.

사흘째가 되자 거리를 지나는 자동차까지 멈춰 서서 구경할 만큼 눈 요새는 웅장한 모습을 띠게 되었단다. 그러나 춥고 힘들었던 나의 어린 대원들은 그만 사기가 꺾이고 말았지. 나흘째가 되자 아빠는 마치 구소련의 강제노동수용소 관리인이 된 기분이었어.

"애들아, 제발! 이거 하기로 했잖아. 힘들 거라고 했잖아. 하지만 다 완성하면 엄청나게 뿌듯할 거야."

가장 믿음직한 지지자였던 열네 살 매슈 너마저 과연 이 계획이 현명한 것이었는지 의문을 품기 시작했지. 게다가 크리스마스 방학도 끝나가고 있었다. 이후 며칠은 거의 아빠 혼자 요새를 만들었단다. 그러나 눈 요새가 완성되자 곧 우리 동네의 장관이 되었어. 아이들과 어른들이 찾아와 입구가 두 개인 '투룸 방갈로'를 구경해도 되느냐고 물었지. 너희 모두 학교로 돌아갈 때까지 일주일 동안 유명인사 노릇을 톡톡히 즐겼잖니.

며칠 후 지역 NBC 뉴스에서 눈 요새를 취재해도 되느냐고 연락을 해왔다. 카메라가 왔을 때 너희는 그 어느 때보다 빠른 속도로 옷을 입고 장비를 착용하더구나. TV 출연은 아빠에게 대단히 자랑스러운 순간이었단다. 힘든 일은 언제나 보상을 받기 마련이라고 너희에게 말했는데 정말로 보상을 받게 되었으니 말이다.♦

- 눈 요새에 관해 내 아버지와 같은 점: 모두 규정을 따라야 한다고 단호하게 요구한다. 시작한 일은 끝내야 한다고 광적일 만큼 단호하다. 뛰어난 결과를 성취한다.
- 눈 요새에 관해 내 아버지와 다른 점: 눈 요새를 만들자는

♦ 눈 요새에 관한 뉴스기사와 사진들은 이 책에 관한 웹사이트 www.tellmysons.com 에서 볼 수 있다.

생각 자체. 너희의 크리스마스 방학이 줄어들고 있고 날씨
는 몹시 춥고, 이 꿈이 너희 것이라기보다는 내 것에 더 가
깝다는 것을 이해한 것.

내 아버지의 모습과
아빠로서 나의 모습

지금 내가 아버지와 아들의 관계에 대해서 또 훈육에 대해서
지나칠 만큼 강조하는 것은 대수롭게 넘길 일이 아니란다. 양육
은 내 일의 일부였지만 언제나 훈육 다음이었단다. 또 나의 어머
니가 해주셨던 것과 똑같은 것을 크리스틴이 너희에게 주고 있다
는 것도 알고 있었지. 그래서 그 문제에 관해서는 갈등이 덜했어.
내게 훨씬 더 큰 갈등을 안겨주었을 때는, 나의 아버지와 내가
되고 싶은 아빠의 모습을 비교해 생각해볼 때였다. 아버지는, 의
도한 건 아니겠지만 내게 실제로 양육과 리더십이 무엇인가에 대
해 다소 불완전하게 가르쳐주셨단다. 즉, 영감을 심어줄 것인가
단념시킬 것인가, 격려를 해줄 것인가 낙담시킬 것인가, 힘을 실
어줄 것인가 약화시킬 것인가, 혹은 살면서 깨달은 대로 위의 모
든 것을 조금씩 섞어서 할 것인가 등의 실제 예를 통해서 말이야.
나는 결국 꽤 점잖은 사람으로 자랐다. 나의 부모님이 제대로
키웠다는 뜻일까? 살다 보면 부모는 자상하고 점잖은데 그 자식

은 범죄자가 되는 경우가 있다. 그 부모가 뭔가 잘못했다는 뜻일까? 수십 년간 나의 어린 시절 경험 중 마음에 드는 것과 마음에 들지 않는 것들을 시험해보고 검증해보고 또 반증해보았다. 대학 학부 시절에는 사회와 교육, 아동발달, 사회학, 심리학을 파면서 보냈다. 그런데도 여전히 대답보다 질문이 더 많구나.

자녀양육보다 그 결과가 복잡하고 불확실한 일도 없지만 몇 가지 기법이 다른 기법보다 효과가 좋다는 것을 우리는 알고 있단다. 또 그 결과를 결정할 때 아이들도 자신의 성격과 삶의 선택을 통해 어느 정도 기여를 하지.♦ 최종 분석을 해보면 어떠한 아빠 혹은 지도자도 완벽하지는 않지만, 모든 아빠는 목격한 것 중 가장 좋은 점들을 빌려오고 나머지는 버리려고 노력한다는 것을 인정하고 싶구나. 너희도 그렇게 하기를, 또 적어도 나처럼 계획적으로 신중하게 하기를 바란다.

내 아버지에 대한 복잡한 감정들과 불완전한 기억들을 떠올려보면, 너희가 나중에 나에 대해 어떤 것을 기억하게 될지 정말로 궁금하구나. 세월이 흘러도 변치 않는 이런 생각을 마크 트웨인 Mark Twain은 다음과 같은 말로 가장 잘 표현했단다. "내가 열네 살 소년이었을 때 내 아버지는 너무 무식해서 나는 그 노인네 옆

♦ 자녀교육의 복잡성에 관해 많은 것을 생각해볼 수 있게 해주는 가장 좋은 책은 데이비드 브룩스David Brooks의《소셜 애니멀The Social Animal》이다. 특히 내 생각보다 훨씬 더 풍부한 정보를 전해주는 3~9장을 추천한다.

에 있는 걸 거의 참을 수가 없었다. 그런데 내가 스물한 살이 되자 나는 그 노인네가 단 7년 만에 얼마나 많은 것을 배웠는지 알고 화들짝 놀랐다."

암을 치료하지 못하면 너희는 스물한 살이 되었을 때 나를 보지 못할 거야. 스물한 살은 내가 아버지의 행동과 말에서 미덕을 이해하기 시작했던 나이란다. 어른이 되어서야 나는 아버지가 371제곱미터(112평) 크기의 자기 집을 직접 짓는 것을 볼 수 있었다. 집 짓는 것을 거들면서 나는 어린 시절에는 미처 보지 못했던 아버지의 지혜를 수도 없이 목격할 수 있었단다.

아버지는 30년 동안 건설현장에서 일했는데 군대 여단장에 맞먹을 만한 임무를 완수하셨다. 수십 년간 미네소타의 겨울에 힘든 일을 하며 보낸 탓에 연금이 두둑한 대신 몸이 몹시 쇠약해졌지만, 아버지는 연장을 들고 다시 하루 열 시간의 노동현장으로 돌아갔단다. 이번에는 혼자서였지. 나무장작으로 난방을 해결하는데, 위스콘신 북서부의 집에서 참나무 장작을 일일이 패고 쪼개는 일은 결코 쉬운 일이 아니야. 심지어 아버지가 맨손과 맨발로 나무에 올라가는 것도 보았고 나무에서 떨어진 후 다시 올라갔다는 말도 들었다. 늦겨울에 낚시가 하고 싶으면 점점 줄어드는 얼음 위에 사다리를 놓고 물 위를 건너셨단다.

아버지는 완벽주의자고 종종 자존심이 너무 세 그 고집을 당해내기가 어려운데, 대신 임무를 맡으면 굉장히 잘해내셨단다. 어떤 일은 해서는 안 되고 또 어떤 일은 할 수 없다는 경고나 충고를 무시한다고 사람들이 아버지를 미쳤다고 하면, 나는 그저 동의의 뜻으로 고개를 끄덕이며 웃었을 뿐이란다. 나 역시 생도 시절, 교생 시절, 또 군인이자 남편이자 아빠로서, 또 암환자로서 똑같은 말을 들었기 때문이란다.

아버지와 나 사이의 경험들은 아버지에 대한 나의 미숙하고 단편적인 기억들을 완화하는 데 도움이 되었어. '광기'라고 생각했던 것들은 사실 계산된 위험을 굳이 감수하고, 종종 안락보다 고난과 도전의 길을 선택하고, 말 그대로나 상징적으로나 살얼음 위를 걷겠다고 고집하며, 일을 완수하기 위해 말보다는 행동에 기대는 것 등과 모두 관련이 있었던 거야.

나에 대한 너희의 기억도 내 아버지가 차지했던 것과 같은 장악력으로 너희를 붙들게 되겠지? 당연히 너희도 나의 '광기'에서 미덕을 볼 수 있길 소망한다. 또 내가 아버지의 행동에서 그랬듯이 너희도 내 행동에서 지혜와 사랑을 찾을 수 있기를 바랄 뿐이다.

말은 어떤 것을 의미하면서도 또 못된 성질도 가지고 있어. 맥아더는 말을 무시하라고 하지 않았단다. 다만 행동으로 옮겨야 할 것을 말로 대신하지 말라고 했을 뿐이지. 전장에서, 또 암에 걸렸을 때의 경험과 그 이후의 대화를 통해, 나는 매우 많은 이들이 행동 없이 감성만으로도 충분히 강하다고 생각한다는 것을 깨달았단다. 그러나 너희는 그렇게 믿지 않길 바란다.

3 겸손한 성공

"진정한 승리를 위해서는
당당하게 패배를 인정해라"

Tell my sons

그래, 내일은
괜찮아질 거야

2010년 9월 8일, 입원한 지 5주 만에 마침내 퇴원을 하게 되었단
다. 꼭 깃털 없는 날개를 달고 둥지를 떠나야 하는 어린 새가 된
기분이었다.♦ 고형식을 먹은 지 며칠 되지 않았고 몸무게는 59킬
로그램이었으며(이전에는 75킬로그램이었다) 거의 걸을 수도 없는
상태였단다. 불라에는 여전히 주먹 크기의 배수 주머니가 들어
있었고, 뷰퍼드에는 아직 0.6센티미터 너비의 틈이 나 있어 이곳
으로 하루 종일 소화액이 새어 나오고 있었지.

　중요한 사실은 아빠에게는 여전히 암이 있었단다. 집에 돌아오
니 이 모든 변화가 실감이 나면서 눈물이 차오르더구나. 모든 게
기억하는 그대로인데 나만 달라져 있다니. 그 부조화가 일으키는

♦ 의학적인 과정이 궁금하다면, 퇴원 '방식'과 '이유'에 대해 자세한 이야기를 온라인
　저널 웹사이트 www.caringbridge.org에서 확인할 수 있다.

감정은 아주 강렬했어. 3년간 허리가 휠 정도의 노동으로 일구어 낸 거대한 600여 평 정원을 굽어보았다. 암 진단을 받기 겨우 두 달 전에 완성한 정원이었지. 이제 나는 너무 약하고 힘이 없어 장미나무조차 다듬을 수가 없었단다.

샤워를 하러 욕실로 가는 길에 안방을 지나쳤어. 가까운 미래에는 아내와 어떠한 친밀감도 나눌 수 없을 거라는 생각이 스치더구나. 샤워를 하러 가면서도 어떤 일을 마주하게 될지 전혀 마음의 준비가 되어 있지 않았단다. 병원의 작은 손거울로 볼 수 있는 곳은 얼굴뿐이었어. 우리 집 욕실에는 허리 위 상반신을 모두 볼 수 있는 거울이 있었지. 옷을 벗고 수건을 집으려고 몸을 돌렸다가 벗은 내 몸을 보았단다. 숨이 멎는 줄 알았어. 가슴에는 늑골이 모두 도드라져 보였고 어깨뼈의 뾰족한 끝이 불룩 튀어나와 있었으며 팔다리는 마치 막대기처럼 보였어. 엉덩이 살은 사라졌고 등은 이음매 없이 한 줄로 다리에 연결되어 있었단다. 그리고 아흔 살 노인처럼 등이 굽어 있었어.

대체 나 자신에게 무슨 짓을 한 걸까? 변기에 걸터앉아 어깨를 들썩이며 걷잡을 수 없이 흐느껴 울었다. 두 눈으로 직접 확인한 변화는 충격적이었어. 몇 주 동안 계속 나 자신을 이전과 똑같은 강인하고 건강한 군인으로만 생각했지. 바보 같은 이 올챙이배는 대체 어디서 온 거지? 어리둥절해하면서 말이야. 알고 보니 배는 변함이 없는데 몸의 다른 부분이 줄어들어서 그런 거였지.

음식 섭취는 올림픽 경기 같았단다. 열성을 다해 성공을 희망했지만 잦은 실패에 절망하고 말았지. 그리고 모든 배설은 응급 상황이 되어버렸단다. 내 몸은 체온조차 조절하지 못했어. 이불을 끌어당기면 땀에 흠뻑 젖어 잠에서 깨어나곤 했지. 그렇다고 아무것도 덮지 않고 자면 추워서 깨어났어. 또 복부의 붕대는 줄줄 새는 소화액을 한 시간 이상 감당하지 못했다.

태어나 처음으로 야경증도 경험했는데 그것도 아주 자주 일어났단다. 기억도 나지 않는 꿈을 꾸다가 소리를 지르며 깨어나곤 했지. 이런저런 조건 때문에 도무지 잠을 이루지 못했다. 지쳤지만 두 시간 이상을 잘 수가 없었어. 거실에 트윈침대 크기의 에어매트리스를 깔고 거기서 잤단다. 1년간 이라크에서 사용했던 것과 같은 종류였어.

이후 석 달 동안 우리는 소화를 비롯해 몸무게 증가와 장운동에 대해, 그리고 내 기분에 대해 성공과 실패 정도를 측정했단다. 자신감에 넘치는 군인으로 살 때와는 꽤 다른 기분이었어. 몇 주가 지나고 내 마음에 끊임없이 '평온을 구하는 기도'가 흘러나오는 동안 나 스스로 어떤 변화를 일으킬 수 있는지 알아보기 위해 한계까지 밀어붙여보기로 마음을 먹었다.

가장 먼저 진통제부터 시작했지. 진통마취제의 복용 탓에 내 몸이 반쯤은 잠든 상태라 많은 문제가 발생하는 것 같았는데, 그럼에도 여전히 통증을 느끼는 것 같았어. 의사와 간단히 상담한 뒤 ㄱ의 충고와는 반대로 갑작스레 약을 끊어버렸다. 밤새 땀을 뻘뻘 흘리고 하지불안증후군의 고통과 이해할 수 없는 수준의 메스꺼움을 느끼면서 마취제 다량복용의 '반동 효과'를 이해하게 되었지. 나흘 동안 다시 진통제를 먹을까 심각하게 고민했지만 다른 경험들을 바탕으로 희망의 끈을 놓지 않았단다.

매일 밤 이렇게 생각했다. '하루만 더 버티자. 내일은 괜찮아질 거야.' 이렇게 몇 주를 보내자 장이 다시 움직이기 시작했고 더불어 운동 능력과 소화력, 치유력도 극적으로 향상되었어. 곧 집 안에서 쓸모 있는 일을 할 수도 있다는 것을 알게 되었지. 물론 이런 나에게 일당을 주는 것은 별로 좋은 생각이 아닐 거라고 미리 경고하기는 했지만 말이야.

통증은 여전히 심했지만 약을 복용할 때보다 훨씬 더 심각한 통증은 아니었단다. 대신 머리가 맑아지면서 통증을 견디는 힘도 좋아졌어. 일종의 거래와도 같았지. 불평이 나올 때마다 온몸이 돌처럼 굳고 변비에 시달리고 머리가 묵직했던 때를 떠올렸단다. 그 생각이 결심을 지킬 수 있게 도와주었어.

그러나 11월 2일 CT 촬영 결과, 남아 있던 암이 빠른 속도로 번져 이제는 수술도 불가능하다는 사실을 알게 되었다. 요점만 말해, 이젠 치료 방법이 남아 있지 않았어.

"늦으면 3월이나 4월까지일 겁니다."

의사가 우리에게 말했지. 내가 살 날이 4~5개월 남았다는 말이었어. 그럴 수는 없었다. 처음 진단은 췌장암이 '서서히 자라는' 형태라고 했다. 대체 3개월 만에 무슨 일이 벌어졌기에 암이 사나워졌단 말인가? 우리는 메이요클리닉을 두고 집에서 더 가까운 미니애폴리스의 버지니아 파이퍼 암센터Virginia Piper Cancer Institute로 옮겼단다. 죽으려고 말이지.

아빠는 장례식을 준비하기 시작했어. 어린 시절 신부님에게 편지를 쓰고 장례식의 세세한 일정에 대해 계획을 세우고 글도 쓰고 마지막 소망도 적어보고, 심지어 장례식 행사를 조직해보기도 했단다. 너희와 크리스틴에게 편지를 써볼까도 생각했지만 이미 22년간 써온 일기가 있었어. 달리 더 할 말이 뭐가 있겠니?

파이퍼 암센터의 새 의료진은 내 치료에 새로운 에너지를 주입했단다. 그들은 암의 활동 방식에 일관성이 없다는 내 말에 귀를 기울였어. 메이요클리닉에서는 무표정한 시선과 단념하라는 말만 들었는데 말이야. 다른 의학적 소견을 듣고자 파이퍼 암센터에 간 것은 아니었는데 그들은 내게 다른 소견을 주고 싶어 했단다. 메이요클리닉에서는 췌장암에 대한 치료 방식에 변화가 없을 거라고 생각해서 몇 가지 검사를 하지 않았어. 정말로 내가 췌장암에 걸린 거였다면 그들의 생각은 옳았을 거야.

3주 후 추수감사절 기간에 파이퍼 암센터의 병리학자들은 들뜬 표정으로 이전 병원에서는 발견하지 못한 것을 발견했다고 말하더구나. 나는 췌장암에 걸리지도 않았고 멀게나마 췌장과 관련된 병에 걸린 것도 아니었어. 내 병은 위장관기질종양, 즉 기스트GIST였단다. 아직 치료법은 개발되지 못한 병이지만 좋은 소식은 화학요법이 있다는 사실이었어.

고약하게 쓰디쓴 패배와
가장 달콤한 성공

아주 일찍부터 아빠는 고약하게 쓰디쓴 패배와 가장 달콤한 성공 두 가지를 모두 맛볼 기회가 있었단다. 너희 할아버지는 자동차 경주를 즐겨 했어. 내가 열네 살이 될 때까지 매주 금요일과 토요일 저녁이면 우리는 미네소타 샤코피의 레이스웨이 공원에서 열리는 자동차 경주의 흥분을 기대하며 아드레날린이 솟구치곤 했지.

여러모로 돌이켜볼 때, 내가 그 후 살면서 경험한 감정의 기복은 매년 여름 '다이너마이트 데니'가 금색 테두리를 두른 검은색 1957년산 쉐보레를 몰고 400미터 아스팔트 트랙을 질주하는 광경을 지켜보던 때와 비교하면 늘 아무것도 아니었단다. 아버지의 경주용 자동차 덮개와 펜더에는 불꽃 그림이, 지붕과 문에는 흰색과 붉은색 테두리로 된 '26'이라는 숫자가 그려져 있었다. 또한 회전 때마다 가파른 둑에서 방향 조절이 쉽도록 앞바퀴가 살짝 기울어져 있었어.

소음기도 없는 6,000cc급 엔진이 낮게 웅웅거리면 어린 내 마음에는 초자연적으로 보이는 힘이 가득 차올랐다. 자동차 경주가 매주 열린다는 걸 알면서도 아버지가 경주용 자동차를 트레일러에 실으려고 시동을 걸 때마다 우리 형제들은 화들짝 놀라곤 했지. 우리 형제들은 미네소타 바깥에서 열리는 자동차 경주에 대해서는 아는 바가 전혀 없었기 때문에 우리에게 그 경주는 나스

───── 아빠에게는 전설과도 같았던 26번 자동차와 함께 찍은 사진이란다.

카NASCAR(미국개조자동차경기연맹이 주최하는 세계3대 자동차 경주 대회 중 하나 — 역자 주)나 다름이 없었단다.

트랙에 도착하면 우리 형제들은 정면 관람석 뒤쪽으로 가곤 했다. 거기에는 아름찬 두 그루 나무가 18미터 간격을 두고 서 있었어. 우리는 서로 26번 자동차 역을 맡겠다고 열띤 입씨름을 벌인 후 두 나무 둘레를 스무 바퀴 도는 달리기 대회를 열곤 했단다. 부딪치기는 허락되었지만 지나치게 거친 행동은 검은 깃발의 경고를 받았지. 그건 우리가 정한 규칙에 의하면 '탈락'을 뜻했단다. 어쨌든 우린 신사였거든.

우리가 늘 하고 싶어 했지만 허락을 받지 못한 일이 두 가지 있었어. 아버지와 함께 차를 타고 경주를 하는 것, 그리고 경주 도중 피트(경주차 급유와 타이어 교환 장소)로 나가는 것. 경주가 끝나면 누구나 피트에 나갈 수 있었지만 경주 중에는 거기서 무슨 일이 벌어지는지 도무지 알 수가 없어 궁금증을 자아냈지. 지금도 그 커다란 나무문이 열리기만을 기다리며 느꼈던 강렬한 기대감이 떠오르는구나.

어느 날 밤, 우리는 아버지의 트럭과 트레일러를 세워놓는 차고 안에서 몹시 혼란스러운 장면을 목격해야 했단다. 뭔가 단단히 잘못된 분위기였고 긴장감이 높았어. 싸움이 일어났느냐고? 아니란다. 그럼 누가 크게 다쳤느냐고? 그보다 더 나쁜 일이었어. 아버지의 경주용 자동차가 '청구'를 당했단다. 당시 자동차 경주에서는 거의 실행되지 않았던 불가사의한 규칙이 하나 있었는데, 경주에서 우승한 자동차를 다른 선수가 150달러에 청구할 수 있었어. 대신 우승자는 고철 덩어리일 게 분명한 청구자의 자동차를 가져갈 수 있었지.

인간의 감정이 얼마나 내구력이 강한지를 알려주는 일화란다. 30년이 지난 지금도 그날 일을 생각하면 너무 분해 눈물이 차오르니 말이야. 악마 중의 악마인 진 크루거Gene Kreuger라는 사람이 우리의 사랑 26번 자동차를 끌고 가는 모습을 지켜보며 우리 형제들은 흐느껴 울었단다. 증오라고 말한다면 무척 강렬한 단어겠지만 그날 저녁 내가 느낀 감정이 바로 증오였어. 대신 우리가 받은 자동차는 문짝에 밋밋하게 흰색으로 'X2'라고 쓴 분홍색 자동차였어. 정말 끔찍했단다. 우리 차를 뺏겼다는 모욕감에 치를 떨었고 새로 받은 차도 몹시 싫었어.

아버지의 얼굴은 시종일관 굳어 있었다. 아버지와 대원들은 그날 밤 열심히 피트 안을 돌아다니며 검은색 스프레이 깡통을 있는 대로 찾아냈지. 밤 11시였고 다들 피곤해 집으로 돌아갈 준비를 했지만 아버지는 그 자동차를 자신의 것으로 만들 때까지 피트를 떠나지 않았단다. 차고 안에서 피트 대원들과 일곱 밤을 보내고 난 다음 주말, 아버지는 그 자동차로 진 크루거를 이겼을 뿐만 아니라 장거리 경주에서 우승을 차지했어. 그러나 크루거를 향해 으스대지도 비웃지도 모욕을 주지도 않았단다. 승리만으로도 충분했던 거지.

당시 경험이 안겨준 실패와 성공에 관한 교훈은 굳이 말로 할 필요가 없을 거야. 자동차도 중요했지만 경주의 승리 요인은 운전자와 팀의 기술과 태도와 결단력이란다. 아버지는 옛 자동차를 되찾아오지 않았어. 이제 더는 필요가 없었으니까.

빌리 빈과의 주먹다짐,
그리고 정직한 패배

주먹다짐처럼 오래 남는 기억도 별로 없을 거야. 주먹다짐은 인간 생존본능의 중요한 부분이거든. 나의 첫 주먹다짐은 열두 살당시 미네소타 세인트폴의 팰리스 놀이터에서 일어났다. 빌리 빈 Billy Bean은 이야기책에서 방금 튀어나온 듯한 전형적인 '깡패'였단다. 기름진 긴 머리에 옷차림도 더럽고 항상 단정하지 못했지. 우리는 본능적으로 빌리를 피했단다. 빌리가 전형적으로 괴롭히는 아이였다면 나는 전형적인 겁쟁이었어. 말로는 자신을 옹호하는 법을 알았지만 물리적인 상황이 되면 뒤로 물러났기 때문에 쉽게 괴롭힘의 대상이 되곤 했단다.

어느 날 내가 빌리를 잘못 처다보는 바람에 그만 한판 붙자는 말을 들었다. 나는 얼른 타이어 그네에서 내려와 곧바로 집을 향해 걸었단다. 하지만 빌리는 집으로 향하는 길을 줄곧 따라오면서 욕설을 퍼부어댔지. 도망치고 싶었지만 절대로 자신보다 월등한 포식자로부터 달아나서는 안 된다는 아버지의 말이 떠올랐어. 나는 고개를 푹 숙였다. 구부정한 자세로 걸었어. 빌리는 당장 돌아서서 덤비라고 욕설을 퍼부었지만 난 거부했단다. 너무 무서웠거든. 심장이 밖으로 튀어나올 것처럼 뛰었고 울고 싶었어. 왜 하필 나야?

길을 반쯤 왔을 때 고개를 들었다가 우리 집 진입로에 누가 서있는 걸 보았단다. 웨버 할머니였어. 할머니는 당시 아기였던 동생 찰리를 안고 있었어. 할머니가 나를 향해 뭐라고 고함을 지르고 있었는데 무슨 말인지 알아들을 수가 없었단다. "어서 와"였을까? 아니면 "서둘러"였나? 할머니는 무슨 일인지 간파했던 거야.

그래서 나를 달래려고 밖으로 나오신 거였지. 할머니가 한쪽 팔로 누군가를 껴안는 시늉을 했어. 순간 깨달았단다. 할머니의 손동작은 주먹을 휘두르라는 뜻이었고 "때려! 맞서 싸워!"라고 말하고 있었어.

오른손 주먹을 불끈 쥐자 아드레날린이 뜨겁게 솟구치더구나. 나는 몸을 돌려 난생처음 빌리의 얼굴을 향해 주먹을 내리꽂았어. 전혀 예상치 못한 상황에 놀라 빌리의 눈빛이 흔들렸고 나는 더욱더 자극을 받았단다. 내 주먹질에 전혀 대응하지 못하는 빌리의 모습에 나는 한층 과감해졌지. 결국 내가 녀석을 이겼던 거야! 도무지 가라앉지 않는 분노의 와중에도 내가 원하는 건 단 한 가지였다. 나는 녀석의 목덜미를 조르며 말했어. "다시는 날 건드리지 마! 알아들었어? 다시는 건드리지 말라고!" 그는 애원하며 그러마 약속했다.

빌리 빈은 그 후 다시는 내 옆에 오지 않았고, 나는 괴롭힘을 일삼는 아이들을 어떻게 대해야 하는지 매우 생생한 교훈을 얻었단다. 그 싸움은 결코 좋지도 자랑스럽지도 않았어. 그 친구 옆에서 마음 편했던 적도 없었지. 그날은 빌리 빈에게 운 나쁜 날이었고 내가 운이 좋았을 뿐이야. 승리에서 겸손함을 느꼈던 게 그때가 마지막이 아니었단다.

맥아더 장군에게는 미안한 말이지만 '정직한 패배'를 자랑스러워하는 것이 늘 미덕은 아니란다. 미네소타 중부의 크로스 호숫가로 여름휴가를 갔을 때 그 교훈을 배웠지. 밴 앞자리에 누가 앉을 것인가를 둘러싸고 남동생 크리스와 싸움을 벌였어. 나는 그 싸움에서도 졌고 장을 보고 난 후 밴으로 돌아온 어머니의 투표에서도 졌단다. 나는 어린 동생과 어머니에게 그런 대접을 받는 게 억울하기만 했어. 어머니는 그렇게 마음에 들지 않으면 집까지 걸어가라고 했고 나는 곧장 그러겠다 말했지. 밴이 나를 두고 출발한 다음에도 후회는 없었단다. 그저 뙤약볕 아래에서 내 앞에 주어진 선택안들을 곰곰이 따져보았지.

선택안은 세 가지였다. 시가cigar처럼 생긴 호수 둘레를 따라 8킬로미터를 걸어가든가, 다른 사람의 자동차를 얻어 타든가, 아니면 1.6킬로미터 되는 호수를 가로질러 헤엄을 치든가. 어떤 것도 해본 적이 없었어. 일단 90미터 정도 떨어져 있는 호수를 향해 걷기 시작했단다. 눈으로 대충 거리를 짐작해보았지. 가는 도중에 생각했어. '난 아버지만큼 수영을 잘해. 아버지는 내 나이에 저 정도 거리는 충분히 헤엄쳐 건널 수 있었다고 했어.'

겨우 2분간 생각해보고 늘 하고 싶어 했던 일이 아니었냐며 스스로 확신을 시켰지. 아버지의 말을 떠올렸어. "지치면 몸을 뒤집어 반듯이 누운 자세로 물에 떠 있는 게 비결이다. 절대로 겁을 먹으면 안 돼. 생각을 하지 마. 그냥 편안하게 제대로 헤엄만 쳐."

옷과 신발을 그대로 신고 호수로 걸어 들어가려니 누가 보면 얼마나 이상해 보일까 하는 생각이 들더구나. 그곳은 호수에서 가장 큰 비치였고 45미터 앞에 댐이 있다는 경고문이 붙은 부표가 수없이 떠 있었단다. 그러나 아무도 그런 나를 알아보지 못했어.

400미터 정도 헤엄쳐 가자 앞으로 잘 향해 가고 있는지 확인하는 것조차 어려웠단다. 지금껏 헤엄쳐본 중에 가장 먼 거리였고 우리가 묵고 있는 오두막은 보이지도 않았어. 실수한 걸까? 지금이라도 돌아가야 하는 걸까? '절대로 겁을 먹으면 안 돼. 생각을 하지 마. 그냥 헤엄만 쳐.' 호수를 절반쯤 가로질러 왔을 때 가쁜 호흡을 느끼며 또 한 번 내 결정이 옳았는지 의심이 들기 시작하더구나. 반대편 호숫가로 걸어 올라가면 얼마나 뿌듯하고 만족스러울지를 생각하며 스스로 다독였어. 어머니와 형제들이 마중을 나와 봐주면 얼마나 좋을까? 몸을 뒤집어 잠시 쉬면서 주변 풍경을 보았다. 그때 너무 일찍 젖어든 자부심을 흔들어 깨우는 충격적인 소리가 들려왔다. 틀림없이 모터보트가 근처를 지나가는 소리였어.

순간 몇 년 전 지나가는 모터보트에 치였던 스무 살의 이웃 존이 떠올랐다. 그는 사고로 뇌를 다쳐 말이 어눌해졌고 다리도 절게 되었어. 모터보트가 내게로 똑바로 달려드는 것만 같지 뭐냐. 그쪽에서 먼저 나를 발견할 수 있도록 팔다리를 미친 듯이 휘젓기 시작했어. 이런 신호도 소용이 없으면 그때는 잠수를 해서 최대한 깊고 오래 헤엄을 쳐야겠다고 마음먹었지. 결국 보트는 수십 미터 떨어진 곳을 지나갔고 운전자는 나를 알아보지도 못했지만, 갑자기 빨리 호수를 벗어나야겠다는 다급한 마음이 들더구나.

동시에 웨버 가의 오두막에서 누군가 나를 알아보았다. "저기 사람 보여? 어떤 멍청이가 호수 한가운데서 헤엄을 치고 있어!" 도로를 지나온 사람 중 누구도 나를 발견하지 못했다는 사실을 알고 가족들은 호수 속의 멍청이가 내가 틀림없다고 결론을 내렸단다. 나를 데려오려고 누군가 보트를 띄웠지만 내가 거부했어. 처음 결심은 8킬로미터나 걷는 게 귀찮아서 시작된 것이었지만 겨우 보트에 구조되려고 여기까지 헤엄쳐온 것은 아니었으니까.

호숫가에 도착해 몸을 일으키려는데 다리가 고무처럼 휘청거려 걸을 수가 없더구나. 나는 자랑스러웠지만 그때 모습을 찍은 비디오를 보면 승리 속에서도 변변찮은 나를 볼 수 있을 거야. 나는 아버지가 크게 꾸짖을 거라고 생각했단다. 하지만 아버지는 활짝 웃으며 나를 맞았고 악수를 하며 축하한다는 말까지 건넸어. "웬만한 배짱 없이는 못할 일이지!" 어머니도 나중에 자랑스러웠다고 말해주었지만 당장은 내가 너무 위험한 일을 벌였다고 펄펄 뛰었지. "엄마 보라고 일부러 그랬니? 응?"

물론 시내에서 받은 '부당한' 대우에 대해 뭔가 주장을 하고 싶었지만, 그 메시지는 이미 밴에서 내린 순간 전달됐단다. 어느 누구도 납득할 순 없겠지만, 내가 호수를 가로질러 수영하기로 결심한 건 단지 실용적으로 필요해서만은 아니었어. 예측하지 못했던, 그렇지만 반가웠던 하나의 성공의 표시였다고 할까.

장교 vs 부사관의
있을 수 없는 대결

과거 누가 앞자리에 앉을 것인가를 둘러싼 어리석은 싸움은 이후 리더십 방식을 둘러싼 어리석은 싸움으로 이어졌다. 당시 나는 서른 살 무렵이었는데 미주리 포트 레너드우드의 헌병중대에서 182명의 소속 군인을 통솔하고 있었어. 우리 대대의 상급 지휘관들 사이에서는 부사관 가운데 가장 고참인 크로스비 원사가 나를 별로 좋아하지 않는다는 게 공공연한 사실이었지. 그는 내가 사병들의 처우와 훈련에 지나치게 개입한다고 대놓고 불평했고 나의 리더십 방식을 모든 부사관을 향한 개인적인 모욕으로 받아들였어. 그런 상황에서 나의 선임하사가 그게 잘못된 불평이라고 지적하자 크로스비는 크게 자존심이 상했단다.

여름이 오자 대대에서 '부대 대항전'을 열게 되었어. 행사의 꽃은 '총검술 겨루기'로 총검과 소총 대신 헝겊을 두른 막대기를 사용하는 창시합이었단다. 시합의 기본 원칙은 게시판에 분명하게 명시되어 있었어. 참 간단했지. 사병은 사병과 겨룬다. 부사관은 부사관과 겨룬다. 장교는 장교와 겨룬다. 계급 간 예법을 위해 대대에서 세운 규칙이었지. 그런데 크로스비 원사가 그 규칙에 반기를 들고 모두 앞에서 한 장교에게 감히 도전장을 던졌단다. 다들 깜짝 놀랐지. 그 장교는 바로 나였어!

180센티미터의 키에 몸무게 73킬로그램의 내 체격은 193센티미터에 100킬로그램이 넘는 떡 벌어진 근육질 어깨의 소유자 크로스비와는 상대가 되지 않았다. 누군가 규칙위반이라고 선언해주기를 빌었어. 그렇지만 두 상관이 서로 실컷 두들겨패는 장관을 구경할 기회를 누가 놓치고 싶겠니? 그가 도전장을 내밀자 쥐죽은 듯한 고요함이 찾아왔고 나는 그저 받아들이는 것 외에 달리 선택의 여지가 없다는 것을 깨달았단다.

보호장구를 착용하는 동안 육박전 훈련에서 배운 것들을 마구 떠올렸고 총검술 겨루기는 야만적인 힘보다 기술과 전략이 중요하다고 스스로를 다독였단다. 나의 작전하사 레니 파빈은 키가 작고 땅딸막한 대머리 선동가였는데 마치 권투시합 세컨드라도 되는 양 강한 뉴잉글랜드 억양으로 마구 떠들어댔다. 말로는 자신감을 불어넣어주고 있었지만 그의 눈빛은 '제발 죽지만 말아주십쇼'라고 말하고 있었어.

임시로 만든 링 안에 들어서자 두 사람의 신체적인 차이는 더 부각되었고, 나를 응원하는 말들은 마지못해 하는 것처럼 들리더구나. 구경꾼들이 더 몰려왔어. 싸울 태세를 마친 크로스비의 눈을 들여다보았을 때 내가 읽을 수 있는 메시지는 오직 하나뿐이었단다. '곤죽이 되도록 패주겠어, 이 애송이야.'

이후 몇 분간 일어난 일은 너무 혼란스러워 자세하게 설명할 수 없지만, 결과만은 확실하게 기억나는구나. 나는 등을 맞댄 자세에서 결정타를 정확히 세 번 날렸어. 시합은 10분도 안 되어 끝이 났고 크로스비는 단 1점도 얻지 못했단다. 으스대고 싶은 충동이 강했지만 그보다는 겸손한 길을 택했다. 크로스비가 정중하게 "멋진 시합이었습니다. 잘하셨습니다"라고 말했고 나도 친절하게 응대했지. 빌리 빈과 다시 한 번 맞붙은 기분이랄까? 역시 크로스비가 다시는 나를 건드리지 않을 거라는 희망을 품을 수 있어서 기분이 좋았단다.

행운과 불운이라는
양날에 서서

행운과 불운은 대부분 노력에 따라 결정되지만 때로는 말 없는 운도 작용한단다. 규칙적인 운동과 식사를 하고 담배도 안 피우고 술도 거의 마시지 않는 건강한 서른여덟 살 남자가 어떻게 암에 걸린단 말이냐? 불공평하지. 하지만 이미 나는 열여덟 살에 죽을 뻔한 적이 있었단다.

고등학교를 졸업한 해 여름이었다. 아버지가 공사장에서 버려진 합판을 트럭에 가득 싣고 오셨단다. 이것은 우리 집안의 여름철 주요 행사였어. 이 나무를 자르고 쪼개 지하실에 쌓아두었다가 겨울철 땔감으로 썼단다. 아버지는 내게 나무 자르는 일을 맡기고 할아버지 댁의 지붕을 고치러 가셨어. 나는 전기톱을 들고 작업을 하러 갔단다. 톱날에 강화 합금처리가 된 매우 튼튼한 양손용 회전 톱이었지.

아버지는 작업이 더뎌진다면서 받침목을 쓰지 않았단다. 대신 공중에서 나무를 자르는 기술이 있었지. 왼손으로 나무 조각을 붙잡고 오른쪽으로 밀면서 마치 벽을 자르듯 공중에서 톱질을 했단다. 어렵게 들릴지 몰라도 실제로는 받침목을 쓸 때보다 훨씬 쉽고 빠르고 효율적으로 나무를 자를 수 있었다. 나도 이 방법을 쓰기로 했단다.

손을 뻗고 나무를 붙잡고 자르고 던진다. 손을 뻗고 나무를 붙잡고 자르고 던진다. 손을 뻗고, 쾅! 연속동작이 갑자기 멈추고 말았단다. 동시에 오른쪽 허벅지 앞으로 뭔가가 전속력으로 날아와 부딪치는 느낌이 들었지. 순간 두 가지 다른 감각을 동시에 인지할 수 있었다. 첫째, 회전 톱 소리가 잠잠해졌다. 둘째, 무엇이 내 다리를 때렸나 보려고 몸을 돌렸을 때 회전 톱과 오른쪽 다리가 서로 맞물려 움직이고 있었다. 톱이 살을 파고드는 걸 보면서도 그 상황을 이해하는 데 몇 초가 걸리더구나. 톱날이 마치 뜨거운 버터를 자르듯 넓적다리뼈 바로 위까지 파고들었어. 근육이 긴장하면서 상처가 벌어지자 붉은 속살이 드러났다.

더러운 작업용 장갑을 낀 손으로 상처를 모아 쥐고 절뚝거리면서 집 뒷문으로 걸어가 어머니를 마구 불러댔어. 한쪽 손을 치우자 엉망이 된 살이 드러났단다. 어머니는 고함을 질러 동생 크리스를 부르더니 자동차 열쇠를 집어 들었지. 몇 초도 안 되어 어느새 우리는 도로를 달리고 있더구나. 양옆으로 자동차가 쌩쌩 지나가고 과속방지턱을 넘느라 차가 심하게 덜컹거릴 만큼 빠른 속도로 신호등까지 무시하면서 어머니는 영웅처럼 사이렌 대신 경적을 마구 누르며 달렸단다. 나는 어마어마한 통증에 혀를 깨물지 않도록 빗을 물고 있었지.

영화 속에서 보던 대로 응급실 직원들이 신속하게 움직이더구나. 의사는 상처가 보기에는 끔찍하지만 다리를 잃는 일은 없을 거라고 우리를 안심시켜주었어. 또 자기가 목격한 환자 중에서 가장 운이 좋다고도 했지. "오른쪽으로든 왼쪽으로든 1인치만 더 들어갔어도 아마 여기까지 오지도 못했을 거야." 병원으로 달려온 아버지는 내 상처를 보고 거의 기절할 뻔했지. 아버지가 그토록 나약하고 공포에 질린 모습을 보여준 게 그때가 처음이었기에 내게는 꽤 특별한 순간이었단다.

상처가 너무 깊어서 두 겹으로 총 일흔여섯 바늘을 꿰매야 했어. 게다가 불과 한 시간 전에 식사를 했기 때문에 다리를 치료하는 사이 전신마취를 할 수도 없었단다. 성형외과 의사는 주요 동맥이나 정맥이 잘리지 않았다는 사실에 놀란 것 같았다. 나중에 톱밥 때문에 톱날 방어장치가 작동하지 않았다는 걸 알게 되었어. 새로 합판을 주우려고 몸을 숙였을 때 혼자 돌아가던 톱날이 내 청바지에 닿으면서 내 다리까지 잡아당겼던 거야. 내게 암을 안겨준 그 말 없는 운이 그때는 20년이 넘는 시간과 아름다운 가족을 안겨주었단다.

✕

삶의 승리와 패배는 종종 명백한 원인과 불가사의한 원인을 모두 갖추고 오기도 하고 오지 않기도 하며 그럴 만하기도 하고 그럴 만하지 않기도 한 흥망성쇠가 뒤죽박죽으로 섞여 있기 마련이란다.

졸업을 앞둔 며칠 전부터 주변의 모든 대화 주제가 '우수 졸업생'으로 모였어. 소대 내 최고의 군인들이 우수 졸업생이 되기 위해 경쟁하고, 모든 소대 우수 졸업생은 중대 우수 졸업생이 되기 위해 경쟁한단다. 그간의 수행도를 고려하면 최소한 후보에는 오를 수 있었지만 학업성적이 모자랐지 뭐냐. 며칠 후 중대 사무실로 호출을 받았어. 훈련교관 페러데이즈가 사무실 바깥의 작은 탁자에 앉아 있다가 문을 열고 들어가려는 나를 불렀다.

"웨버, 자네가 우리 소대를 대표해 우수 졸업생 후보로 나갈 거야. 알겠나?"

"예! 교관님!"

분대로 돌아가서야 예상치 못했던 영광의 이유를 알 수 있었다. 우리 소대 후보였던 기술하사관 밀러가 간밤에 청소를 하다가 말 그대로 쿠키 단지에 손이 끼어버렸던 거야. 그것도 사령관 책상에 있던 쿠키를 먹으려다가 말이지.

나는 마지막으로 후보에 오른 만큼 남보다 불리했단다. 다른 후보들은 며칠 동안 준비해왔지만 나는 단 하룻밤밖에 시간이 없었거든. 선발위원회 앞에 섰을 때는 대답뿐만 아니라 사소한 형식들에 집중하려고 노력했다. 위원회의 질문에 대한 정답을 다 알더라도 별로 중요해 보이지 않는 사소한 것 때문에 일을 망치기 일쑤라는 것을 알고 있었거든. 흔히 TV에서 봤던 대로 후보들이 손톱을 물어뜯으며 발표를 기다리는 극적인 순간은 군대에선 통하지 않는단다. 선임하사가 곧바로 맨 윗줄부터 명단을 읽어 내려갔다.

　"제40헌병대대 찰리 중대의 최우수 졸업생은 마크 웨버 일병이다."

　생애 처음으로 예상을 뛰어넘은 뭔가를 성취했고 역전승을 이루었다. 나중에 사소한 것 하나 때문에 채점표에서 1점을 더 받아 이런 결과가 나왔다는 것을 알게 되었단다. 상관이 손을 내릴 때까지 경례 붙인 손을 내리지 않은 생도는 내가 유일했단다.

⚒

　기초훈련을 모두 마치고 4년 후 나는 성공적인 공수부대원이 되어 사병으로서 훈장을 받았고 육군 부사관 기초 과정도 우수한 성적으로 마쳤다. 어지러울 정도의 찬사와 영광이 이어지는 와중에 나는 육군 장교훈련을 계속 완수해나갔단다. ROTC를 최우수

성적으로 졸업했고 생도 6,000명 중 250명이 받을 수 있는 조지 마셜George Marshall 장군 리더십 상까지 받았어.

그러나 깜짝 놀랄 승리 속에는 망연자실할 수밖에 없는 교생 시절의 패배도 역시 존재했단다. 당시 패배는 교육 과정에서 받은 빛나는 칭찬과 신임을 상쇄할 정도였어. 이 이야기는 나중에 더 자세히 하기로 하자.

※

크레틴-더햄홀 고등학교에서 수행성적은 볼품이 없었지만 미네소타주립대학은 아빠를 가입학 상태로 받아주었단다. 이후 4년 동안 집중력을 발휘해 열심히 공부했고 결국 우수졸업생으로 대학을 마칠 수 있었어. 또 많은 이들이 열망하는 레인저스쿨Ranger School(각군 특수부대와 간부들의 고급 과정 유격교육을 담당하는 곳 ― 역자 주)에 갈 수 있는 기회까지 따냈단다.

그러나 레인저스쿨에 간 지 일주일도 안 되어 나는 큰 실패를 겪고 부끄러움에 고개도 못 든 채로 그곳을 떠나야 했어. 왼쪽 무릎에 난 반달 모양의 찢어진 상처도 위안이 되지 못했단다. 나는 아무도 모르는 진실을 알고 있었거든. 사실 레인저스쿨이 시작되기 전부터 입은 부상이었단다. 낙오 자체도 실망스러웠지만 내가 좌절했던 건 낙오의 이유 때문이었어. 즉 나 자신에게 솔직하지 못했던 거야. 나는 개인적으로나 직업적으로나 이 당혹스러운 사태를 미리 막을 수 있었는데, 그만 자랑스러움에 눈이 멀어 패배의 길로 들어섰던 거지.

✼

레인저스쿨에서의 실패는 몇 주 후 찾아온 일에 비하면 아무것도 아니었단다. 1994년 11월 제555헌병중대 제4소대 휘하 32명의 군인을 통솔하게 된 일은 마치 크리스마스 아침에 잠에서 깨어나 큰 선물을 받은 기분이었어. 군인으로서 장교로서 훈련을 받아온 8년 중 이날이 최고 절정기였고, 크리스마스 양말 속에 선물이 한 자루나 들어 있는 것처럼 크나큰 영광이었단다. 그러나 새로 소대장이 되면서 엉망이었던 소대를 완전히 뒤바꿔버린 성공 이야기를 기대한다면, 이 부분은 읽지 말고 건너뛰는 게 좋을 거야. 그런 이야기는 없으니까.

제555헌병중대는 허물어져가는 아이티의 군사쿠데타 이후 혹독했던 35일간의 임무를 마치고 막 귀환한 상태였단다. 중대는 파견 임무 동안 군수 지원을 거의 받지 못했어. 미군 병력이 자리를 잡을 때까지 시간이 걸렸거든. 하늘에서도 건물 낙수받이에서도 소나기가 엄청나게 퍼부어댔고 먹을 거라곤 비상식량밖에 없었으며 군인들은 매일 직접 분뇨를 태워야 했단다. 그러나 군인들은 이런 조건에 대비한 훈련을 미리 받았기 때문에 어떤 것도 죽을 만큼 힘들지는 않았어.

오히려 제555헌병중대에게 특히 어려웠던 점은 아이티에 파견을 나간 지 얼마 되지도 않아 귀국해야 했던 점이었단다. 조기귀환의 이유가 분명하지 않았기 때문에 마치 임무를 제대로 마치지 못하고 돌아온 것처럼 느껴졌지. 어쩔 수 없이 떠돌아다니는 소문들에 허술한 지휘에 대한 의심까지 보태졌단다. 중대는 이번 파병에 대해 감정적으로 가장 힘든 경험을 했지만, 부여받은 임무를 성공적으로 완수해냈다는 만족감은 전혀 느낄 수가 없었어. 그러니 짜증을 부릴 일은 자꾸 늘어갔고 태도 또한 불성실해졌단다.

중대가 귀환한 지 2주 후 제4소대는 마크 웨버라는 본명보다 '레인저스쿨에서 낙오된 주방위군 사병 출신'이라는 것으로 더 유명한, 눈만 휘둥그렇고 열정이 앞서는 소위를 소대장으로 맞이하게 된단다. 내가 아무리 열성을 발휘해도 그들은 이를 알아주지 않았다. 심지어 소대의 중추이자 소대장의 오른팔이라고 볼 수 있는 중사는 내가 임무를 맡은 첫 주에 얼굴조차 비치지 않더구나. 심지어 전화 한 통 없었어. 그런 처우가 실망스러웠지만 전임자의 말에 위안을 삼기로 했단다.

"그는 최고 중의 최고야. 이 소대를 저돌적으로 운영하는 법을 알고 있지."

데니스 브라이어Dennis Bryer 중사는 호리호리하고 건강한 20년 된 베테랑이었지만, 희끗희끗한 머리와 비바람에 탈색된 얼굴 탓에 훨씬 더 나이가 들어 보이더구나. 또 자신이 뭘 하는지 아는 사람 특유의 으스댐이 엿보였어. 그래서 나는 왜 이제야 나타났느냐는 질책은 건너뛰고 곧바로 소대원들을 알아가기 시작했다.

펜과 종이를 들고 사병 한 사람 한 사람을 따로 만나 그들의 말에 집중하면서 나는 큰 충격을 받았단다. 다들 매사에 열의가 없고 우울해했으며 뭔가에 분노하고 있더구나. 그들의 행동은 전형적인 규율 부재 상태에서 나타나는 징후였어. 집합에 늦게 나타나고 체력단련에 참석하는 비율 또한 저조했어. 사병도 지휘관도 근무일 동안 내키는 대로 왔다 갔다 했지. 아이티 파병 이후 상급 지휘관들도 역시 매사에 무심해 보이거나 맘대로 행동하는 것 같았어. 물론 자유롭게 '사병들끼리의 시간'을 갖는 것도 중요하지만 너무 제멋대로였단다. 그러나 나는 아직 독단적인 신임 소대장처럼 굴지는 않을 생각이었어.

소대장으로 임명된 지 30여 일 만인 12월 중반, 비공식적으로 전 소대원 앞에서 온갖 열정과 흥분을 쥐어짜 가족들과 푹 쉬고 1월에 새로워진 마음으로 고된 훈련을 각오하며 돌아오라는 내용의 연설을 했다. 소대원들은 멍한 시선과 침묵으로 응대했어. 몇 달 후에야 그들이 내 말을 냉소로 받아들였다는 비참한 소식을 듣게 되었단다. 그들은 대체로 불행해했고 사슴 눈망울로 열정을 토해내는 내 모습은 그 감정을 더욱 부추기기만 했던 거야.

1월은 순식간에 돌아왔고 소대의 에너지는 더욱 늘어졌다. 브라이어 중사도 축 처지고 무심한 태도로 음울한 분위기에 일조했지. 그와 이야기도 나누어봤지만 나보다 경험이 많은 중사를 열

받게 하는 실수를 할까 늘 조심스럽고 두려웠단다. 나는 실패 중이었던 거야. 실패의 이유는 많았지만 그게 변명은 될 수 없었단다. 우리에게는 함께 고난을 경험하고 이겨낼 팀으로서 훈련이 필요했어. 가장 빠른 기회가 3월 중반이었는데 내 생각엔 너무 멀더구나. 하지만 내가 할 수 있는 일은 그것뿐이었기에 다가올 훈련에 모든 노력과 열의를 집중했단다.

마침내 3월이 오자, 처음 소대장으로 임명받았던 11월처럼 기대감이 솟구치더구나. 그러나 훈련 시작 며칠 전에 중대장이 나를 부르더니 대수롭지않게 우리 소대를 중대 단위 훈련에 참가시키겠다는 계획을 발표하지 않겠니? 나는 소대장으로 온 지 불과 5개월밖에 되지 않았고 소대와 하루도 함께 훈련한 경험이 없다며 중대장에게 애원했단다. 내게는 부하들의 강점과 약점을 확인하기 위해 함께 훈련할 시간이 절실했다. 하지만 중대장은 내 간청에도 꿈쩍도 하지 않았고, 나는 그녀를 몹시 미워하게 되었지.

엎친 데 덮친 격으로 브라이어 중사도 훈련에 참석할 수 없다고 했다. 중대장처럼 별일 아니라는 듯 적십자 자원봉사자 자격으로 캘리포니아에서 열리는 학회에 참석해야 한다고 말하더구나. 더 큰 문제는 직속상사인 내가 아닌 중대장을 먼저 찾아가 허락을 받아왔다는 거야. 누구에게나 한계가 있단다. 아빠도 당시 한계에 부딪혔어. 긍정적인 생각도 열정을 불러일으키는 연설도 이미 다 시도해보았잖니. 이제 불벼락을 내릴 때가 온 거지. 나는 일부러 도자기 장식품이 벽에서 떨어지도록 거칠게 문을 닫았단다. 그러면서 브라이어에게 말했지.

"이야기 좀 하지."

그러고는 그와 마주 앉아 상체를 앞으로 숙이고 이미 충분히 전해온 내 뜻을 전달하기 위해 몇 마디 욕설과 함께 질문을 마구 퍼부었지.

"무슨 일이 벌어지는지는 나한테 먼저 보고해야 하는 게 아닌가? 뭐든 솔직히 털어놔야 한다는 말이네. 이곳에 부임한 이후 모든 걸 완벽하게 해낸 것은 아니었지만 그래도 내가 패배자가 아니라는 것은 알고 있네. 하지만 이번 일은 패배처럼 느껴져."

그는 벌겋게 달아오른 얼굴로 불편하게 몸을 비틀어가며 그동안 내가 목격해온 일들, 즉 끊임없이 자리를 비우고 승인도 받지 않은 대학 수업을 듣고 자원봉사에 나서고 가장 나쁘게는 소대원들의 질서와 규율을 유지하려는 의지를 전혀 보이지 않았던 점에 대해 지적하는 말들을 듣고만 있었다. 브라이어가 입을 열고 변명을 늘어놓다가 갑자기 말투를 바꾸더니 솔직하게 인정을 하더구나.

"보세요, 소대장님. 실은 이렇습니다. 당신은 좋은 소위예요. 기술도 열정도 훌륭하죠. 저도 그런 사람이 되어야겠죠. 저도 그렇게 해야 한다는 거 알지만 소위님이 너무 열심히 하시니까 저는 그 시간에 자신이나 돌봐야겠다고 생각했던 거예요."

그가 2년 이상 중사 일을 하고 나서 완전히 지쳐버렸다는 말을 하는 동안 나는 내심 충격을 받고 조용히 듣기만 했단다. 브라이

어의 끔찍한 자백을 듣고서 나는 지난 5개월간 매주 느낀 당혹스러운 실패감과 전혀 다른 어떤 진실을 바라볼 수 있었단다. 6개월간의 첫 소대장 생활에 마법 같은 결말은 찾아오지 않더구나. 브라이어 중사의 태도는 더 나아지지 않았지만 그의 허심탄회한 고백 덕에 여전히 열정과 리더십을 자랑스럽게 여기고 절대로 포기하지 말아야겠다는 자신감을 얻을 수 있었지. 물론 실패는 그 후로도 계속 되었단다.

✼

　브라이어 중사를 비롯한 제4소대와 견뎌야 했던 실패는 오직 군인들만 개입된 일이었지. 그러나 몇 년 후 제795헌병대대에 파견대 지휘관으로 재직하던 시절에는 군인의 가족까지 개입된 엉망인 상황에 빠지게 되었단다. 이전에는 겪어보지 못한 복잡한 일이었고 개인적으로나 직업적으로 심각한 위험과 해를 입은 일이었어.
　벤 크레이머Ben Kramer 하사는 뛰어난 행정직 부사관이었단다. 조용하고 검손하면서도 유능했지. 안타깝게도 그의 부인은 야생마처럼 거칠었단다. 크레이머는 부부 사이의 불화 때문에 일까지 영향을 받고 있었다. 집 안에 청구서들이 쌓여갔고, 세 들어 사는 집 벽에 스프레이 페인트를 뿌려 집주인에게 소송을 당하는 일도 생겼지.

지휘관이라면 당연히 그런 일에 무관심할 수 없었기에 나는 다른 누구보다 크레이머 하사의 생활에 개입할 수밖에 없었단다. 결국 크레이머 부부는 셋집에서 쫓겨나 군용주택으로 들어왔고, 나는 그들의 관리감독 의무 때문에 훨씬 더 큰 스트레스에 시달렸어. 열 달 내내 온갖 일들이 벌어졌고 적어도 2주일에 한 번꼴로 사건이 발생했단다.

어느 날 크레이머 부인이 직접 전화를 걸어왔어. 처음 있는 일이었지. 그녀는 이성을 잃은 사람처럼 광적으로 남편과 군용주택, 세 살 아들에 관해 앞뒤가 맞지 않는 말들을 늘어놓더구나. 그러고는 내가 뭐라고 대답하기도 전에 일방적으로 전화를 끊어버렸어. 다시 전화를 걸었더니 세 살 아들이 받더구나. 아이는 1~2분 정도 전화기를 갖고 놀더니 전화를 끊어버렸어. 다시 전화를 걸었을 때는 아무도 받지 않았어. 부대 내에서 크레이머 하사를 찾을 수가 없었고, 괜히 일을 크게 만들고 싶지 않아 차를 몰고 그의 집으로 향했단다.

문을 두드리고 초인종을 눌러도 아무런 대꾸가 없었어. 종종걸음으로 창문을 오가며 작은 단층집 안을 들여다보았단다. 거실에는 촛불이 하나 켜져 있었고 뒷방에는 어린아이가 보였지만 크레이머 부인은 보이지 않았어. 15분 동안 문을 두드리고 초인종을 누르다가, 그녀가 집을 나갔거나 아니면 더 나쁜 일이 생긴 거라고 결론을 내렸단다.

창문 하나가 열려 있기에 그 사이로 여러 차례 크레이머 부인을 불렀지만 역시 대꾸가 없었어. 이웃이 나와 좀 전에 그 가족에게 무슨 문제가 있었다고 언질을 주더구나. 그래서 나는 두말할 것도 없이 당장 허리 높이의 창을 타고 넘어갔단다. 집 안으로 들어가 어린아이를 안아 들자 갑자기 눈앞에 크레이머 부인이 불쑥 나타났어. 커다란 눈은 분노로 가득 차 있더구나.

"내 집에서 뭘 하는 거죠? 아니 어떻게…… 어떻게 여기로 들어온 거예요?"

나는 자초지종을 설명하고 무엇보다 아이가 걱정되었다고 해명한 뒤 서둘러 그 집에서 나왔단다. 다시 그때로 돌아간다 해도 나는 똑같은 선택을 했을 거야. 나는 오직 아이가 걱정되었을 뿐, 내 경력 같은 건 안중에도 없었다. 내 안전도 역시 생각하지 않았어. 내가 지닌 정보에 따라 옳다고 믿는 행동을 했고 또 법적으로 심각한 문제가 생겨도 이성적인 판단 아래 행했다는 해명이 통할 거라고 굳게 믿었던 거야.

그러나 나의 상사는 이 문제를 다르게 해석했고 내 판단에 심각한 결점이 있다는 상담보고서를 작성했단다. 나중에야 그 정도 보고서로는 내 경력에 큰 위험이 찾아올 가능성은 전혀 없었다는 걸 알았지만, 당시에는 조금도 안심할 수가 없었어.

✄

실패가 우리 통제 관리를 벗어나 찾아오듯이 때로는 성공도 전혀 생각지 못했던 곳에서 나온다. 1998년 고참 중위 시절 앨라배마 포트 매클렐런Fort McClellan의 대령들과 장군들의 관심을 한 몸에 받았던 적이 있었단다. 믿기 어려울 정도의 고난을 극복해서? 아니란다. 우리 팀을 기적적인 승리로 이끌어서? 그것도 아니야. 경이로울 정도로 고된 일에서 능력을 발휘했나? 뭐 어느 정도는 맞는 말이지만, 내 생각에는 엄청난 찬사를 받을 만한 일은 아니었단다. 관심과 찬사를 받게 해준 그 일은 무엇이었을까? 바로 열병식이었다.

1998년 봄, 지휘관들은 대규모 군사 행렬 임무를 맡을 전속부관을 물색하고 있었어. 보통 그렇게 화려한 의식에서는 가장 하급장교가 부관을 맡았고 경력 많은 장교도 어렵게 여기는 온갖 훈련과 제식에 통달해야 했단다. 구경꾼부터 연병장에 늘어선 군인들까지 모든 눈이 이 외로운 배우에게 쏟아졌으니까. 나로서는 그런 임무에 선발되는 게 거의 성취에 가까웠어. 누구도 그런 일을 원하지 않았지만 나는 원했단다. 열네 살부터 열병식을 해왔고 고통스러울 정도로 긴 구령과 열병식 과정을 속속들이 알고 있어 대본을 볼 필요도 없었지.

그런데 부관이 연병장에서 반드시 수행해야 할 일이 하나 있었단다. 가장 당혹스럽고 위엄이라고는 없는, 그러나 몹시 인상적인 '오리걸음'이라는 별칭까지 붙은 그것이었지. 기운찬 행진 도중 전체 대열이 연병장 안에 자리를 잡기 전 부관 혼자서 제자리로 향할 때 반드시 수행해야 하는 씩씩한 걸음이 마치 오리걸음처럼 보였던 거야. 그날 만난 거의 모든 장교가 그렇게 이상하고 도 인상적인 모습은 처음 보았다고 한마디씩 거들었단다.

"자네 다리가 너무 빨리 움직여서 땅 위로 떠다니는 줄 알았 네."

어느 대령은 뜻밖의 말을 건넸지.

"정말 놀라웠어. 뜨거운 부지깽이가 자네 엉덩이를 마구 밀치 는 것처럼 보였다니까!"

사소한 일을 잘해냈다고 해서 도전적인 임무를 배당받거나 찬 사나 보상을 받지는 않았지만, 이미 하고 있던 힘든 일들에 관심 이 쏠아졌단다. 몇 달 후 내 경력을 크게 바꾸어놓은 임무가 주어 졌고, 그 일에 대한 수행도 덕분에 커다란 성공을 연달아 얻을 수 있었어.

❁

지금까지 실패와 성공의 균형을 이루라던 맥아더의 의견을 뒷 받침할 만한 일들이 많았다. 그동안 아빠는 성공과 실패 사이를 오락가락하며 살아온 것 같아. 일상적인 실패는 성공을 겸손하게 받아들이도록 해주었고 성공은 솔직한 패배를 자랑스럽게 여기 고 굴하지 않아도 된다는 자신감을 심어주었단다. 그러나 어느 한쪽만 지나치게 경험했을 때 어떤 일이 생기는지 아니? 자신감 과 겸손 사이의 균형을 조정하기가 어려워지고, 맥아더의 교훈이 가장 절실할 때 그렇게 하기가 훨씬 어려워진단다.

　내 경우 2002년이 되자 성공이 실패를 10대 1 정도로 앞지르기 시작했다. 그해 나는 중대 지휘 임무를 성공적으로 완수했단다. 그 무렵 아빠는 성공에 이어 인정을 받는다는 게 얼마나 중요한지 그리고 그만한 자격이 있는지의 문제로 고민하기 시작했다. 처음에는 조금씩 시작되었던 게 10년 동안 점점 불어난 거지. 내가 이런 자기회의에 빠져들면 이 모든 게 어떻게 가능했는지 의문을 품지 않고 기꺼이 믿어주는 동료들이 양옆을 지켜주었단다.

　중대를 이끌었던 24개월 동안 온갖 역경과 모험과 사연을 웬만한 책 한 권을 빽빽하게 채울 만큼 겪었단다. 가장 어려웠던 점은 온두라스와 카타르, 사우디아라비아로 가는 네 차례 파병임무를 관리하면서 동시에 파병을 나가지 않은 포트 레너드우드 안의 군인들을 훈련하고 작전을 관리해야 했던 일이었어. 게다가 중대장 임무를 절반 정도 수행했을 무렵 테러리스트들이 비행기 두 대를 납치해 국제무역센터와 펜타곤을 들이받는 사건이 발생했다(미국대폭발테러사건).

　몇 년 후 우리 중대 선임하사였던 조 브로먼Joe Vroman이 불가능할 것처럼 보였던 시기를 헤쳐나간 나의 수행 능력이 몹시 인상적이었다는 내용의 편지를 보냈지 뭐냐. 도대체 그가 무슨 생각으로 그런 말을 하는 건지, 혹시 낭만적인 감수성은 아닌지 알고 싶어서 그에게 물어봤다. '몹시 인상적'이었다는 단어가 무슨 의미인지를 말이다. 이에 대한 그의 대답을 나는 아직도 트로피처럼 소중하게 간직하고 있다.

중대장님이 훈련일정이나 파병계획을 짤 때가 생각납니다. 늘 할당된 시간 안에 너무 많은 내용을 집어넣어서 저는 속으로 저 많은 걸 실제로 다할 수 있을까 의심을 하곤 했습니다. 중대장님은 일주일 일정에 한 달은 걸릴 만한 훈련계획을 세웠습니다. 저는 중대장님이 미친 게 아닐까 생각했지만 우리는 언제나 대단히 높은 결과를 성취해내곤 했지요!

처음에는 적응까지 오랜 시간이 걸리기도 하고 집중력도 필요했지만, 어떤 일이든 우리는 결국 조정하는 방법을 찾아냈고 해내고 말았습니다. 중대장님은 언제나 냉철했고 목표한 대로 밀고 나갔습니다. 언제든 임무를 성취해낼 수 있다는 확신을 주었고 실제로 효과도 있었습니다(지휘관들이 찾아와 중대장님 마음을 돌릴 수 있게 도와달라고 부탁한 적도 있습니다). 어떤 상황이든 우리는 늘 건너냈고 결국 승리했습니다. 어떤 일도 미리 계획하고 설정한 것을 성취하지 못했던 적은 단 한 번도 없었고, 그 결과 우리는 모두 '신자Believers'가 되었습니다.

중대장님의 끝없는 박력과 도전의식 그리고 의문과 훈련은 휘하 지휘관들에게 시간을 현명하게 관리하는 방법을 가르쳐 주었습니다. 중대장님과 훈련에서 돌아올 때나 제 사무실에 가만히 앉아 있을 때 이런 생각을 하곤 했습니다. '와, 우리가 정말로 이걸 해냈단 말이야?

조는 또 내가 개인적으로도 자신을 도와주었다고 덧붙였단다.

지금껏 제게 더 멀리 가라, 더 많이 해라, 더 잘해라, 지금보다
더 쥐어짜라고 도전과제를 안겨준 사람은 없었습니다. 중대장
님은 제가 생각했던 것보다 더 높은 곳을 보라고 했고 고된 노
력과 헌신, 훈련을 통해 어떤 일이든 성취할 수 있다고 가르쳐
주었죠! 제 삶의 수많은 성공은 모두 중대장님과 그 가르침 덕
분입니다. 함께 일할 때는 정말이지 지치고 힘들었지만 솔직
히 감동적이었다고 감히 말씀드리고 싶습니다.

조의 말은 아부처럼 들리지만 거의 불가능한 임무를 성공적으
로 이끌어내는 일이 얼마나 모순인지를 강조하고 있단다. 그의
말처럼 아빠 휘하의 지휘관들은 상당수가 내가 지나치게 밀어붙
인다고 생각했어. 나 역시 노예 감시인 취급을 받는 게 결코 자랑
스럽지 않았다. 그런 것이야말로 지휘관이라는 자리를 종종 외롭
고 우울하게 만드는 조건 아니겠니.

일을 잘하는 것은 중요하지. 그러나 사람들이 일을 잘하도록
만드는 문제는 또 다른 문제야. 이러한 신념을 품고 나는 주어진
과제를 다하기 위해 하루하루 모든 노력을 바쳤단다. 이것이 진
정으로 내게 얼마나 중요한지 그들을 깨닫게 하는 일은 가능할
까? 내가 그들에게 영향을 끼쳤는지 아닌지 정말로 알 수나 있었
겠느냐 말이다. 상이나 평가를 증거로 여기는 지휘관들이 있지

만, 자기 스스로 내린 평가에 의존해서는 절대로 안 된다는 교훈을 깨달았단다. 예의를 갖춘 대화 속에서 진정한 칭찬을 가려낼 수가 있을까? 기초훈련을 받던 시절에, 모든 훈련병이 비만인 중위 앞에서는 찬사를 퍼붓지만 속으로는 경멸했던 일이 생각나는구나.

효과적인 지휘를 둘러싼 이러한 의문들은 앞서 말한 효과적인 양육에 관한 이야기와도 일맥상통한단다. 우리는 어떤 방법이 또 다른 방법보다 더 효과적이라는 걸 알지만 수많은 변수가 개입되기에 처음부터 결과를 알기란 어렵다.

거기를 떠나고 석 달 뒤에야, 나는 내 온갖 질문들에 대한 만족스럽지 못했던 해답을 전혀 예상치 못했던 곳에서 듣게 되었단다. 조 브로먼과 옛 중대의 상급 지휘관들이 더글러스 맥아더 리더십 상 후보로 나를 추천했다는 말을 들은 거야. 그것은 육군 장교가 개인적으로 받을 수 있는 가장 명예로운 상 중 하나란다.

육군은 매년 37,000명이 넘는 중위와 대위 중 열세 명의 장교를 선발해 더글러스 맥아더 장군의 이상이었던 의무, 명예 그리고 조국을 대표하는 임무를 가장 잘 수행한 공로를 인정해 상을 준단다. 장교들은 리더십과 영향력, 팀워크, 체력, 가치관 준수, 전문기술과 전략기술 능력, 다양한 집단 내 합의 도출 능력, 등의 영역에 따라 평가를 받는다. 각 후보는 몇 단계의 명령을 수행해 나가는데 한 단계를 통과한 사람만 다음 단계로 나갈 수 있어. 사실 후보도 너무 많고 거쳐야 할 단계도 많아 후보로 올랐다는 사실만으로도 영광이라고 생각하는 게 현명할 거야. 그런데 실제로 그 상을 받는다면 어떻겠니?

4개월 후 아빠는 그 상을 받게 될 거라는 소식을 들었다. 크리스틴과 나는 육군참모총장과 육군주임원사가 주최하는 수상식에 참가하기 위해 워싱턴 D.C.까지 비행기를 타고 가야 했어. 그런데 상을 받은 지 일주일도 안 되어 워싱턴에서 또 전화를 받았단다. 전혀 다른 장교선발위원회에서 아빠를 단 20명의 대위만 들어갈 수 있는 명예롭고도 엄격한 몇 년간의 군교육 과정에 참여할 수 있도록 선발했다는 소식이었어. 교육은 3년간 워싱턴 D.C.에서 이루어지는데 1년은 조지타운대학교에서 정책관리학 석사 과정을 전액 장학금으로 다닐 수 있는 안식년이었고, 1년은 펜타곤의 합동참모본부에서 근무하며, 마지막 1년은 펜타곤의 육군참모본부에서 일하는 것이었단다. 방금 말한 영광들로는 아직 충분하지 않다는 듯 겨우 3개월 후에 또 다른 장교선발위원회에서 전체 육군 헌병 장교 가운데 단 두 명만 받을 수 있다는 특차진급 대상으로 아빠를 선발해 소령으로 진급하게 되었단다.

과한 칭찬과 인정을 받고 나니 도무지 어떤 태도를 취해야 할지 알 수가 없었어. 각기 다른 세 곳의 장교선발위원회로부터 60가지가 넘는 평가를 받았지만, 개인적으로는 내가 그렇게까지 잘하는 게 아니라는 것을 알고 있었단다. 생각이 여기까지 미치자 나는 어쩔 수 없이 칭찬을 어느 정도의 겸손으로 받아들여야 할지 심각하게 고민하게 되었다. 그리고 겸손한 게 진정 무슨 의미인지도 자문하게 되었지.

많은 이들이 칭찬을 받으면 자신은 그럴 만한 자격이 없다고 말하는 모습을 목격해왔단다. 나는 그것이 가짜 겸손 혹은 거짓 말이라고 생각해왔지. 당연히 그들은 칭찬과 인정을 받을 자격이, 전부는 아니어도 어느 정도는 있었으니까. 겸양은 칭찬 중 어떤 부분은 내 것이고 어떤 부분은 팀과 동기와 상관의 것인지를 헤아리는 것과 같다. 성공과 실패를 최종적으로 분석할 때 뭐가 뭔지 구별하기가 어려울 수도 있지. 사람들이 내 성공도 일부는 얇은 베일에 싸인 패배라고 생각한다는 것도 알고 있단다. 이 차이를 볼 줄 아는 방법이 하나 있다. 바로 '균형 잡힌 시각'이다. 이는 쉽게 얻을 수 있는 게 아니야. 그러나 열심히 노력하면 반드시 찾아온단다.

아빠의 형제들도 과거를 돌이켜보다가 균형 잡힌 시각이라는 게 뭔지 깨달은 일이 있었어. 1970년대 후반 우리는 레이스웨이 공원의 피트에 서서 눈앞에 인생 최악의 패배가 벌어지고 있다며 울었지만, 우리 중 누구도 심지어 아버지마저도 그날 밤 아버지가 '물려받은' 분홍색 자동차에 숨은 이야기를 알지 못했단다.

진 크루거의 분홍색 자동차 'X2'는 그로부터 10년 전 19세였던 데일 언하트Dale Earnhardt(미국의 전설적인 카레이서 — 역자 주)가 몰던 같은 기종 자동차를 모방한 것이었어. 언하트는 검은색 3번 자동차를 몰면서부터 유명해졌지만, 처음 비포장 경주에 나섰던 자동차는 1956년산 분홍색 포드로 브랜드 이름이 'K2'였단다.

언하트와 대원들은 포드를 초록색으로 칠하려 했지만 페인트 구하는 데 문제가 생겨 분홍색이 되고 말았지. 그들은 자동차를 새로 칠할 여유가 없었고 장차 나스카 경주의 전설이자 웨버 집안의 영웅이 될 언하트는 결국 분홍색 자동차로 비포장 경주에서 최초의 경험을 시작하게 되었단다.

우리가 진실을 알고 그 피트에서의 성공과 실패의 개념을 다시 생각해보게 될 때까지 10년이 걸렸어. 당시의 비통함을 덜기엔 너무 늦어버렸지만, 우리 가족은 영웅과의 결합감을 느낄 수 있었단다.

진솔한 실패와 겸손한 성공.

경주용 자동차에 검은색 스프레이 페인트를 뿌려야 했던 일, 제대로 된 거수경례와 오리걸음 열병식과 장bowel운동에 이르기까지, 나는 사소한 일들이 큰 차이를 불러온다는 것을 알 수 있었단다. 평범한 일을 특별하게 해내야 어렵고 복잡한 일도 더 잘 감당할 수 있다고 말하고 싶구나. 나는 오랫동안 실패는 피하고 성공을 이룰 수 있는 유용한 정보를 수집해왔단다. 너희가 나중에 필요하면 얼제든지 찾아볼 수 있게 특별히 중요한 몇 가지는 따로 갈무리해 내 책장에 꽂아두었다.

하지만 그러한 정보만큼이나 중요한 것이 있다면 너희 눈앞에 있는 일을 세심히 살피는 단순하고 일반적인 사회적 예의란다. "부탁합니다" "감사합니다"부터 시작해, 믿음이 필요한 때와 장소에 타인에게 믿음을 주는 것, 스스로 섬기는 사람이나 자신을 섬기는 사람에게 개인적으로 관심을 두는 것, 한 개인에게 완전한 관심을 쏟기 위해 주변 장치와 감정적 동요의 '플러그'를 뽑는 일까지 말이야. 말보다 행동이 훨씬 어려운 일이란다. 행동으로 성공을 쟁취할 수 있을 뿐만 아니라, 너희가 성공이나 실패했을 때 그것을 관리하는 것을 주변 사람들이 도울 수 있게 해주지.

그러므로 진솔한 패배란, 분별력을 갖추고 사실을 직시하려는 시도, 앞서 간 사람들을 향한 신중한 고려, 그리고 솔직하고 객관적인 자기성찰을 통해서만 찾아올 수 있단다. 겸손한 성공은 최고가 되려는 노력보다는 매사에 최선을 다하고 자신에게나 타인에게나 말이 아닌 결과로서 보여주려는 태도에서 비롯된다.

4 갈등의 해결

"싸움을 피하기보다는
정당하게 하고 즉시 화해해라"

Tell my sons

암 치료와 함께 시작된
또 다른 전쟁

2011년 1월, 암 치료는 즉시 효과를 보는 것 같았단다. '글리벡'이라는 경구용 항암제를 매일 복용하자 암의 성장이 더뎌졌고 참을성을 가지고 희망을 품으라는 말을 들었다. 이 약을 통해 10년이상 생존한 기스트 환자도 있고 1년도 못 산 환자도 있었다.

수술 합병증에서 회복하려면 1년이 넘게 걸릴 거라는 혼란스러운 정보에 대해서는 사실 오래 생각하지 않기로 했다. 운동을 더 많이 하기 시작했고 몸무게도 68킬로그램까지 회복되었으며 글리벡을 먹으면 적어도 2년은 넘게 살 거라고 믿기로 했단다. 또 암이 천천히 자라고 있었지만 기운이 회복되면 군 생활도 전일제로 복귀하겠다고 마음먹었어.

군대로 돌아가지 말고 아내와 아이들과 시간을 보내는 게 어떨지 물을 수도 있겠지. 하지만 나는 장교로 산다는 것, 또는 자기 일을 열심히 하는 것이 가장 정상적인 삶이라고 생각한다. 내

일에 대해서는 아는 게 전혀 없지만, 오늘 하루 긴 근무를 마치고 집으로 돌아가는 익숙한 느낌이 절실했어. 사실 내내 집에 있으니 비정상적으로 느껴졌거든. 그만큼 스트레스가 커졌단다.

크리스틴은 내가 계속 옆에 있는 게 익숙하지 않았을 거야. 마치 갑작스레 퇴직을 당한 기분이었어. 에너지를 소비할 일이 없으니 주변 환경에 의존할 수밖에 없더구나. 나는 장을 보러 가기도 하고 저녁식사 준비를 거들고 집 안 물건을 정돈했지. 그러자 곧 갈등이 생기기 시작했다. 도와주는 것은 어디까지나 도와주는 것이어야 하는데, 나는 집안일도 장교처럼 군사계획을 세우듯이 했어. 냉장고와 냉동실을 깨끗이 치우고 찬장을 깔끔하게 정리했으며 식단표를 작성하고 너희에게 많은 일을 부과하고 '운영의 간소화' 전략을 제안했다.

커다란 실수였지. 집안일은 크리스틴의 영역이었는데, 그녀가 가끔 집안일에 지친다고 해서 내가 대신 떠맡아도 된다는 뜻은 아니었는데, 크리스틴은 내 도움을 고맙게 여겼지만 그녀에게 집안일은 정상적이고 익숙한 일, 유지하고 싶은 습관이었어. 크리스마스 무렵 우리는 크게 싸웠단다. 6개월 만에 처음 싸운 거였어. 크리스틴은 사사건건 나의 행동을 지적했는데, 몇 분도 안 되어 우리는 고함을 지르고 욕설을 퍼붓기 시작했단다. 두 사람 모두 분노와 좌절이 처음 싸움의 불씨와는 상관이 없다는 것을 알고 있었지만 서로에게 화를 퍼부어댔다. 그러다 어느 순간 싸움이 멈추었단다. 숨이 가쁘고 조금 어지럽더구나. 크리스틴이 다가와 내 옆에 앉더니 조용히 울음을 터뜨렸어. 그녀는 내 어깨에 기대며 말했어.

"미안해. 예전처럼 기운찬 당신 모습을 보니까 좋아. 당신이 여전히 내 옆에 있어서 다행이야."

너희도 내가 계속 집 안에 있어서 똑같이 '혜택'을 받았지. 역경을 분담할 때 단결력과 팀워크가 생긴다는 걸 알았기에 내 치료와 회복 과정에 너희가 참여할 방법을 찾아보았단다. 생각 끝에 담즙을 모아둔 용기를 비우는 일을 임무로 정했어. 역하고 힘든 일이었기에 너희는 마치 삼총사처럼 이 모진 일상 속 드라마에 대해 으스대고 싶은 마음까지 억누르진 못했지. 이런 팀워크의 단점은 너희가 학교에서 돌아와 문을 열고 집으로 들어오면 깐깐하고 고집 센 중령이 맞아준다는 점이었지. 나는 노예 감시인은 아니었지만 TV를 못 보게 했잖니.

"아빠, 언제 일하러 가세요?"

너희는 예의 바르게 묻곤 했지. 그것도 여러 번 말이야.

✼

너희는 아빠가 책에서 남자이자 아버지이자 군인으로 사는 게 어떤 건지만 이야기하는 줄 알겠지만 전혀 그렇지 않단다. 연인이자 남편으로 사는 게 어떤 건지에 대한 이야기기도 해. 또 두 사람의 개인이 만나 이루는 결혼생활에 대해 말해주는 책이기도

하고. 사실 내 인생의 경험 중에서 결혼생활만큼 맥아더 장군이 말한 '감정적으로 활달한 삶의 본질'을 이토록 완벽하게 포착하는 일도 없을 거야.

2010년 7월 22일, 우리는 메이요클리닉 대기실에 앉아 우리 앞에 놓인 암과의 싸움이 얼마나 복잡하고 숨 가쁘게 불확실할지 되새기고 있었단다. 순간 결혼반지가 없어졌다는 걸 알았어. 결혼한 지 16년이나 흘렀지만 나는 여전히 매일 아침 매우 신중하고 계획적이고 상징적인 행위로서 결혼반지를 꼈단다. 그런데 새벽 5시에 출발하느라 부산을 떠는 사이 아침에 반지를 꼈는지 기억조차 나지 않았다.

그런데 다른 어떤 날보다도 그날만은 확실히 결혼반지를 꼈는지 기억해야 하는 게 아니었겠니? 그런데 도무지 기억이 나지 않았어. 그날 아침 반지를 꼈는데 도중에 잃어버렸을지도 모른다는 두려움을 떨쳐낼 수가 없었어. 반지가 저절로 손가락에서 빠져본 일이 없었기 때문에 도중에 빠졌을 가능성은 없었어. 그런데 다시 생각해보니 암 때문에 몸무게가 4.5킬로그램이나 줄었기 때문에 병원에서 반지가 빠졌을지도 모른다는 생각이 들더구나. 몇 시간 동안 내가 다녔던 곳들을 되짚어가면서 반지를 빠뜨렸을 유일한 곳을 찾아냈어. 바로 병원 화장실이었지.

나는 장인어른에게 조용히 내 생각을 말했단다. 우리는 함께 행동에 나섰고 곧장 화장실로 가 모든 휴지통을 뒤져 쓰레기들을 조심스레 살펴보기 시작했어. 휴지통마다 휴지가 가득해 시간이 걸렸지만, 장인어른이 뒤지던 휴지통에서 쨍그랑 소리가 들려왔어. 우리는 흠칫 얼어붙었고 재빨리 시선을 교환한 다음 장인어른이 휴지통에 손을 넣어 내 반지를 꺼냈단다. 정말 울고 싶었어. 우리 결혼생활의 여러 순간처럼 잃어버린 줄만 알았던 것들을 조금 더 보살피고 노력하면서 본능적으로 되찾았단다.

우리가 만난 지 올해로 19년째란다. 정말이지 여러모로 우리가 '성공적인' 결혼생활을 할 가능성은 없어 보였어. 둘 다 너무나 독립적이었고 취향과 기질도 판이했으며 일상적으로 함께할 수 있는 생활도 거의 없었거든. 우리 두 사람 모두 '강력한' 결혼생활이 지속될 거라고 확신하지 않았다. 그러나 군 생활과 불임, 해외 파견, 암과의 싸움을 함께 겪으면서 우리는 주목할 만한 가치가 있는 어떤 일을 해냈다고 말할 수 있을 거야.

씩씩하고 솔직한
크리스틴과의 만남

크리스틴에 대한 내 감정을 제대로 이해하려면 먼저 그녀를 사랑하게 된 한 남자에 대해 말해야겠구나. 여자에게 관심이 생긴 열아홉 살 무렵이었단다. 물론 이전에도 호기심은 있었지만 여자애들이 늘 달고 다니는 것처럼 보였던 일과 사연 탓에 반감이 생겼단다. 나는 로맨스를 꽤 손이 많이 가고 지나칠 정도로 대단

한 뭔가로 생각했었다. 물론 나는 로맨틱하고 고풍스러운 단어들을 좋아하지만 너무 자세히 들어가지는 말자꾸나.

나는 첫 데이트에 키스하는 것도 싫어했고 하룻밤 불장난도 인정할 수가 없었단다. 애정에 대해 지나칠 정도로 감정적이었고 성실함에 대해 깊은 확신을 품고 있었어. 그러한 생각은 지금도 마찬가지지. 첫 키스는 대학에 다니다가 잠시 집에 왔을 때 동생 마이크에게 끌려간 어느 클럽의 댄스 플로어에서 처음 만난 어떤 여자애에게 받았단다. 그녀는 술을 너무 많이 마셨고 담배 냄새를 심하게 풍겼지. 본격적인 첫 번째 데이트 상대이자 진짜 첫 키스 상대였던 제니는 1년 후인 스무 살 때 만났어. 한두 달 정도 짧게 사귄 후 그녀는 이렇게 말했단다. "넌 여자에게 결혼상대지 애인감은 아니야." 그 후 크리스틴을 만나기 전까지 만났던 세 여자와 다른 이성 친구들에게도 똑같은 말을 들었단다.

페기는 예쁘고 몸매도 뛰어났지만 내 생각에는 성격이 너무 급하고 행실이 단정하지 못했는데, 그런 내 생각이 행동으로 드러났던 모양이야. 한번은 그녀가 묻더구나. "너 혹시 동성애자니?" 1년 후 카리를 만났어. 그녀는 내가 꿈에 그리던 이상형이었단다. 흠잡을 데 없는 용모에 아름다운 파란색 눈동자, 믿을 수 없을 정도로 아름다운 빛깔의 팔다리, 게다가 느긋한 성격까지. 그녀와 사귀는 석 달 동안 섹스를 할 기회가 단 한 번 있었는데 내쪽에서 먼저 포기했단다. 그녀가 술을 너무 많이 마셨다고 생각했기 때문이야.

몇 시간 후 그녀가 내 귀에 대고 이미 익숙해진 말을 속삭이더구나. "마크, 넌 정말 착하고 점잖은 남자야. 그리고 언젠가는 최고의 남편이 될 거야." 일주일도 안 되어 그녀는 너무 진지하다는 이유로 나를 걷어찼지만, 그날 밤 지금 생각해도 기분 좋은 말을 해주더구나. "네가 날 위해 해줬던 그 일, 정말 고마워."

다음 날, 소식을 들은 내 룸메이트들이 페기가 먼저 의문을 제기했던 나의 성 정체성에 대해 열띤 논쟁을 벌이더구나. 그다음 만났던 여자는 심지어 이름도 기억나지 않는다. 신사라는 이유로 세 번이나 거절당한 걸 생각하면 지금도 다리가 휘청거릴 정도야.

✄

나는 크리스틴 코플린Kristin Coughlin을 대학 4학년 때인 1992년 9월에 만났단다. 대학 농구팀 선수였던 내 룸메이트들이 어느 날 술집에서 만난 여학생들을 데리고 아파트로 돌아왔어. 그중 한 명이 진한 자주색 가죽 재킷을 입고 있었는데 왠지 섬뜩해 보였지. 하지만 그 여자의 헤이즐넛 빛깔 눈동자와 갈색 머리, 얼굴, 몸매를 보니 자꾸만 신경이 쓰이고 눈길이 가더구나. 친구들이 카드를 가져와 카드게임을 시작했어.

그녀는 카드게임을 잘 못했고 수줍음이 많은지 말도 많이 하지 않더구나. 나는 그녀 옆자리로 옮겨가 조심스럽게 도움이 필요하냐고 물었어. 나는 단박에 그녀의 성격에 끌렸단다. 내성적이면서도 씩씩하고 재미있고 솔직했어. 처음 만난 날 우리가 나눈 대화들은 지나치게 평범해서 거기에 낭만적인 불꽃이 튀었다고는 말할 수 없을 거야. 그런데 그 후 며칠 동안 우리는 평소 다니던 장소에서 자주 서로를 알아보았고 마치 오래된 친구처럼 이야기를 나누곤 했어. 하지만 그 흔한 포옹이나 키스, 심지어 깊은 눈맞춤조차 없었단다.

내 쪽에서는 혼란스럽고 절망적인 한 달이 흘러갔어. 마침내 그녀는 남자친구가 있다고 분명하게 밝혔지. 그 말을 듣고 흔들렸지만, 지금 생각해도 그녀가 헤어질 때까지 상대방에게 '여자친구'로서 성실함을 지키려고 했다는 사실이 인상적이었단다. 비록 남자친구와의 사이가 삐걱거린다는 것을 인정하기는 했지만 말이야. 지나치게 점잖은 남자가 매사에 정갈한 여자를 만난 거야.

상사병에 걸린 나에게는 무척 긴 시간이었지만, 얼마 지나지 않아 크리스틴은 남자친구와 공식적으로 헤어지고 나랑 사귀기 시작했어. 그리고 곧바로 미네소타 헤이스팅스에 있는 부모님 집에서 크리스마스 저녁식사를 함께하자고 나를 초대했단다. 그녀의 집에 도착했을 때는 이미 땅거미가 질 무렵이어서 집 안이 환히 들여다보이더구나. 부엌 창으로 그녀의 아버지로 보이는 우람한 몸집의 남성을 볼 수 있었어. 한겨울인데도 셔츠를 입고 있지 않았지. 부엌으로 들어가자 가슴 털이 덥수룩한 에드 코플린Ed Coughlin 씨가 미소를 띠고 싱크대 앞에서 매우 극적으로 칼을 갈고 있더구나. 나도 모르게 얼굴에 충격받은 표정이 드러났는데,

그게 크리스틴의 아버지가 노린 효과라는 확신이 들었어.

저녁식사 후 크리스틴이 자동차를 타고 헤이스팅스 곳곳의 크리스마스트리를 보여달라고 부탁했어. 한 시간 정도 차를 몰고 다니며 대화를 나눴는데 이야기가 자꾸만 끊기더구나. 둘 다 산만했고 불편했어. 그때 자동차 두 대가 들어갈 크기의 차고 문에 굉장히 이상하고도 재미있는 그림이 그려져 있는 게 보였단다. 둘 다 너무 웃어서 자동차를 세워야 했어. 그리고 돌연 차 안에 침묵과 긴장이 찾아왔지. 나는 정신을 차리고 말했다.

"크리스틴, 지금 키스해도 괜찮아?"

"물론."

그녀가 웃으며 대답했어. 심장이 두방망이질을 치더구나. 나는 천천히 몸을 기울이다 문득 멈추고 그녀의 눈을 깊이 응시하다가 다시 가능한 한 부드럽게 그녀의 입술에 내 입술을 포갰단다. 시간이 흘러도 여전히 좋은 느낌이 드는 길고도 뜨거운 입맞춤이었어. 이후 사귄 지 두 달이 지나자 크리스틴이 내 눈을 똑바로 쳐다보며 이렇게 말하더구나.

"있잖아, 자기랑 영원히 살 수 있을 것 같아."

'넌 여자의 애인감이 아니라 남편감이야'라는 말은 더 이상 저주가 아니었어. 나도 같은 생각이라고 대답해주었단다. 우리의 사랑은 맹목적이지 않았어. 둘 다 서로 취향과 관심사와 성격이 다르다는 것을 알아보았지. 일과 학교에 대한 열정은 똑같았지만, 그녀는 1980년대 얼터너티브 뉴웨이브 음악을 좋아했고 나는 클래식 록과 모던 팝을 좋아했어. 그녀는 몹시 감상적인 영화를 좋아했고 나는 거친 액션물을 좋아했지. 무슨 결정을 내릴라치면 나는 깊이 생각하고 오래 숙고하는 반면, 그녀는 본능적인 선택을 선호했단다.

그런 그녀가 나의 군 생활을 어떻게 같이 헤쳐나갈지 걱정이었다. 그녀는 나의 어머니가 우리 삶에 어떤 식으로 개입할 것인가를 두고 고민을 많이 했어. 우리는 많이 싸웠다. 처음부터 말이야. 그러나 우리에게는 공통된 이상이 있었단다. 그녀는 여러모로 정직과 성실, 믿음, 신뢰, 건전한 노동관을 보여주었어. 또 솔직하고 공정하게 자신의 의견을 말하고 사과할 줄도 알았단다. 우정을 쌓으려면 시간이 걸렸지만 한번 만든 우정을 깨뜨리는 것은 몹시 싫어했지. 직장에서 친구들과 수다를 떠는 건 옳지 않다고 생각했고, 일정이 빡빡할 때 전화로 병결을 알리는 일은 없었다. 또 어떤 조건이나 단서를 붙이지 않고 "미안해"라고 말할 줄 알았어. 설령 우리가 어떤 점이 서로 맞지 않다고 해도 그녀가 강인하고 도덕적인 인성을 갖추고 있다는 사실만으로 내가 상상할 수 있는 모든 걱정을 지울 수 있었단다.

언제나 웅장하고 약간은 근사하게 무릎을 꿇고 청혼하는 상상을 해왔단다. 그러나 대학 수업 사이 빈 시간에 만나 맨카토의 리버힐스몰에서 점심을 먹다가 불쑥 청혼했지. 그리고 함께 반지를 보러 갔다. 내가 의도한 유일한 '로맨스'라면 그날이 전몰장병 추모일이었다는 거였지. 우리는 15개월 후로 결혼식 날짜를 정해

——— 우리는 1994년 결혼을 약속했고, 지금도 여전히 함께란다.

놓고 그때까지 함께 살기로 했어. 가로팔로 할아버지도 이렇게 맞장구를 쳐주었단다.

"그래, 신발도 신어보고 사는 게 좋지."

그러나 신혼 시절 우리 집을 휘저어놓은 코끼리가 한 마리 있었단다. 바로 군대였어. 내가 아무리 설명해줘도 크리스틴은 군 생활이 어떤 건지 알지 못했어. 게다가 계약 복무기간이 끝나는 6년 후 우리 삶이 어떻게 변할지도 예측할 수가 없었단다.

결혼과 군 생활
사이에서의 갈등

신부에게 결혼식의 세부사항보다 더 중요한 일은 없을 거야. 그러나 군대 때문에 우리가 마음대로 할 수 있는 게 거의 없다는 사실을 재빨리 깨달았단다. 임관 전 군 생활은 느긋한 수다 주제에 불과했지만, 임관과 함께 현실이 되었어. 앨라배마로 가서 장교 양성교육을 받으라는 명령을 받았는데 하필 기간이 우리 결혼식과 겹치고 말았단다.

대안을 찾다가 떨어져 사는 부부에게 군에서 경제적인 보상을 해준다는 사실을 알게 되었어. 내가 교육을 받는 동안 2,000달러라는 거금을 말이지. 우리는 이 돈을 군대에서 주는 첫 번째 결혼 선물이라고 생각하기로 했단다.

4월 10일 자로 발령을 받아놓고 크리스틴에게는 4월 7일에 결혼하자고 제안했다. 내 쪽에서는 가능하면 군대보다 그녀를 우선하겠다는 다짐을 보여주고 싶었던 거야. 신부님과 두 명의 증인 그리고 하나님 앞에 서 있으려니 묘한 기분이 들더구나. 화려한 의식도 가족의 승인이나 결혼 이의제기 같은 순서를 챙길 여유도 없었단다. 요란한 행렬도 형식도 없었어.

그 간소함이 오히려 전혀 예상하지 못했던 친근감과 진실성을 안겨주더구나. 군대에서 배우고 또 배울 진실도 알려주었지. 앞으로도 우리끼리 결심하고 그 결과를 감당할 것이며 함께 부여받은 삶을 맞이할 것이라는 진실을, 우리를 여기까지 이르게 해준 가족들이 없는 자리에서.

✹

예정되었던 '공식' 결혼식은 우리 삶이 얼마나 예측 불가한지를 또 한 번 보여주었단다. 내가 장교양성훈련을 받는 동안 크리스틴이 결혼식의 대부분을 준비했고, 식 하루 전날 비행기를 타고 트윈시티로 날아갔을 때는 마치 한창 '뜨거운' 전쟁터에 착륙한 기분이었지. 총각파티 같은 것도 없었고 예행연습도 놓쳤고 저녁식사에도 늦어버렸어. 몇 달간 억눌린 성적 긴장감까지 더해 우리는 거실 한가운데서 불이 날 정도로 뜨거운 밤을 보냈단다.

다음 날 아침, 신부 들러리 세 명이 교회로 오는 도중 음주운전을 한 어느 비번 경찰관의 신호위반으로 자동차 사고를 당했단다. 심각한 사고에 들러리들은 목에 부목을 대고 응급실로 실려갔어. 나중에 들은 이야기인데, 들러리들이 그 와중에도 드레스를 망치면 안 된다고 하도 사정을 해서 드레스를 머리 위까지 끌어올린 채 들것에 실려갔다는구나. 그들은 꽤 다쳐서 상태가 좋지 않았지만 늦게라도 결혼식에 와 끝까지 들러리 임무를 해냈단다.

신혼여행은 없었다. 오래도록 서로 눈을 응시하는 시간도 없었다. 나는 다음 날 다시 비행기를 타고 훈련으로 돌아갔다. 나중에 우리 결혼식이 세인트보니페이스 교회에서 열린 마지막 결혼식

중 하나였다는 사실을 듣고 웃었단다. 그 교회는 폭파 해체될 예정이었다고 해. 우리 결혼생활만큼은 해체되지 않고 잘 풀리기를 기도했단다.

몇 달 후 레인저스쿨에서 낙오하면서 예기치 않게 일찍 조지아에서 미네소타로 돌아오게 되었고 즉시 버지니아로 가라는 명령을 받았단다. 그 말은 크리스틴이 추수감사절과 크리스마스를 친정 식구들과 함께 보낼 수 없다는 뜻이었기 때문에 전혀 환영받지 못했어. 또 그녀가 오래전부터 두려워했던 극적인 변화의 시작을 알리는 신호였단다.

감정이 이글이글 타올랐다. 짐을 싸고 가족과 작별인사를 할 시간이 엿새밖에 주어지지 않았어. 크리스틴은 슬픔과 불안감을 주체하지 못했지. 상황이 갑작스레 너무 빨리 돌아가고 있었어. 더구나 군대에서 받은 보상금은 짐을 싸고 국토를 가로질러 이사하는 비용에 들어갔단다. 엿새 동안 나눈 대화들은 기억이 가물가물하지만 수많은 저주와 날이 선 감정들이 오갔던 건 분명하구나. 내가 크리스틴에게 이렇게 고함쳤던 게 생각난다.

"도대체 당신은 왜 나랑 결혼한 거야? 이럴 줄 알고 있었잖아! 이런 일이 올 거라고 1년 전부터 알고 있었어! 이런 게 군대라고!"

그녀 역시 모든 게 부당하다고 고함쳤다. 지난 5개월간 떨어져 산 시간과 거리가 의사소통의 왜곡을 불러왔고 방금 닥친 좌절감 때문에 둘 다 결혼이 큰 실수였는지 되짚어보게 되었단다. 어느새 우리는 안녕히 계시라는 말 외에 아무것도 없이 크리스틴의 부모님 집 진입로에 서 있었어. 변화에 쉽게 적응할 수 있도록 크리스틴은 서둘러 새끼 고양이 두 마리를 분양받았고 장인어른은 새것이나 다름없는 중고 미쓰비시 스포츠카를 구해주었단다. 하지만 여전히 크리스틴은 진정이 되지 않았어. 장례식장에 있는 사람처럼 슬퍼했지. 그 상태로 도로를 달리려니 더욱 처량해 보였단다. 크리스틴이 내 새 자동차를 몰았고 나는 바퀴 두 개싸리 견인대로 이삿짐 트럭과 미쓰비시를 연결하고 트럭을 몰았어.

헤이스팅스에서 24킬로미터 정도를 달려왔을 때 반대편 차선을 달리던 자동차 운전자가 미친 듯이 내 트럭 뒤쪽을 가리키더구나. 뒤를 돌아보니 미쓰비시 후드 밑에서 연기가 솟구치고 있었어. 장인어른과 크리스틴이 견인대에 차를 연결할 때 두 가지 중요한 사실을 깜박했던 거야. 한 가지는 이 차가 후륜구동의 수동기어라는 점, 또 다른 하나는 기어가 2단에 놓여 있었다.

우리는 시카고 남쪽의 어느 여관에서 하룻밤 묵어가기로 했단다. 크리스틴은 그곳의 상태를 보고 질겁을 했지. 숙박료는 19.99달러, 안내데스크에는 '체크인 5분 후 환불 불가'라는 안내문이 붙어 있었다. 나는 밤 11시에 달리 잘 곳을 찾을 수가 없다고 고집했지. 객실 문을 열고 들어가자 1970년대 포르노 영화 무대로 순간이동을 한 기분이었어. 붉은 기운이 도는 주황색의 푹신푹신한 보풀 카펫이 깔렸고 침대는 푹 꺼져 매트리스 밑의 합판이 눈에 보일 정도였지. 방 안은 퀴퀴한 냄새가 깊숙이 배어 있었단다.

그날 그동안 쌓인 감정들이 한꺼번에 터져 나왔다. 저주의 말들이 난무했지. 결국 그날의 싸움은 내가 유치하게 그녀를 향해 결혼반지를 집어던지고 그녀가 문밖으로 나가버리는 것으로 끝이 났다. 장모님은 그날 크리스틴에게 받았던 전화를 아직도 기억하고 있지.

"엄마, 아무래도 실수한 것 같아요. 날 좀 데리러 와줘요."

장모님은 오지 않았고 크리스틴은 한 시간 후 방으로 돌아왔어. 울었는지 눈이 빨개졌더구나. 우리는 화해했지만, 다음 날 싸움 전에 전장의 시체를 치우기 위해 잠시 허락되는 일시중지처럼 느껴졌단다. 밤은 어떠한 위안도 안겨주지 못해. 크리스틴은 고양이들을 방으로 데려와야 한다고 고집했고, 방 안에 들이고서도 이동장 안에 넣지 않고 맘대로 돌아다니게 놔두었어. 고양이들은 쉬지 않고 야옹거렸고 제멋대로 침대로 뛰어올라와 마구 기대왔지. 새벽 3시가 되자 고양이들도 저주의 말들과 결혼반지처럼 방바닥으로 던져졌단다.

다음 날 아침, 서로 한마디도 나누지 않고 짐을 꾸리고 물건을 실었지. 도로로 나간 지 몇 분도 안 되어 전혀 계획에 없던 장애물을 만났단다. 바로 유료 도로였지. 내게는 현금이 없었어. 당시는 휴대전화가 생기기도 전이었고 크리스틴은 훨씬 앞에 있어서 도움을 요청하는 신호조차 보낼 수가 없었단다. 안내원이 동정심과 경멸이 섞인 말투로 이렇게 말하더구나.

"이봐요, 우린 수표는 받지 않아요."

"수표밖에 없어요. 그래요, 저 바보예요. 하지만 현금이 없는 걸요."

안내원은 쌀쌀맞게 내가 내민 1달러 수표를 받았다. 주유소에 멈춰 설 때까지 이런 풍경이 두 번 더 연출되었지. 주유소에 잠시 차를 세우고 행운을 기대하며 전날 망가진 자동차를 가리켰다.

"혹시 달릴 수 있는지 한번 볼까?"

내가 묻자 이틀 만에 처음으로 크리스틴이 웃었단다. 자동차 연결고리를 푸는 데 시간이 조금 걸렸지만, 마침내 미쓰비시를 견인대에서 풀어냈고 이리저리 확인해보니 달릴 수 있을 것만 같았어(나중에야 엔진이 완전히 망가졌다는 것을 알았지만, 그때는 문제가 없어 보였어). 용기를 얻고 다시 자동차를 견인대에 연결하고 고가도로를 넘어 '할머니의 부엌Grandma's Kitchen'이라는 식당으로 향했단다.

즐겁게 식사를 하고 다시 고속도로로 진입하려고 활기찬 걸음으로 주차장을 걷고 있었지. 열쇠를 꺼내려고 주머니에 손을 넣었는데 아무리 찾아도 없는 거야. 문이 잠긴 이삿짐 트럭 앞에 도착했을 때 심장이 쿵 하고 내려앉더구나. 시동키가 그대로 꽂힌 채 햇빛에 반짝이고 있지 않겠니? 트럭에서 옷걸이를 찾아 겨우 문을 열었지만 승리감도 잠깐이었단다. 주차장을 나서서 사이드미러를 확인하며 고속도로로 들어섰는데, 트럭 뒤쪽에서 불꽃이 타닥타닥 피어오르는 게 보이지 뭐냐. 견인대와 차를 연결할 때 빗장을 바짝 조이지 않아 완전히 부서져버린 거야. 이제 견인대와 자동차는 안전사슬 하나로만 연결되었지. 버지니아의 포트리에 도착했을 때는 완전 녹초가 되어버렸어.

군대에서 함께 맞은 첫날 아침 6시에 우리는 웬 대포 소리에 놀라 잠에서 깨어났단다. 포트리의 웅장한 스피커를 통해 '기상나팔' 트럼펫 소리가 요란하게 울려 퍼졌어. 나는 크리스틴의 뺨에 입을 맞추며 속삭였지.

"군대에 온 걸 환영해, 자기야."

그녀는 코웃음을 쳤어.

"흥! 매일 아침 저 황소를 어떻게 참아?"

그녀는 이렇게 말하며 내 품으로 다가들었어. 크리스틴은 앞으로 함께 사는 동안 그보다 훨씬 더 나쁜 것들도 참아내야 했지만, 우리 두 사람은 결국 항상 더 가까워졌단다.

✼

크리스틴에게는 군 생활에 적응하는 게 고역이었지만, 그녀는 재빨리 어떤 사람이 되어 어떤 일을 할 것인가에 대한 기준을 세웠단다. 그녀는 계급이나 지위에는 관심이 없었고 군대 내 부인들 사이의 허세를 참지 않았기 때문에 그들과 자주 충돌하게 되었지. 크리스틴은 '중위의 부인'이 아니었단다. 그녀는 이렇게 말하곤 했지.

"저도 이름이 있어요. 크리스틴이라고 해요."

군대 공식 행사에도 마지못해 참석했단다. 그녀는 입버릇처럼 이렇게 말하곤 했어.

"당신을 사랑한다고 해서 내가 군대를 사랑하거나 좋아해야 하는 건 아니잖아."

크리스틴에게 군대란, 우리가 미네소타로 돌아갈 때까지 5년 간을 참고 견뎌야 했던 일이었다. 그녀가 지닌 군대에 대한 반감 은 직업군인 부인들에게는 거슬리는 일이었지만, 젊은 사병의 부 인들은 오히려 크리스틴을 따르고 좋아하는 요인이 되었단다. 그 들도 같은 느낌을 받으며 살고 있었으니까. 우리가 갈등을 겪지 않았던 유일한 부분은 아이에 대한 생각이었어.

"어떻게 생각해? 지금쯤은 아이를 가져야 할까?"

대화는 쉽게 흘러갔다.

"그럼, 아기를 가져보자."

그 후 정확히 9개월 뒤 매슈 네가 태어났단다. 우리가 군 생활 을 함께한 지 1년 만의 일이었지.

❧

내가 장기간 집을 비우는 동안 늘 크리스틴 곁에 있어준 건 맥 스와 케이시라는 고양이 두 마리였단다. 크리스틴은 너희가 지금 강아지를 사랑하는 만큼이나 그 고양이들을 아꼈어. 그런데 당시 에는 고양이가 우리 결혼생활의 또 다른 갈등 요인이었단다. 고양이 상자가 있어도 집 안 곳곳에서 고양이 냄새가 나는 것 같았어. 결국 난 우리 신혼집에 온통 그 냄새가 풍기도록 놔둘 수는 없다고 마음먹었지.

잔인하게 들리겠지만 나는 고양이들을 집 뒤쪽 데크에 놔두고 계단을 내려가지 못하게 유아용 안전문을 설치했어. 그리고 작은 개집을 사다놓고 고양이들에게 개 줄을 채웠단다. 크리스틴은 동의하지 않았지만 나는 잘한 일이라고 생각했지.

아직 얼굴도 못 봤지만 새 이웃들이 우릴 보고 고양이를 개처럼 키우는 이상한 사람들이라고 생각할 수도 있었을 거야. 그런데 다음 날 크리스틴보다 먼저 집에 돌아왔더니 현관문에 이웃집에서 쓴 쪽지가 붙어 있지 않겠니? '이 쪽지를 보거든 저희 집으로 좀 와주세요.' 나는 길쭉한 진입로를 걸어 이웃집 현관문으로 가 초인종을 눌렀어. 현관문 바로 옆의 거실 창문으로 서너 명의 아이들이 불쑥 얼굴을 비추더니 휘둥그레진 눈으로 나를 보더구나. '오호라, 고양이를 제대로 보살피라는 설교를 엿듣게 될 구경꾼들이군.' 나는 이렇게 생각했단다. 이웃이 입을 열었어.

"어떻게 말씀드려야 좋을지 모르겠네요. 오늘 퇴근길에 보니 댁의 고양이가 데크에 목이 매달려 있더군요. 아이들이 기겁하기에 제가 가서 풀어주었습니다."

그가 뚜껑을 덮은 신발상자를 내밀더구나.

"고양이에요. 유감입니다. 정말로 유감이에요."

긴 진입로를 걸어 집으로 돌아오는 내내 도대체 임신한 크리스틴에게 이 일을 어떻게 설명해야 좋을지 고민했단다.

"여보, 정말 미안해. 우리 케이시가 데크에서 개 줄에 목이 매달려 죽었대."

그녀는 곧바로 눈물을 터뜨리며 울부짖었어.

"당신은 바보야! 내가 이럴 줄 알았어! 당신이 내 고양이를 죽였어!"

그녀 주먹으로 내 가슴팍을 때렸지만 내가 꼭 끌어안고 잘못했다고 거듭 사과하자 곧 잠잠해졌다. 그리고 동료 장교들이 17년 후까지 이 일을 입에 올리며 나를 놀려대도, 그녀는 절대 내게 당시의 슬픔을 내비치지 않았단다(이 책의 초고를 읽을 때까지는 말이야. 그녀는 내가 준 초고 문서 파일에 커다란 느낌표를 하나 찍어 돌려보냈단다).

✼

파견 임무에 대한 걱정은 늘 우리 마음에 도사리고 떠나지 않았단다. 숲 속에서 며칠간 야외훈련을 받다가 언제라도 1년간 해외파병 임무를 명령받을 수도 있었으니까. 신생아를 기르다가 그렇게 떠나는 이웃도 많이 보았단다. 둘이서 함께 국토를 가로질러 이사 온 것만으로도 이만큼 어려운데 해외파병 임무라도 떨어지면 그 시련을 어떻게 헤쳐나갈지 생각만 해도 한숨이 나오더구나.

매슈 네가 겨우 6개월이 되었을 때 첫 파견 임무가 떨어졌단다. 너와 나는 꽤 친밀했는데 몇 개월 파견을 나갔다가 돌아오니 '바니'라는 이름의 자주색 공룡이 아빠 대신 훌륭한 남성의 본보기가 되어 있더구나. 내가 손을 내밀자 넌 누군지 모르겠다는 얼굴로 흠칫 뒤로 물러났지. 그때만큼 고통스러운 감정을 느꼈던 게 언제였는지 모르겠구나. 시간이 흐르면 괜찮아질 거라고 믿었지만 이후 몇 년 동안 거리감이 느껴졌단다.

크리스틴과 떨어져 있는 시간 역시 힘겨웠지만, 이별 덕분에 우리는 서로 더 감사하게 되었단다. 비록 우리도 다른 부부들처럼 사소한 일로 싸움을 거듭했지만 가장 힘들었던 유일한 문제는 바로 군대에서의 삶을 어떻게 헤쳐나가야 좋을까였어.

이웃 간의 문제와
다섯 번의 이사

짐을 꾸리고 이사하는 것은 결혼한 부부가 겪는 수많은 일 중 가장 스트레스를 받는 경험일 거야. 그런데 미네소타 출신이 앨라배마로 전출 명령을 받고 가야 하는 이사라면 그 스트레스는 더욱 커지겠지. 3년 전에는 내키지 않아 하는 크리스틴을 겨우 설득해 미네소타에서 버지니아로 가야 했다. 그렇게 가기 싫어했던 버지니아가 이제는 떠난다는 생각만 해도 큰 상처가 생기는 그런 곳이 되어 있었지.

1997년 겨울 앨라배마에 도착했을 때 나는 곧바로 일을 시작할 수 있었고, 방금 떠나온 곳과 가치관과 직업에 대한 기대치, 조직 문화도 똑같은 군인 집단에 소속될 수가 있었단다. 그런데 크리스틴은 앨라배마에 도착하자마자 "여기 사람이 아니죠?"라는 말부터 들었단다. 버밍햄의 공인회계사 복습 과정에서 만난 한 여자는 크리스틴에게 진한 남부 억양으로 이렇게 말했지.

"당신의 영국식 억양이 정말 마음에 들어요."

크리스틴은 이곳에서 직장을 구할 수가 없었단다. 2~3년 후면 떠날 사람에게 일자리를 내줄 직장은 없었다. 포트 매클렐런의 군용주택도 정원이 꽉 차서 앨라배마 교외에 집을 빌렸단다. 버지니아에서와는 달리 이웃들은 전혀 유쾌하지 않았어. 알고 보니 펜타곤이 포트 매클렐런을 폐쇄하기로 결정한 이후 지역 분위기가 뒤숭숭해진 거였어. 연간 6억 달러라는 막대한 경제적 손실을 보게 되었으니 지역민으로서 좋을 리가 없었지.

어디서도 환영한다는 말을 듣지 못하고 몇 달을 보내자 크리스틴은 직접 이웃들을 찾아가 인사를 하기로 마음먹었어. 크리스틴이 현관 초인종을 누르자 가까운 창문에서 커튼이 살짝 움직이는 게 보였어. 그녀는 어색한 마음으로 누군가 문을 열어주기를 기다렸지만 아무도 나오지 않았지. 결국 혼자서 돌아 나오려는데 사나운 개가 마구 짖으며 집 모퉁이에서 튀어나왔어. 그 후로는 이웃들에게 다가가려는 노력을 고이 접어두었단다.

1년 후 집주인이 집을 팔기로 했다며 집을 비워달라고 하더구

나. 다행히 그때는 포트 매클렐런에 빈집이 많았고 우리는 그중 소박한 복층 아파트로 이사를 갔단다. 안타깝게도 내가 맡은 업무 때문에 우리는 가장 마지막으로 그 부대를 떠나게 되었지. 18개월이 지나고 드디어 부대를 떠날 때가 다가오자 대부분의 집과 가게, 건물이 못을 쳐 폐쇄한 풍경이더구나. 우리는 마치 버림받은 도시에 사는 것 같았어.

✻

1999년 미주리의 포트 레너드우드로 발령을 받았을 때 우리는 이미 3년간의 앨라배마 생활을 남겨두고 떠날 준비가 되어 있었다. 6년 만에 찾아온 다섯 번째 이사였지만 이번 이사는 이웃 간 의사소통의 부재 때문에 특히 힘들었단다.

평소처럼 우리는 군에서 받은 장려금을 이용해 이사 비용을 대기로 했어. 내가 이삿짐 트럭을 몰고 크리스틴이 새로 산 도요타 타코마 픽업트럭에 매슈를 태우고 나보다 앞서 가기로 했지. 도로에 들어선 지 세 시간 만에 테네시주로 진입하자 둘 다 하루를 마감해야 할 것처럼 피로를 느꼈지만, 잠깐만 쉬고 다시 운전을 하기로 결정했어. 도로에 들어서고 800미터쯤 달리고 있는데, 크리스틴이 마치 멈추라는 신호를 보내는 듯이 창밖으로 어깨를 쑥 내밀더구나. 나는 무슨 일일까 궁금해하며 차를 세웠지.

그런데 픽업트럭이 갑자기 방향을 틀고 앞으로 움직이더니 곧

도로를 벗어나 길고 깊은 도랑에 빠지고 말았어. 우리는 시속 110킬로미터로 달리고 있었다. 트럭이 거꾸로 뒤집힐 듯 마구 요동을 치더니 마침내 나무숲을 향해 돌진하더구나. '오, 맙소사! 제발 무사해라. 제발 무사해!' 도로에서 30미터 떨어진 계곡 바닥으로 급히 내려가 보니 현실 같지 않은 트럭 운전석 풍경이 보이더구나. 크리스틴은 손등이 하얗게 질릴 만큼 운전대를 꽉 쥐고 있었고 매슈는 얼굴에 담요를 덮고 훌쩍훌쩍 울고 있었다. 라디오에서는 디즈니 음악이 흘러나오고 환풍구에서는 연기가 솟구쳤다. 나는 마구 소리쳤어.

"크리스틴! 괜찮아?"

크리스틴의 얼굴은 공포가 가득했다. 나는 곧장 그녀를 트럭에서 끌어냈단다.

"깜박 졸았어요. 당신 새 트럭이 망가져서 어떡해요?"

그녀는 마구 팔을 휘저으며 흐느껴 울었어. 나는 양손으로 그녀의 머리를 단단히 붙들었다. 그녀의 눈을 가까이서 들여다보며 조용히 말했어.

"트럭이 뭐가 중요해?"

나는 크리스틴을 꼭 끌어안고 등을 쓸어내리며 진정시켰단다.

"괜찮을 거야. 당신도 괜찮고 매슈도 괜찮아. 그거면 돼."

몇 분 후 지나가던 사람들과 경찰관이 와서 우리를 도와주었어. 사고현장을 벗어나는데 크리스틴이 충돌한 지점에서 불과 60미터 떨어진 곳에 큼지막한 시멘트 교각 받침대가 보이더구나. 저기에 부딪혔더라면 어땠을까 생각만 해도 아찔했어. 픽업트럭은 끌려가고 이삿짐 트럭은 짐이 가득 차서 어쩔 수 없이 화분을 모두 두고 가야 했단다. 그중 하나는 5년 전 결혼식장에서부터 있었던 자주달개비 화분이었어. 우리는 자동차 수리공장 주인의 커다란 창고 안에 화분을 모두 넣어두었단다.

한 달 후 수리를 마친 트럭을 찾으러 테네시로 가서 창고 문을 열었을 때 우리는 아연실색하고 말았어. 화분들이 모두 누렇게 변해 죽어 있는 게 아니겠니. 단 하나, 자주달개비만 빼고 말이야. 거친 모양새였지만 어쨌든 살아 있더구나. 그 화분은 지금껏 잘 살아 있단다.

세상에서 가장
고귀한 선물

이사에 이은 결혼생활의 두 번째 스트레스가 아이를 갖는 일일 거야. 앨라배마와 미주리에 있는 4년 동안 우리는 '불임'이라는 쓰디쓴 말을 여러 번 곱씹어야 했단다. 1998년 병원을 찾았다가 임상적 불임 판정을 받았어. 오랜 시간이 지나고 우리 가족이 암 때문에 경험하게 된 의학계의 불확실성을 처음 만난 때라고나 할까?

"임상적 불임이라는 게 뭡니까?"

나는 의사에게 물었다. 보통 아이를 가지려면 대략 5,000만 개의 정자가 필요하고, 건강하다고 말하려면 약 3,000만 개의 정자가 있어야 한다고 해. 내 경우 정자가 100만 개도 안 되었고 99퍼센트 이상이 꼬리가 없는 기형이거나 직진으로 헤엄을 치지 못한다고 했지. 내 삶을 고스란히 상징하는 거라고 나는 친구들과 맞장구를 치며 웃었단다.

"하지만 임신을 하려면 정자는 딱 하나만 있으면 됩니다."

의사가 웃으면서 말했어. 그러기 위해 어쩔 수 없이 부부 사이의 친밀함으로 이뤄져야 할 일이 의무로 바뀌고 말았단다. 또 한번은 유산도 겪었는데 마치 주먹으로 세게 얻어맞은 기분이었다. '고사난자'라고, 수정되지 않은 난자가 임신을 흉내 낸 거였어. 나중에 크리스틴에게 얼마나 임신을 하고 싶었으면 나 없이 혼자 하려고 했느냐고 농담을 하기도 했단다.

우리는 대안 중 하나로 체외수정을 제안받았다. 다른 건 기억이 나지 않고 한번 시도하는 데 1만 달러가 든다는 것만 기억나는구나. 보통은 세 번 정도 시도를 해야 한다고 했어. 그러나 우리에게는 그만한 돈이 없었고 듣고 나니 스트레스만 커지더구나.

2000년 1월, 우리는 결국 이를 악물고 체외수정 시술에 관한 서류에 서명했다. 일주일 정도 지나자 크리스틴은 생리기간이 '늦어진다'고 했지. 둘 다 임신이 아닐 가능성에 대해 농담을 주고받았지만, 곧장 임신 테스트기를 가져왔다. 심지어 테스트 결과가 양성으로 나오고 혈액검사로도 확인했는데 둘 다 과거의 고사난자 경험을 떠올렸어.

9주 후 포트 레번워스에서 교육을 받다가 잠깐 집에 들렀는데 크리스틴이 소파에 누워 울고 있지 않겠니. 처음으로 초음파 검사를 받고 돌아온 후였어. 순간 심장이 쿵 하고 내려앉았더구나. 다시는 유산이라는 아픔을 겪고 싶지 않았다.

"사진을 봐."

크리스틴이 절망감이 뚝뚝 묻어나는 말투로 말했어. 사진을 보고 있는데도 대체 이게 뭔지 알 수가 없었단다. 초음파 사진 위에 동그라미가 하나 그려져 있고 '1번 아기'라고 표시되어 있고, 또 다른 동그라미에 '2번 아기'라고 쓰여 있는 거야. 갑자기 눈물이 차오르더구나.

"오, 맙소사! 우리에게 쌍둥이가 생긴다고?"

훨씬 더 기적인 게, 내 쌍둥이 형제와 나처럼 이란성 아들 쌍둥이였단다.

"그런데 왜 울고 있었던 거야?"

이렇게 묻자 크리스틴이 울부짖었다.

"이렇게 작은 몸으로 아기를 둘이나 낳으라고? 아기들 때문에 난 망가지고 말 거야. 쌍둥이를 어떻게 감당해?"

크리스틴은 키 167센티미터에 몸무게 52킬로그램의 체격이었는데 매슈는 출생 당시 몸무게가 4킬로그램이나 나갔단다. 크리스틴이 걱정하는 것도 당연했지. 나중에 조슈아와 노아는 모두 합쳐 5.9킬로그램이나 되었으니까. 어떻게 해도 크리스틴을 달랠 길이 없었단다. 게다가 나는 이틀 후 3주간의 교육일정을 마무리

하러 다섯 시간 거리에 있는 포트 레번워스로 돌아가야 했지.

�֍

　남북전쟁 중 가장 치열하고 의미심장한 전투는 게티스버그라는 작고 조용한 마을 교차로에서 벌어진 정찰 기병 사이의 가벼운 승강이에서 비롯되었단다. '국가'라는 하나의 단위로 80년이나 살아왔지만, 그 자리에 모인 17만 6,000명의 미국인이 단 사흘 동안 서로 5만 명 넘게 죽거나 부상을 입는 사태를 막지는 못했다. 2000년 넉 달간의 봄, 크리스틴과 나도 부부라는 하나의 단위로 살아온 역사가 있었지만 비슷한 교차로에 도달했단다. 우리 쪽 위험도가 훨씬 크게 느껴졌어.

　첫 번째 '승강이'는 늘어날 가족을 위해 더 큰 자동차를 사는 문제를 둘러싸고 벌어졌단다. 크리스틴은 세 아들과 군대 때문에 사는 게 훨씬 더 힘들어질 텐데 현재의 작은 자동차로 불편을 겪고 싶지 않다고 했다. 내 쪽에서는 큰 자동차가 있으면 좋긴 하겠지만, 반드시 필요하지 않은 물건을 사는 데 3만 5,000달러나 빚을 질 생각이 없었다.

　자동차를 둘러싼 논쟁은 자연스럽게 전반적인 경제 문제로 옮겨갔고 결국 우리 결혼생활의 모든 스트레스 요인 중 가장 큰 문제와 직결되었다. 바로 내가 군대를 떠나는 문제였어. 전투 시기는 간단했다. 6년 의무복무 기간이 몇 주밖에 남지 않았던 거야.

이전에도 이 문제를 둘러싼 우리의 논쟁은 뜨거웠지만 단 한 번도 단호한 결정을 내리지 못했단다.

간단히 말해 내가 군대를 떠나려면 새 직장을 구하고 살 집도 찾아야 하며 이사를 가야 했다. 그런데 크리스틴은 곧 쌍둥이를 낳을 예정이었고 당분간 직장에 나갈 수 없으므로 내가 새로 직장을 구하면 수입이 대폭 줄어들 가능성이 매우 크다는 뜻이었단다. 내가 보기에 크리스틴은 이런 걱정거리를 너무 가볍게 여기는 것 같았어. 거꾸로 크리스틴은 내가 쓸데없는 걱정을 한다고 생각했지. 그녀는 이렇게 말했어.

"난 당신이 일하는 모습을 쭉 지켜봐왔어. 당신 생각보다 훨씬 더 쉽게 문제가 해결될 거야."

게다가 크리스틴은 지금껏 군인의 아내로서 맡은 바 책임을 다했다고 믿었지. 이제는 내가 그녀가 원하는 쪽으로 선택을 내림으로써 그녀의 희생을 존중하고 보상해줄 때가 왔다는 거였어. 우리는 논쟁의 전면전에 돌입했어. 심지어 6주간 교육 때문에 둘다 육체적으로 멀리 떨어져 있었는데도 말이야. 두 사람 다 이 문제를 더 이상 미뤄둘 수는 없다고 생각했으니까. 어쩌면 서로 떨어져 있다는 사실 때문에 밀기가 밀치기로, 밀치기가 주먹질과 발길질로 바뀌었을지도 모르겠다. 우리는 각자의 뜨거운 쟁점을 알고 있었고 상대방을 뒤흔들려고 일부러 쟁점을 건드리곤 했어.

그 시점부터 크리스틴에게 나는 무조건 군대에 남으려는 위선적이고 지배적인 남편이 되었다. 또 나에게 크리스틴은 무조건 군대를 떠나려는 비이성적이고 배은망덕한 아내였지. '이혼'이라는 단어가 입 밖으로 나온 적은 한 번도 없었지만, 어휘와 말투는 의심의 여지없이 그 단어를 가리키고 있었단다.

함께 살면서 처음으로 두 사람 모두 사랑과 성실의 진정한 의미가 무엇인지에 관해 시험을 치렀지만 사실상 정답을 찾을 수가 없었단다. 몇 년 동안 내가 정말로 사랑하는 직업을 찾는 것은 사랑하는 사람과 결혼하는 것만큼이나 행복한 삶을 위한 필수요소라고 배웠다. 군대는 단지 안정적이고 유일한 수입원만이 아니었어. 내게는 믿기 어려울 정도로 충만한 삶의 선택이었지. 게다가 기쁘게도 나는 이 일에 소질이 있었다. 군대를 떠나면 동기와 상사와의 인맥이 전혀 없는 완전히 새로운 문화에서 다시 시작해야 했어. 짧게 말하면 크리스틴이 6년간 견뎌왔던 바로 그 생활 말이야. 내게는 이해가 안 되는 모순이었단다.

크리스틴이 쌍둥이를 낳고 나서 직장에 다니지 않겠다고 하면 어떻게 하나? 막상 군대를 떠났는데 그녀의 뜻대로 되지 않고 또 다른 희생과 불안이 찾아오면? 군대에 머무르겠다고 하면 그녀는 내게 분노하겠지만 군대를 그만두었는데도 그녀의 행복이 보장되지 않으면 그때는 내가 분노하게 되겠지.

우리의 싸움은 점점 위험한 치킨게임(두 대의 차가 마주 보고 돌진하다가 먼저 피하는 쪽이 패배하는 게임 ― 역자 주)으로 변해갔다. 나는 직정하고 냉담하고 거칠어졌단다. 삶이 그렇게 끔찍하고 부당하면 당장 짐을 싸서 나가라고 했다. 그리고 그녀의 전화를 받지 않고 메일에 답장도 하지 않았다. 임신한 여자에게 할 짓이 아니었지. 이어진 몇 달은 감정적으로 야만스러웠단다. 크리스틴은 쌀쌀맞고 대꾸도 하지 않았다. 진짜 치킨게임은 마주 오는 상대방의 자동차를 볼 수 있지만, 우리는 눈가리개를 한 상태였다.

몇 주 만에 나는 내 판단과 그녀의 반응에 대해 진지하게 의문을 품기 시작했단다. 어떻게 임신한 여자를 이런 식으로 대할 수 있지? 그녀는 왜 점잖은 남편과 세 아이의 아버지를 연달아 잃을 위험을 감수하려는 거지? 그러나 그런 의문에 대한 대답이 별로 중요하지 않다는 생각이 들기 시작하더구나. 있었던 일을 되돌아보거나 그녀의 변화를 요구하기보다 내가 무엇을 쥐고 도박을 하고 있는지 돌이켜보기 시작했어. 그러자 지칠 줄 모르고 노력하는 엄마, 그리고 경력이 부족한데도 자신의 전문성을 향상하고자 자발적으로 노력하는 여성이 보이더구나. 내가 자리를 비운 며칠, 몇 주, 몇 달 동안 그녀의 눈과 마음은 언제나 나를 향해 있었다. 화가 나면 누구보다 맹렬하게 싸우는 전사였지만 일관된 성격을 생각해보면 내 팀에 두고 싶은 전사였지. 물론 가끔은 내가 피격당할 위험도 무릅써야 했지만 말이야.

그렇다면 군대에 대한 크리스틴의 고민이 분열의 원인이었을까? 그녀가 군 생활을 거부하는 것을 두고 나는 어떤 점을 비이성적이라고 생각했을까? 이사를 싫어하고 2~3년에 한 번씩 친구들과 헤어져야 하는 걸 싫어하는 점? 좋은 직장을 그만두고 원치 않는 공동체에서 군인의 아내로 살아가고 또 새 직장을 구할 때마다 자존심이 갈가리 찢기는 점? 남편이자 아이들 아버지가 사전경고도 없이, 심지어 돌아온다는 보장도 없이 한 번에 몇 달 혹은 1년씩 집을 비울 수 있다는 사실을 싫어하는 점? 그 정도의 동요와 변화를 적극적으로 받아들일 줄 아는 사람은 당연히 칭찬을 받아야겠지만 크리스틴이 그런 일을 그토록 싫어하고 반대하는 것이 죄는 아니었다.

자문을 거듭한 끝에 내가 크리스틴의 이성을 충분히 배려하지 않았던 점이야말로 비이성적이었다는 사실을 깨달았단다. 그렇다고 이 방정식의 기본 요소라고 믿었던 것들을 갑자기 포기하지는 않았어. 다만 우리의 작은 전쟁 때문에 크리스틴을 잃어야 한다면, 대신 군대와 내 자존심을 희생하기로 마음먹었지. 나는 그 문제에 대해 결심을 굳혔지만 크리스틴은 아니었단다. 군대를 떠날 수도 있다는 나의 언질을 들은 척도 하지 않아. 당장 짐을 싸고 이사를 가라고 했던 내 말을 똑같은 날카로움으로 되갚아주겠다는 듯 이렇게 말하더구나.

"시간이 필요해."

사실 크리스틴은 내 말을 믿지 않았던 거야. 내가 사탕발림 같은 말을 하고 있다고 생각했어. 군대를 향한 내 열정과 헌신을 생각해보면 그렇게 과장은 아니었단다. 어쩌면 크리스틴은 내가 시간을 두고 천천히 생각해보기를 바랐을지도 모르지.

우리는 마치 이미 법적으로 이혼하고 공동 양육권을 지닌 남녀처럼 공공장소에서 만났어. 분위기가 너무 냉담했기에 지금도 그

때를 떠올리면 눈물이 차오른다. 나중에야 크리스틴은 당시 생각과 행동을 이끌어냈던 건 두려움이었다고 인정하더구나. 6년 동안 자신이 군대보다 하찮은 존재로 느껴졌고, 반대되는 증거들을 보았음에도 점점 더 약해져가는 자기 자신을 발견했던 거지. 과민반응이라고 해도 그럴 만한 이유가 충분했다. 크리스틴은 직장에 다닌 경험도 적었고 당시에는 직업도 수입도 없었으니까. 우리가 함께해온 삶에서 어떤 것도 그녀가 두려워할 만한 일은 없었지만, 감정과 모성본능이 이성을 완전히 제압해버린 거야. 그러다가 아버지가 전립선암 선고를 받은 걸 알게 되면서 상황이 더욱 복잡하고 절망적이 되었단다.

결과적으로 우리의 내전은 행복한 결말로 끝이 났다. 지금까지 우리가 함께 있으니 말이야. 장인어른의 전립선암 수술도 당시에는 행복한 결말을 맞았지. 그러나 상황은 여기서 훨씬 더 좋아진단다. 내가 다시 그녀를 향해 사랑을 보여주고 헌신하자 그녀도 나에게 똑같이 대해주었어. 어쩌면 크리스틴은 자신이 군대보다 더 중요하다는 사실을 확신하고 싶었던 건지도 모르겠구나. 일단 확신이 생기자 다른 것들은 비교적 덜 중요해졌단다.

우리는 더 타협하기 시작했어. 그녀가 군 생활을 더 잘 견딜 수 있도록 이전에는 한 번도 생각하지 못했던 일들을 선택해나갔단다. 크리스틴은 친정 식구들을 몹시 그리워했어. 원래 의미 있는 해결책은 가장 쉬운 해결책이기도 하단다. 그래서 순전히 크리스틴을 위해 해마다 정기적으로 미네소타를 찾아가기로 했지.

2000년 당시 우리는 서로 양보하고 희생했지만, 정말로 그렇게 한 사람은 크리스틴이었어. 그녀의 행동을 결코 잊지 못할 것이다, 늘 고맙게 여기겠다 말한다면 너무 진부하겠지? 하지만 얼마 후 그녀에게 내 사랑을 증명할 기회가 찾아왔단다. 2009년 장인어른의 전립선암이 다시 재발한 거야. 그때 나는 장인 곁에 머무르려고 주저 없이 장교직에서 물러났다. 그동안 크리스틴이 보여준 이타적인 행동에 보답하기 위해서였다. 나는 미네소타 고향으로 돌아가려고 내가 지닌 모든 영향력을 남김 없이 발휘했단다. 그게 실패하자 퍼트레이어스 장군에게 도움을 요청했지. 그가 동료 장성에게 보낸 편지는 이렇게 끝을 맺고 있다.

"이제 남은 단계는 자네 명령으로 이 요청을 승인해주는 거라네. 한 사람의 훌륭한 장교와 그 가족에게 모두 도움이 될 것이므로 자네가 꼭 받아들이기를 바라네."

나는 열두 시간 후 미네소타대학교 ROTC의 선임참모로 발령을 받았단다. 군대에서 그렇게 신속한 움직임은 처음 보았어. 자랑스러움이 목까지 차올라 빨리 컴퓨터 쪽으로 오라고 크리스틴을 부를 때는 목이 메더구나. 크리스틴이 재빨리 이메일을 훑어보고 현실을 파악하는 모습을 옆에서 지켜보다가, 깜짝 놀랄 선물을 여는 것처럼 말했지.

"여보, 내가 당신을 고향에 데려갈 거야."

우리는 오래도록 서로 부둥켜안고 눈물을 흘렸단다.

애들아, 너희는 나를 찾아와 왜 엄마와 싸우느냐고 물었지. 서로 열렬히 싸우면서 어떻게 사랑한다고 주장할 수 있는지 의문을 품고 있었어. 싸우지 않는 관계는 찾기도 유지하기도 사실상 불가능하단다. 또 사랑이 가득한 원만한 결혼생활을 하려면 싸움을 피할 게 아니라 정당하게 싸우고 화해해야 해.

우리 둘이 그렇게 취향이 다른데 어떻게 함께 살아가느냐는 의문을 품기도 했지. 이 문제에 대해 학문적으로는 논란이 있지만 아빠 마음은 그렇지 않구나. 엄마가 듣는 음악을 아빠가 선택할 일은 절대로 없지만, 엄마를 사랑하기 때문에 엄마가 좋아하는 음악을 들으면서 엄마를 생각한다. 그래서 엄마의 음악을 좋아하는 게 문제가 되었던 적은 단 한 번도 없어. 그건 너희가 좋아하는 음악에 관해서도 마찬가지야. 난 과거에도 그래 왔고, 앞으로도 그럴 작정이야.

마지막으로, 아빠는 어른이 되고부터는 줄곧 가족과 일 사이에 올바른 균형을 이루기 위해 애써왔단다. 제대로 하고 있는지 확실히 알 수는 없었지만 나름의 원칙을 지켜나갔어. 즉, 열심히 일하는 건 가족의 장기적인 안정을 위해 아주 중요하다는 것. 그러나 집에 있을 때는 집에만 집중할 것.

가족과 무조건 많은 시간을 보내는 게 제일은 아니라는 걸 나는 깨달았단다. 함께 보낸 시간의 질, 믿음 그리고 책무를 다하는 것이 가장 중요한 것임을 너희도 알고 있는 것 같더구나. 나도 마찬가지란다.

5 담대한 용기

"당당히 너의 생각을 이야기하고
쉽게 물러나지 마라"

Tell my sons

전례가 없던
군인으로의 복귀

2011년 3월, 수술 회복 후 복귀는 내게는 신나는 일이었지만 군대에서는 약간 문제가 있었단다. 일반적으로 말기 암을 앓는 군인은 일하러 돌아가지 않는다. 보통 그동안의 복무에 대해 사례를 받고 의병전역을 하지. 중령으로서 후한 연금을 받기 때문에 어쩌면 다들 전역하는 게 낫다고 생각했을 거야. 나만 빼고 말이지.

미네소타 주방위군 상임 지휘관들은 다시 일하고 싶어 하는 나의 바람을 감동적으로 생각하는 만큼이나 당황스러워했지만, 결국 전일제 업무를 맡기면서 내 뜻을 지지해주었단다. 대신 내 건강이 낙관한 만큼 임무를 보장해주지 못하더라도 주방위군 측에 최소한의 손실만 갈 수 있는 그런 일을 주기로 했어. 그 순간 나와 군대 모두 절제된 의지와 뛰어난 상상력이 필요했다. 전례가 없는 일이었거든.

내가 맡은 임무는 분주한 일은 아니었단다. 그중에는 미네소타 주방위군의 전략계획과 수행향상도를 검토하고 자살예방률을 높이는 데 주도적인 역할을 하는 것 등이 포함되어 있었어. 자살예방 업무는 유달리 군인자살률이 높아 전국적으로 주목받는 미네소타 군의 안타까운 도전과제였단다.

- 좋았던 점: 처음 미네소타 군에 들어왔을 때부터 맡고 싶었던 중요 업무였기에 이 직책이 영속될 수 있을 만큼 철저하게 몰두했고 결국 전략소통 부문 책임자로 진급할 수 있었다.
- 안 좋았던 점: 3월에 접어들자 건강상태가 몇 주간 자주 삐걱거렸다. 보통 2~3주는 좋았다가 사흘간 최악의 독감에 걸린 것처럼 급격히 아팠다. 수술이나 암 성장 둘 중 하나가 원인이 되어 간에 담즙이 고였다가 몸속으로 녹아 들어갔고 결국 내게는 익숙해져버린 패혈증을 유발했다. 패혈증에 걸리면 30~60분 동안 온몸이 격렬하게 떨리는 오한과 구토, 흰색 대변과 주황색 소변, 머리부터 발끝까지 전신 가려움, 몸살, 눈과 피부의 황달증세, 지끈거리는 편두통 등이 찾아온단다. 이런 형태의 패혈증은 치사율이 60퍼센트나 되는데 그때마다 밤새 살아남을 수 있을까 진심으로 걱정되었기 때문에 꽤 정확한 수치인 것 같더구나.
- 좋았던 점: 패혈증 문제를 해결하기 위해 방사선과 의사들은 내 늑골 사이에서 간을 통과해 곧바로 담즙관으로 이어

지는 카테터를 삽입했단다. 카테터 한쪽 끝은 장으로 빠지게 되어 있고, 다른 끝은 늑골 사이 공간에 매달아 놓은 배수 주머니와 연결되어 있었지. 결국 배수관 역할을 했기 때문에 다시는 막힌 개수대처럼 간에 담즙이 고이지 않았단다.

- 안 좋았던 점: 3월부터 시작한 CT 촬영 결과를 보면 암이 여전히 자라고 있더구나. 결국 글리벡 화학요법이 실패하고 있다는 뜻이었어. 그러나 기스트 환자들에게 글리벡은 여전히 현실적으로 가장 유망한 약이었기에 우리는 완전 실패라는 결론을 내리는 8월까지 참을성 있게 기다렸단다. 그리고 복용량을 두 배로 늘리는 표준 용법을 따랐다.

- 좋았다가 나빴던 점: 심각한 패혈증 없이 넉 달을 보내고 8월이 되자 의사들은 손상된 담관이 치유되었길 희망하며 간에서 카테터를 제거하기로 했다. 또 CT 결과를 보면 글리벡을 두 배로 복용한 뒤 효과가 극적으로 좋아져 암 진단 '1주년' 축하선물이 되어주었다. 그러나 불과 몇 주 후인 9월에 다시 병원에 입원할 정도로 심각한 패혈증이 찾아왔단다. 담즙관의 손상된 조직이 여전히 담즙의 흐름을 막고 있었고 결국 다시 카테터를 삽입해야 했지. 그때 삽입한 게 아직 있단다. 더 나쁘게는 뷰퍼드가 활동을 시작하고 말았다. 절개선 바로 위쪽과 복부 근육 깊은 곳에 1달러 은화 크기의 농양이 생기면서 모든 일에 영향을 미치더구나. 여전히 돌아다니고 근무할 수 있었지만 항생제를 주사할 때까지는

일주일 내내 통증을 참기 어려웠어. '누가 이 질주를 멈춰
줘. 나는 내리고 싶어.' 이런 생각이 들곤 했지.

　2011년 3월부터 9월까지 6개월간의 모든 좋은 점과 나쁜 점,
불확실한 점들 사이에서 나의 온라인 저널을 읽어주는 많은 이들
이 "당신은 꼭 책을 써야 해요"라고 노래를 불렀단다. 공식적인
자서전을 쓰고 싶지는 않았지만 끊임없이 제안을 받다 보니 너희
를 위해 22년간 써온 일기를 분류하고 내 삶의 경험들을 정리할
좋은 기회라는 생각이 들더구나.

공립학교에서의
교생실습

미국의 시인 새뮤얼 울면Samuel Ullman은 그의 시 〈청춘Youth〉에
서 젊음에 대해 음과 같이 말했단다.

　　나이가 예순이든 열여섯이든 무릇 사람의 가슴에는
　　경이로운 것에 대한 유혹과
　　어린아이같이 미지에 대한 왕성한 탐구심
　　인생에 대한 즐거움과 환희가 있다
　　우리의 마음속에는 보이지 않는 우체국이 있다

인간과 영원으로부터 아름다움과 희망
기쁨과 용기와 힘의 메시지를 받는 한
그대는 청춘인 것이다
영감이 끊기고, 정신이 냉소의 눈에 덮이고
비탄의 얼음장에 갇히는 순간, 그대는 늙는다
스무 살이어도 그대는 늙는다
하지만 고개를 들고 희망의 물결을 붙잡는 한
낙관의 메시지를 받고 있는 한
여든에도 그대는 청춘으로 남는다

　　하지만 나이가 들어서도 청춘으로 이 세상을 떠날 수 있다면, 일단 젊었을 때부터 청춘이지 않겠니? 아빠도 청춘이었단다. 아빠는 대학 마지막 학기를 니콜레트 공립학교에서 7학년부터 12학년까지 가르치는 교생으로 보냈단다. 내가 교생 일을 받아들인 건 타고난 이상주의 기질 때문이었을 거야. 곧 군대에서 중위가 될 사람으로서 리더십과 경영에 대해 배운 것을 청소년들과 실천해볼 기회라고 생각했단다.
　　대부분 상황은 합리적으로 잘 굴러갔다. 대다수 학생들은 임시로 온 새 원숭이를 재미있게 생각하는 것 같았고, 나는 아이들과 정말로 잘 통한다고 느꼈지. 그만큼 열정적으로 가르쳤다. 그런데 어떤 교사가 그렇게 해서는 오래 못 갈 거라고 경고하더구나. 그 선생님은 이렇게 말했다.

"그러다가 지쳐서 나가떨어져요."

별로 놀랍지는 않더구나. 그 선생님의 수업은 '페인트 주의!' 경고문처럼 무척 흥미로웠거든. 그러다 졸업을 2주일 앞두고 지옥을 맛보게 되었단다. 10학년 역사 시간에 남북전쟁에 대해 막 가르치고 난 다음이었어. 학생들에게 질문을 하나 던졌단다.

"노예들이 완전한 자유를 얻었다. 이제 어떻게 해야겠니?"

평소에도 소란을 일으키기 일쑤였던 앞줄의 한 남학생이 소리쳤다.

"깜둥이들을 다 죽여버려요."

교실 안은 찬물을 끼얹은 듯 고요해졌고 너무 놀란 학생들의 숨을 삼키는 소리가 들려왔다. 나는 목소리를 높이지 않고 그 학생에게 손가락으로 가리키며 명령했다.

"당장 내 교실에서 나가라. 교장실로 꺼져서 네가 무슨 말을 해서 교실에서 쫓겨났는지 그대로 말씀드려."

그러자 교실 뒤쪽에서 또 다른 남학생이 말했다.

"저 친구 말이 그렇게 잘못은 아니잖아요?"

전투에 나선 친구를 지지하기로 한 모양이었어. 나는 그 학생에게도 말했다.

"너도 네 친구랑 같이 나가라."

공교롭게도 별명이 '화이티Whitey'인 교장은 내가 어떤 처벌을 내려도 완전하게 지지한다고 말해주었단다. 내 주임교사인 브래드 쾨니히Brad Koenig 선생님과 논의한 끝에 내 감독 아래 학내에서 정학을 내리기로 결정했어. 토요일 내 시간을 희생하겠다는 뜻이었지.

이틀 후 행정실로 호출을 받았다. 교육구청장 존 부스John Booth가 날 만나고 싶어 한다는 말이었어. 그의 사무실은 학교 안에 있었지만 직접 본 적은 한 번도 없었단다. 교육구청장실로 들어가니 그의 책상 앞에 어떤 여성이 몹시 불안한 기색으로 앉아 있는 게 보이더구나. 방 안에는 정학을 받은 두 학생과 '페인트 주의' 선생님이 서 있었는데 두 학생 모두 터무니없이 자신감에 넘쳐 보였어. 부스 씨가 억지 미소를 띠고 침착하게 말했어.

"이쪽으로 와서 내 옆에 앉아요, 웨버 선생님."

뭔가 이상한 낌새가 느껴졌다. 게다가 화이티 교장도 외부 출장 중이었지. 부스 씨는 온화하게 말했다.

"웨버 선생님을 여기로 모신 건 이번 주 이 학생들과 있었던 일에 대해 상의를 하기 위해서입니다."

그는 불안한 기색으로 앉아 있는 여성이 정학을 받은 학생의 어머니라고 소개했고 객관적인 견해를 위해 '페인트 주의' 선생님을 불렀다고 설명했어. 그가 사건을 다시 설명하는데 두 가지가 눈에 띄더구나. 먼저 학생들의 행동은 자세히 설명하지 않고 내가 '꺼져'라고 말한 대목을 굳이 강조하고 있었어. 다시 말해 학생들의 행동이나 내 행동이 별 차이가 없으니 정학 처분을 다시 생각하라는 뜻이었지. 나는 최대한 절박하고 슬픈 표정으로 말했단다.

"제 행위가 이 학생들이 한 행동과 무슨 상관이 있는지 모르겠습니다."

부스 씨가 학생들을 향해 손을 내저으며 마치 아버지처럼 자상한 말투로 말했다.

"학생들이 있는 데서 할 이야기는 아니죠. 너희 둘은 그만 수업에 들어가라. 정학은 취소되었다."

심장이 마구 뛰었다. 나는 천천히 책상 뒤에서 돌아 나오며 조그맣게 말했어.

"음, 저는 이게 무슨 일인지 도무지 이해할 수가 없습니다."

'페인트 주의' 선생님이 처음으로 입을 열더니 내 수업 방식에 대해 뭔가 안 좋은 평가의 말을 했고 부스 씨도 앵무새처럼 똑같은 말을 반복하더구나. 나는 선생님을 노려보며 말했다.

"제 수업 방식과 저 학생들의 행동이 도대체 무슨 상관이란 말이죠?"

그러나 수적으로나 화력으로나 열세에 처한 사람의 입에서 나온 평범한 말로는 그들을 이길 수가 없었다. 나는 뒤통수를 한 대 얻어맞은 사람처럼 사무실을 떠났단다. 쾨니히 선생님을 찾아가 방금 겪은 일을 의논해보았지만 오래 이야기할 수가 없었어. 하루 일과가 끝나가고 있었고 게다가 그날은 금요일이었거든. 슬픔과 분노가 곧 결심으로 솟구치더구나. 비록 교생이지만 잘못된 일을 가만히 앉아 받아들일 수만은 없다는.

주말 동안 혼자서 조사를 벌였는데 발견한 내용은 꽤 충격적이었다. 부스 씨는 현재 교육구청장이라는 직위가 유예 중이었다. 최소한 한 번의 음주운전을 포함해 알코올 남용으로 유명했지. 전국적으로 대다수 교육구가 그렇듯이 부스 씨도 이사회를 만족시키려고 전전긍긍했단다. 그리고 부스 씨의 사무실에서 만난 불안한 기색의 여성이 바로 이사회 회장이었어.

델 벌컨Del Vulcan은 니콜레트 공립학교에 다니는 세 아이의 학부모였단다. 또 군대의 중령이자 나의 직속상관이었고 미네소타 주립대학 ROTC 책임자였어. 주말에 알게 된 사실들을 벌컨 중령에게 확인받고 나자 이제 뭘 어떻게 해야 할지가 분명해지더구나. 우선 부스 씨와 일대일로 만나 나를 처벌하고 그 학생들의 정학도 그대로 집행하라고 제안해야 했다.

월요일 아침, 자신감에 넘쳐 학교로 걸어갔다. 진실과 이성을 갑옷처럼 두르고 말이지. 내가 이러는 건 결코 나 자신을 위해서가 아니었다. 부스 씨도 그 점은 분명히 알 것이다. 나는 최대한 예의를 갖춰 판단을 재고하라고 요청했다. 내가 말을 마치자 그는 의자 뒤로 몸을 기대고 껄껄 웃으며 나를 비웃더구나. 마치 제임스 본드 영화에 나오는 악당 같았지. 부스 씨가 일어나 내 옆으로 오더니 생색내는 말투로 말했어.

"웨버 선생, 내가 당신이 어떻게 해야 하는지 알려주지. 다시 교실로 돌아가 교생으로서 마지막 남은 몇 주를 제대로 마무리하게나."

'이렇게 나온다 이거지?' 나는 몸을 반듯이 펴고 확신에 찬 어조로 말했단다.

"조금 더 분명히 말씀드려야겠군요. 그 학생들이 잘못했다고 말씀하실 때까지 저는 교실로 돌아가지 않을 겁니다."

그리고 차분하고도 직접적으로 각각의 사실들을 설명해나갔지.

"지금 교육구청장직이 유예 상태인 것으로 알고 있습니다. 또 학생의 어머니가 이사회에서 꽤 영향력이 있다는 것도 알고 있습니다."

그의 얼굴에 떠오른 표정은 오래전 빌리 빈의 얼굴에서 엿본 표정과 별반 다르지 않았어. 나는 점점 대담해짐을 느끼며 마치 애원하듯 고개를 숙이기까지 했지.

"저 문은 굳게 닫혀 있고 여기에는 구청장님과 저밖에 없습니다. 그러니 사태를 똑바로 인정하시고 저를 처벌하십시오. 제 행동에 대해 책임을 지게 하세요. 대신 그 학생들도 잘못했다고 말해주십시오."

그가 부끄러워할 줄 알았는데 오히려 몹시 성을 내더구나. 목덜미에 솜털이 곤두설 정도로 나를 노려보며 소리쳤어.

"어떻게 네가 감히 학교운영에 대해 이래라저래라 해? 난 이 교육구의 총책임자란 말이야! 당장 교실로 돌아가!"

나는 침착하게 대응했어.

"그럴 수는 없습니다. 구청장님은 제 권위를 빼앗아갔습니다. 학생들에게 진실을 알려줄 때까지는 돌아갈 수 없습니다."

부스 씨가 벌떡 일어나 문을 열더니 명령했어.

"충분히 알았으니 당장 나가게. 아니, 자네는 여기서 끝이야!"

나는 자리에서 일어나 그의 얼굴을 똑바로 바라보며 차분하게 말했어.

"부스 씨, 당신은 겁쟁이군요."

정말로 그의 머리 뚜껑이 열리는 걸 본 것 같았다.

"그만해, 너는 해고야! 당장 짐을 챙겨서 이 학교에서 나가!"

뼛속까지 떨려오더구나. 아무리 생각해도 내가 옳은데 왜 이렇게 끝내야 한단 말인가? 교실로 돌아가자 쾨니히 선생님이 12학년 수업을 하고 있었어. 그는 내 얼굴을 보고 대충 분위기를 파악한 것 같았다.

"어떻게 됐어요?"

그가 묻더구나. 그만 잘 다독였던 감정이 확 풀리면서 눈물이 불쑥 쏟아져나왔어.

"다 끝났어요. 해고당했습니다."

수업종이 울리자 학생들이 하늘이 내린 임무를 수행하듯 소문을 듣고 복도로 쏟아져나갔단다. 해고 소식은 단지 흥미로운 이야기를 전설로 부풀려버렸지. 내가 맡은 7학년 학생들이 쾨니히 선생님의 교실로 찾아와 소문이 사실이냐고 울며 묻더구나. 몇 주 후 이사회가 소집되었고 전례 없는 광경이 펼쳐졌다. 위원회에 참석해 사건 개요를 설명해달라는 요청을 받았단다. 학부모들이 내 이야기를 직접 듣고 싶어 했던 거야. 나중에 쾨니히 선생님은 교직 경력 20년 동안 이런 일을 처음 보았다고 했지.

"그렇게 많은 학부모가 분노하는 것도 처음 보았지만, 학생들과 학부모들이 똑같은 의견으로 분노하는 것을 본 것도 몹시 인상적이었어요."

부스 씨가 먼저 발표를 시작했다.

"먼저 웨버 선생님 건은 오늘 회의의 안건이 아니라는 점을 분명히 밝히고 싶습니다. 더 중요하게 보살펴야 할 학교 업무가 많습니다."

나중에 쾨니히 선생님은 이렇게 말했단다.

"그럼 대체 그 많은 학부모가 무슨 일을 논의하려고 거기 모였다는 거지? 학교 난방비 청구서 때문에?"

그날 저녁, 나는 학부모들과 학생들에게서 신임과 기립박수를 받았다. 그러나 나의 기질적인 방법론이 실패한 것 같다는 인상까지 말끔히 씻어주지는 못했단다. 물론 부스 씨에게 대항한 것에는 뭔가 고귀한 면이 있었지만, 그는 끝내 그 학생들을 징계하지 않았어. 게다가 그게 진짜 직장이었다면, 해고 직전까지 갈 정도로 내가 고귀함을 중요하게 여겼을지 자신할 수 없구나. 자랑스러움을 느낄 여지는 있지만, 더 나은 방법을 찾아볼 여지도 분명히 존재했지.

뜻을 굽히지 않아도
된다는 교훈

절제된 의지와 강하고 탁월한 용기는 상사들과 다툴 때만 필요한
게 아니란다. 높이 평가받는 동기와 부하를 다룰 때도 역시 유용
하지.

1996년 6월 말, 사우디아라비아의 코바르타워 복합단지가 폭
탄테러를 당했다. 19명의 미 공군이 목숨을 잃고 370명이 부상
을 당했지. 8층 높이의 건물 수십 동이 단단히 밀집한 그 복합단
지는 사우디아라비아에 주둔한 4,000명 정도의 미 육군과 공군
의 본거지였어. 국방부는 모든 미군 가족을 본국으로 송환하고
군인들은 방어력이 더 좋은 곳으로 옮겼단다. 또 헌병 50명과 헌
병 장교 1명을 파견해 수습을 돕게 했지.

포트리에 해당 명령이 도착했을 때 제555헌병중대는 눈에 띄
게 흥분했단다. 1990년대에는 매우 드문 임무였고, 임무의 규모
와 범위가 보통 소대장이 맡을 수 있는 정도의 두 배에 달했거든.
그 때문에 다들 꿈의 파견 임무라고 생각했는데, 그 임무가 내게
떨어졌단다.

높았던 우리의 기대치는 사우디아라비아에 도착하자마자 곧바
로 흩어져버렸단다. 우리는 파견 임무 동안 모母부대의 역할을
할 OPM-SANG◆에 배치받았는데, 고위 계급으로 구성된 미 육
군사령부 중 하나였어. 내가 맡은 50명의 헌병대는 총 네 개 집단

으로 나뉘어 미 서부 크기에 맞먹는 사우디아라비아 전역에 배치되었단다. 우리가 맡은 일은 쇼핑몰 보안과 매우 비슷했고 결국 미군 가족의 보안과는 아무런 상관이 없었어. 50마리의 독일산 셰퍼드를 불렀어도 똑같았을 거야.

OPM-SANG 요원의 90퍼센트가 소령과 중령 계급이었기에 내가 징발한 헌병들과 비교하면 나이도 경험도 기대치도 완전히 상반되어 보였단다. 그만큼 충돌이 일어날 가능성이 높았지. 젊은 사병 몇 명이 반바지와 슬리퍼 차림으로 지역 수영장에 갔다가 상급 장교에게 호되게 꾸지람을 들었다. 원래 방침은 지역의 관습을 존중해 수영장에 갈 때도 머리부터 발끝까지 제대로 갖추어 입는 게 원칙이었어. 사우디아라비아 현지인들도 함께 근무 중이었거든. 방침도 질책도 당연했다. 단 한 가지, 장교들이 평소 그 원칙을 지키지 않는다는 게 문제였지.

니콜레트 공립학교에서 부스 씨와 얽힌 경험으로 미루어 짐작하건대 경력과 계급이 20년 이상 선배인 장성에 맞서서 이 문제를 거론하겠다는 생각 자체만으로 혹독한 결과를 예상할 수 있었지만, 이번에도 역시 올바른 일을 하고 있다는 확신이 들었단다. '상대방한테 겁쟁이라는 말만 하지 말자. 그러면 괜찮을 거야.'

♦ Office of the Program Manager-Saudi Arabian National Guard의 약자로, 30년 이상 된 미군 조직. 사우디아라비아 군과 별도로 왕실을 지키는 국내보안병력 '사우디아라비아 방위군'의 교육과 자문을 책임진다.

나보다 16년 선배인 중령에게 '측면 지원'을 부탁하고 해당 장군을 만나 그 문제를 거론했다. 래리 스미스Larry Smith 준장은 첫 만남에서 유쾌하고 가벼운 대화를 이끌더니 잠시 후 하고 싶은 이야기를 꺼내보라고 했다. 나는 본론으로 들어갔지.

"준장님의 도움이 필요합니다. 사병들이 군복 방침을 위반했습니다. 제 선에서는 문제를 해결할 수 있습니다. 상급 지휘관들께서 모범을 보일 수 있도록 준장님의 도움이 필요합니다."

스미스 준장은 의자에 몸을 묻은 채로 최대한 차분하게 말하더구나. 짐짓 생색을 내며 친절한 척하는 그 말투는 부스 씨보다 훨씬 뚜렷했지.

"웨버 중위, 그런 이야기는 여기서 할 게 못 되네. 내 수준에서 왈가왈부할 일이 아니야. 자네는 자네 소대원들이나 잘 돌보게. 자네는 그것만 잘하면 돼."

그러고는 한 박자도 쉬지 않고 곧바로 아주 경쾌하고 낙관적인 말투로 전혀 다른 주제를 꺼내더구나.

"이곳 시설이 정말 웅장하지 않나? 그래, 자네 가족은 어떻게 지내고?"

'그 우아함, 노련함, 미꾸라지 같은 솜씨 같으니.'✦✦ 측면 지원

✦✦ 4년 후 〈아미타임스The Army Times〉 표지에서 스미스 준장의 얼굴을 보았다. 성희롱 혐의와 관련해서였다. 육군 감찰관은 성희롱 의혹이 신뢰할 만하다고 판단, 그의 예정된 진급을 취소했다. 스미스는 조기 전역했고 결국 군 경력을 마감했다.

군을 흘낏 보았지만, 중령은 착한 양처럼 가만히 서 있기만 했어. 심지어 입을 열려는 시도조차 하지 않더구나. 스미스 같은 사람에게 당하는 건 정말 기분이 나쁘다. 그러나 존경받는 부하에게 당하는 건 훨씬 더 최악이란다.

사우디아라비아에서 맡은 임무가 기대치를 완전히 실망시켰음에도 나는 무엇보다 중요한 한 가지 임무에 집중하기로 마음먹었다. 우리 군인들과 그 가족의 복지 문제 말이야. 나는 사병들과 하급 지휘관들과 일대일로 만나 근무조건에 대해, 비번일 때 하고 싶은 일과 하기 싫은 일에 대해 이야기를 나누어보고 고향에 있는 가족들에게 우리가 파견을 나와서 어떻게 지내고 있는지, 또 추가로 수백 달러의 수입을 받게 된다는 사실을 설명하는 회보를 만들어 보냈단다.

다들 관심과 개입을 환영했다. 단 한 사람 에이버리 제임스 Avery James 중사만 빼고 말이야. 그는 우리 소대에 새로 들어온 중사인데 3년 전 꼭 같이 일하고 싶었던 유형의 부사관이었다. 그런데 그는 내 회보가 너무 많은 정보를 제공하고 지나치게 드러낸다고 생각했다. 특히 수입과 관련된 세부 사항에 불만이 많았다.

"이건 개인적인 문제입니다. 휴가가 가까워질수록 추가 수입을 배우자에게 알리고 싶어 하지 않는 군인도 있습니다."

그는 군인 복지 문제는 어디까지나 부사관의 고유 영역이라고 생각했단다. 그러나 내가 무엇보다도 분개했던 건 내가 통제할 수가 없다는 것 때문이었어. 우리 소대에는 전용 자동차도 장비도 없었고 개인적으로 훈련이나 무기 사격술 시간이 거의 없었다. 또한 관리할 군수물자도 없었고 사병들은 전국에 흩어져 있었다. 이런 조건 때문에 제임스 중사는 부사관으로서 할 일의 90퍼센트 정도가 사라졌고 부사관 대 장교의 비율이 1대 50이라는 특이한 조건 때문에 이런 상황이 더 두드러지고 말았다. 그의 좌절감이 충분히 이해되었지만, 나로서는 해줄 수 있는 일이 없었고 그도 그 사실을 잘 알았단다.

스미스 준장과 소동을 벌이고 이어 싸움에서 실패한 경험은 제임스 중사의 화를 더 돋우기만 했어. 그는 우리가 처한 상황에 분개했고 곧 내게 분노의 화살을 퍼붓기 시작했단다. 한번은 사병들이 지켜보는 곳에서 나를 마구 비난하기도 했어. 나도 욱하는 마음에 당장 나가라고 명령했지만 상황에 대한 그의 좌절감을 헤아리고 다시 그를 불러들였지. 나는 그에게 물었다.

"그럼 자네는 우리가 여기서 정확히 뭘 해야 한다고 생각하나? 하극상인가? 상황이 이렇다고 탁자 위에 내 계급장을 떼놓고 그만두라고 위협이라도 해야 직성이 풀릴 텐가?"

우리가 아무리 이번 파견 임무를 싫어한다고 해도 실제로 불평할 일은 전혀 없었단다. 우리는 위험한 일이 전혀 없는 조건에서 전투수당과 위험수당을 고스란히 받고 있었어. 다만 처음부터 기대치를 너무 높이 잡았던 게 문제였지. 그러니 부하들에게 기름을 퍼부을 게 아니라 불만의 불씨를 끄게 거들어야 한다고 중사에게 말했단다. 제임스 중사가 사병들 앞에서 내게 반항한 것은 군대에서는 아주 기본적인 죄였다. 하지만 중사의 평소 뛰어난 수행 능력을 고려해 이렇게 마무리했지.

"이번 불복종은 개인적인 선에서 끝내겠네. 하지만 다시 한 번 이런 일이 반복된다면 내가 가진 모든 힘을 발휘해 자네를 첫 비행기로 미국에 보내버리겠어."

그 순간 그가 나를 어떻게 생각했는지 지금도 궁금하지만 직업적으로 내가 유일하게 신경 쓴 것은 엉망진창인 그의 태도를 바꾸는 일이었단다. 자기 자신을 위해서라도 그는 결국 해냈다.

누구라도 책임지는 지위에 있으면, 남들에게 더 잘해야 한다는 소리를 듣게 된단다. 마이클 번스Michael Burns 소위도 예외는 아니었어. 당시 파견 임무에는 장교가 단 한 명만 있으면 되었지만, 어떻게 된 일이지 번스 소위도 파견되었고 안 그래도 장교가 너무 많은 상황인지라 그는 첫날부터 환영받지 못했단다. 장교로서는 고사하고 군 생활 자체를 시작한 지 얼마 되지 않은 번스 소위는 매우 미숙한 태도를 보이곤 했어.

"똑똑한 척하는 사람들이 엄청나게 많은데 어째 소대장님은 별로 힘이 없어 보이네요."

그는 심상하게 손을 흔들며 말하곤 했단다. 자기 일에 대해 왜곡된 생각을 품고 있는 상급 지휘관들과 일하는 것을 영리하게 비꼰 말이었지.

"저는 수다 떠는 스타일이 아니에요. 누가 말을 걸 때만 말합니다.”

그는 참모회의가 지루하다고 생각했다. 물론 실제로도 지루했지만, 참모들이 각자 담당 영역이 있다는 사실은 미처 생각하지 못한 것 같았다. 번스의 흐트러진 태도는 고스란히 겉으로 드러났단다. 하지만 주로 밤에 일했기 때문에 낮에 상급 지휘관들의 눈에 띌 일이 별로 없었지.

그러던 어느 날, 그가 제임스 중사처럼 사병들 앞에서 나를 비난했을 때 나는 명백하게 내 뜻을 전달했다. 나는 그에게 새 임무를 주었어. 상급 지휘관들을 직접 겪어보고 전문적인 견해를 갖출 수 있도록 나와 함께 본부에서 주간근무를 하게 될 거라고 말이야. 그가 실망할 줄은 알았지만 그렇게 화를 낼 줄은 몰랐단다. 그는 나를 설득하려 들었고 심지어 기분 나쁘게 해서 미안하다고 사과하기도 했지만 없었던 일로 되돌릴 생각은 없었단다.

“아니야. 이제 자네가 제대로 하는 게 무엇인지 내게 직접 보여줄 기회가 왔다네.”

그는 몹시 주춤대며 말했어.

“저는 어떻게 해야 제대로 하는 건지 꼭 경험하지 않아도 됩니다. 중위님이 옳다면 옳은 거고 그거면 충분합니다.”

나는 스미스 준장과의 최근 논쟁과 오래전 부스 씨와의 경험까지 떠올리며 대꾸했지.

“난 나보다 계급이 높은 사람들이 내 말을 듣지 않거나 내 생각을 무시할 때도, 여전히 내 뜻을 굽히지 말아야 한다는 교훈을 얻은 적이 있다네."

"중위님은 책임자도 아니잖습니까! 중위님이 사령관은 아니잖아요!"

그가 본국에 직접 전화를 걸었지만 통화는 길게 이어지지 못했단다. 결국 다음 날 아침, 그는 배정받은 임무지에 나타났고 절제된 의지와 강인한 기질이 무엇인지 새롭게 이해해나갔다.

모든 갈등을 해결하는
단 하나의 법칙

사우디아라비아의 모험을 마치고 거의 2년 후에 맥아더 장군의 제안을 실천할 때 실패와 착오를 감수하는 것이 얼마나 중요한지를 알려주는 일을 맡게 되었단다. 사실 '절제된 의지'라고 하면 상관이나 부하에게 엄해야 하는 만큼 부드러워야 한다는 말이기도 해.

1998년 대위로 승진한 주에 상사로부터 여단장 존 델라 자코노 John Della Jacono(줄여서 DJ) 대령이 내가 여단의 상급 군수장교에 후보로 나서길 바라고 있다는 말을 전해들었단다. 기쁘기는커녕 두려웠다. 그 일은 대위가 아니라 소령의 일이었고 적어도 나처럼 이제 막 대위가 된 사람은 자격 미달이었다. 더구나 나는 군수장교가 아닌 헌병이었지.

800여 명의 교관과 1,800명의 사병, 연간 120만 달러의 예산, 450만 달러에 달하는 무기 실험장과 식당 시설 계약의무 등 다섯 개 대대의 군수를 총괄 감독하는 자리였단다. 일상적인 임무만으로도 충분히 위협적이었지만, 여기에 포트 매클렐런이 15개월 후 영구 폐쇄된다는 사실이 겹쳐 있었지. 그만큼 새로 부임한 군수장교는 광대한 조직인 여단의 수백만 점의 가구와 장비와 재산 등 모든 것에 대해 지출 내역을 보고하고 여단의 새로운 기지가 들어갈 미주리 포트 레너드우드로 이관해야 한다는 뜻이었다. 즉 평소 업무량이 두 배가 된다는 말이지. 사양합니다!

그런데 어느새 나는 DJ 앞에서 면접을 보고 있었다. 그는 노골적으로 물었어.

"내가 왜 자네를 우리 여단 군수장교로 선발해야 한다고 생각하는지 말해보게."

"여단장님, 뭔가 착오가 있었던 것 같습니다. 저는 군수장교가 되는 것에 관심을 가졌던 적이 없습니다. 또 제가 자격이 있다고 생각하지도 않습니다."

겸손해 보이려고 그런 게 아니야. 그저 내 한계를 알고 있을 뿐이었다. 또 계급과 권위도 무시할 수 없었어. 군수장교가 되면 수년간 경험을 갖춘 소령이나 중령과 일하게 될 테니까. 그러자 DJ가 화제를 바꾸더니 군수와 전혀 상관없는 일들을 이야기하더구나. 나는 그가 군수장교 자리에 자원한 고참 대위나 소령 두 명 중 하나를 선발할 거라고 확신하며 그의 방을 나섰단다. 심지어 후보한 사람은 군수전문가 경력까지 있었거든.

면접 일주일 후 즉시 여단 참모직으로 발령을 받았다는 소식을 들었다. 나중에 DJ는 내 계급과 경험으로 군수장교를 맡기기에는 무리일 수도 있겠지만, 성격과 인성이 마음에 들어 결정했다고 말해주더구나. 열심히 일할 줄 알고 두려움 없이 과감할 줄 아는 한 장교의 모습을 보았는데, 그게 어떤 점보다 중요하다고 생각했다는 거야.

나는 DJ의 판단이 근시안적이고 어리석었다고 생각했어. 화가 날 정도였지. 당시 잭슨빌주립대학의 역사학 석사 과정을 밟는 것만으로도 충분히 머리가 무거웠거든. 게다가 크리스틴과 나는 어쩔 수 없이 빌린 집에서 나와 기지 안 군용주택으로 이사할 준비를 하고 있었단다. 이 와중에 내 계급과 경험을 초월한 새로운 일을 떠맡는다는 건 마치 한쪽 팔이 뒤로 묶인 채 권투시합에 나서는 것과 같았어. 그러니 맡은 일을 평범한 수준으로밖에 못해낸다면, 그게 나의 잘못이겠니?

돌이켜보면 당시 DJ가 말한 속성들은 이후 15개월간 여러모로 내 계급과 경험의 부족을 보완해주었단다. 심지어 임무 밖의 일을 수행하라는 요청도 받았지. DJ는 내 발표자료와 직접 쓴 보고서를 보고 임명사령관을 위한 브리핑 준비를 맡기고 여단 해단식의 연설문을 써달라고 부탁하기도 했어.

한편으로는 이렇게 독특한 방식으로 도움이 될 수 있다는 점이 자랑스러웠단다. 그러나 또 한편으로는 다른 사람이 자기 일을 제대로 하지 않거나 할 능력이 안 되어 내 일이 늘어난다는 사실에 정말로 화가 나기도 했지. 마치 어렸을 때 내가 '너무 잘해서' 집 안 청소 대부분을 도맡는 '영광'을 누렸을 때처럼 말이야.

내가 맡은 임무가 다 잘된 것은 아니란다. '할 수 있어!' 태도와 참신한 견해는 매력적이었지만, 계급도 모자라고 공식적인 경험도 없었기에 마치 어린아이가 아빠 양복을 입었을 때처럼 어설픈 면도 있었단다. 특히 중대한 결정에 대해 의견이 엇갈릴 때 크게 불리했어. "자네가 도대체 뭐라고 생각하나, 대위?" 이렇게 고함치는 사람들의 시선을 받는 것은 다반사였다. 심지어 나의 과감성을 칭찬했던 DJ마저도 내 고집대로 하려 들면 코웃음을 쳤지.

이런 모순을 두드러지게 보여주는 사건이 하나 있었단다. 포트 매클렐런에 DJ가 있다면 포트 레너드우드에는 로드 존슨Rod Johnson이 있었다. 그는 최근 대령으로 진급한 느긋하고 온순한 사람이었어(8년 후 육군헌병감이 된단다). 존슨 대령은 제82공수사단의 용맹한 전투 베테랑이었던 DJ와는 완전히 상반되는 사람이었지.

포트 레너드우드에서 기획회의를 하는데 존슨 대령이 갓 부임한 사령관으로서 쓸 수 있는 돈이 얼마나 되겠는지 묻더구나. 그동안 받은 예산이 적어서 부대 이전 비용을 고려해 용돈처럼 4,000달러 정도를 추가로 쓸 수 있겠느냐는 말이었어. 하지만 직속상관에 대한 예의 차원에서 포트 매클렐런의 예산 가운데 아직 8만 5,000달러가 남았다는 사실은 밝히지 않았다. 앨라배마로 돌아와 DJ에게 그 문제를 상의했더니 그는 즉시 "안 돼!"라고 대답했단다. 그는 노골적으로 반대의사를 밝혔어.

"자네도 그들이 어디에 돈을 펑펑 쓰고 있는지 알잖나? 가구네. 그것도 반짝반짝 새 가구!"

그는 노발대발했어. 그만한 돈이 있으면 군용장비에 쓰든지 아니면 아예 쓰지 말아야 한다고 생각하는 사람이었지. 상급 지휘관이라면 접이식 간이탁자에도 둘러앉을 수 있어야 한다는 말이었어. 그런 생각을 하는 사람이 DJ만은 아니었지만, 존슨 대령에게 '새 가구' 문제는 정말이지 골치 아픈 일이었단다. 육군은 낡아빠진 1970년대 철제 책상과 의자를 앨라배마에서 미주리까지 옮기겠다고 1만 달러를 쓸 생각은 전혀 없었지만, 존슨 대령과 참모들은 일하려면 책상과 의자가 필요했다. 나는 DJ에게 간청했단다.

"여단장님, 우리는 이 돈을 쓸 용처가 없고 큰 계획을 추진하기에는 턱없이 모자랍니다."

대화는 족히 15분간 이어졌는데 그가 흥분하는 바람에 도중에 중단해야 했다. 결국 포트 매클렐런에서 모든 자금을 관리하는 장교를 찾아가 어떻게 하면 좋을지 물어보았지. 그 장교는 어리둥절한 표정으로 말하더구나.

"당신 계좌에서 돈을 보내면 되잖아요. 송금은 합법이고 그 돈은 몹시 요긴하게 쓰일 거예요. 직접 하면 되지 뭐 하러 날 찾아왔어요?"

물론 그 장교에게는 DJ가 싫어한다는 말을 하지 않았다. 내가 지닌 모든 정보를 저울질해보고 나를 향한 DJ의 신망에 의지해 결국 그 돈을 송금했단다. 일주일 후 DJ가 자기 방으로 날 부르더니 송금 사실을 확인하고는 내가 지금까지 들어본 적 없는 가장 심한 욕설과 비난을 퍼부었다.

"자네는 대위고 나는 대령이야! 여기에 이해 안 되는 부분이 있나, 웨버?"

이것이 그날 들은 가장 점잖은 말이란다. 아무리 해명해도 소용이 없었다. 그는 내 코앞에서 사무실 주변 사람들에게 다 들릴 정도로 온갖 욕설을 퍼부어댔단다. 그가 싫어할 거라고는 예상했지만 이 정도로 분노할 줄은 몰랐지. DJ의 지시가 아무리 근시안적이었다고 해도 송금하지 말라는 지시는 정당했고, 그건 내가 명령 불복종이라는 엄청난 잘못을 저질렀다는 뜻이란다. 나는 명한 상태로 그의 사무실에서 나와 복도 끝의 폐쇄된 교육실로 들어가 마음을 추슬렀다.

그 사건을 계기로 나는 험난한 조건에서의 지휘와 관리에 대해 내가 안다고 생각했던 모든 것을 다시 생각하게 됐단다. 2주일 후면 연례평가를 받게 되어 있었는데, 아무래도 직업상 여러 문제를 끔찍할 만큼 잘못 판단했다는 결론을 내렸다. 경력이 끝장날 정도의 사건은 아니었지만, 이번 일로 1년간의 노고가 볼품없는 평가를 받게 되지 않을까 걱정했어.

마침내 연례평가를 위해 자리에 앉았을 때 DJ는 내가 늘 가슴에 새기며 살아온 직업의식의 훌륭한 모범을 보여주었단다. 그는 개인적으로 내게 화가 났던 일은 옆으로 제쳐두고 가장 인상적인 평가를 해주었어. 그리고 일주일 후 보통은 자기 지휘관들을 위해 남겨두었을 근무공로훈장을 내 가슴에 달아주었단다.

며칠 후 맥주를 마시며 골프를 치는 나들이에서 DJ는 지금 생각해도 마음이 따뜻해지는 솔직한 이야기를 들려주었다. 그동안 내가 한 일이 얼마나 자랑스러웠는지, 또 지난해 나의 노력이 궁극적으로 자신의 선택이 옳았음을 증명해주어서 얼마나 기뻤는지 모른다고 과장이라고 느껴질 만큼 칭찬을 건네더구나. 그 역시 나를 선발할 때는 내심 의문을 품었던 게지.

10년 후 펜타곤에서 어떤 상관과 같은 종류의 마찰을 겪었단다. 그때도 역시 임무를 마치고 나서 비슷하게 허심탄회한 시간을 보내게 되었는데, 이 경험 역시 과감하고 용기 있고 상상력을 발휘하는 게 '양날의 검'일 수 있다는 깨달음을 안겨주었단다.

자네는 골칫거리였지만 누구보다 프로그램에 추천하고 싶었네. 자네는 억누를 길이 없는 어떤 열정을 품고 있네. 일단 발사되면 어떤 상관도 자네의 궤도를 조정할 수 없지만, 자네는 늘 목표지점을 찾아내 임무를 완수하더군. 자네의 비범한 창조성과 추진력, 결단력에 익숙해지기가 쉽지 않다네. 그럼에도 나는 자네를 인정하게 되었어. 우리는 지금도 자네와 함께 일하기를 바라네. 불가능한 일을 가능하게 하는 웨버식 마술을 정말로 사용할 수 있을 테니 말이야.

  절제된 의지와 뛰어난 상상력, 강하고 탁월한 용기를 발휘하려
면 때로는 분노를 사기도 하고 사과수레도 엎으면서 해결책을 향
해 팀을 독려해야 한단다.

  얼마나 노력해야 충분한 걸까? 얼마나 멀면 너무 멀다고 할 수
있을까? 얼마나 단단하고 얼마나 부드럽고 얼마나 예측불가하
고 얼마나 격정적이어야 할까? 얼마나 큰 상상력을 발휘해야
할까? 다시 말하지만 위의 예처럼 아빠가 경험하고 목격한 것
들을 들려줄 수는 있어도, 명쾌한 대답을 줄 수는 없단다.
  '기질'이라는 단어를 천천히 곱씹어보면 균형과 중용과 화
해가 생각난다. 굽힐 줄 모르는 고집이나 철통방어가 아닌 더
부드러워지거나 더 단단해지는 것 말이야. 결국 절제된 의지
는 열성이 될 수도 있고 동반자살이 될 수도 있다. 강하고 탁월
한 용기는 무모함이 될 수도 있지. 무수한 시행착오를 겪으며
합리적이고 분별력을 갖추면, 일과 정치와 종교와 돈과 사랑
에서 크게 유효하다는 것을 배웠단다.
  공통점을 이끌어내고 실천적인 해결책을 찾는 것은 불변의
미덕임에도 너무나 많은 이들이 그런 생각을 품으면 나약해
보이거나 확신이 부족해 보일까봐 두려워한다는 사실이 매우
놀랍더구나. 너희에게 해주고 싶은 말은, 아빠의 경험으로는

분명 그렇지 않았다는 거야. 심지어 일반적인 미국인의 경험을 반영하는 것도 아니란다.

다른 사람들이 멈추라고 지시한 그곳에서 한 걸음 벗어나는 것으로부터 너희가 품었던 질문에 대한 대답을 찾을 수 있게 된다. 호기심을 품고 한 번만 더 물어봐라. 꾸준히 한 번 더 생각하고 함부로 물러서지 마라. 당당히 의견을 말해라. 노력해라.

새뮤얼 울먼의 말처럼, 모든 사실 앞에 어린아이 같은 마음으로 다가가고 모든 선입견을 버리며 자연이 너희를 어떤 심연으로 이끌든 겸손하게 따라가라.♦ 그러면 혹시 실패하더라도 그 실패로 인해 더욱 강해지고 현명해질 것이다.

♦ 1860년 옥스퍼드 자연사박물관에서 열린 영국학술협회 총회에서 다윈의 '종의 기원'을 둘러싼 토론회가 있었다. 진화론을 옹호했던 토머스 헨리 헉슬리Thomas Henry Huxley가 진화론을 비판하는 새뮤얼 윌버포스Samuel Wilberforce 주교에 반박하여 한 말을 인용한 것이다.

6

진정한 지혜

"겸허한 자세로 마음을 여는 것이
진정한 지혜란다"

Tell my sons

내가 감당할 수 있는
시련이란

2011년 10월, 가을과 함께 미네소타 특유의 추위가 찾아오자 암역시 동면하는 파리처럼 굴었단다. 가라앉기는 했지만 사라지지는 않았지. 마침내 상황이 안정된 것처럼 보였지만 한 달을 채 넘기지 못했단다. 9월 뷰퍼드에 생긴 은화 크기의 농양이 몇 주 후에 다시 생겼고 항생제도 듣지 않았으며 통증은 더 심해졌다. 통증을 전체 10단계로 평가했을 때 5 이상으로 커진 적이 없었는데 뷰퍼드의 통증이 9를 기록하자 의사들도 긴장하더구나. 한 의사가 메스로 농양을 잘라내고 안에 고인 물을 주사기로 빼내려고 했지만 피 말고는 아무것도 나오지 않았어.

"믿을 수가 없군요. 이런 건 처음 봅니다. 모양새만 보면 액체가 나올 줄 알았거든요."

CT를 찍어 봐도 아무것도 보이지 않았고 다른 감염증상 또한 없었단다. 의사들은 내가 통증만 참을 수 있으면 내 몸이 어떻게 반응하고 스스로 해결하려 하는지 경과를 좀 지켜보기를 원하더구나. 그게 목요일 오후였다. 그러나 토요일 오전 3시 30분이 되자 더는 참을 수가 없었다. 나는 작은 스위스 군용칼을 가져와 이 상황에서는 응급실에 가는 것보다 더 나쁜 일은 생기지 않을 거라고 믿으며 내 손으로 뷰퍼드를 깊고 넓게 잘랐단다.

한 번. 그리고 두 번. 영화 〈에일리언〉에 나올 법한 것처럼 생긴 농양이 터졌다. 이 많은 액체가 이틀 전에는 어디에 숨어 있었을까? 근육 벽을 지나 깊은 곳에 액체가 가득 고여 있었다. 구멍에 손을 넣어보니 첫 번째 손등뼈를 넘을 정도로 깊더구나.♦ 그때까지는 뷰퍼드에 농양이 계속 재발하는 원인이 녹지 않은 수술용 실밥이라고 굳게 믿고 있었다. 그러나 세면대에 가득 고여 고약한 냄새를 풍기는 걸쭉하고 누런 액체를 보고 있으려니 1년 전 기억에 날카롭게 박혀 있는 어떤 냄새가 맡아졌다. 담즙이었다.

"담즙일 리가 없습니다. 그건 정말 말도 안 돼요. 절대로 말이 안 됩니다."

외과팀의 실라프 박사는 예의 바르게 내 가설을 물리쳤단다. 간 근처에 누공이 있었다면 이미 오래전에 드러났을 거라는 말이었어. 정말 그랬을까? 박사는 내가 모르는 것을 알고 있었단다.

♦ 의학적으로 호기심이 들고 비위가 강한 사람은 웹사이트 www.caringbridge.org/visit/markmweber에 방문해보기 바란다.

휘플 수술 이후 장에 누공이 생기면 믿을 수 없을 정도로 혼란스러운 합병증이 찾아오고 수술 후 몇 달 안에 치료하지 않으면 몇 년 동안 꾸준히 문제를 일으킬 수 있다는 사실을 말이야. 결국 실라프 박사는 누공이 아니기를 바랐던 거지.

농양은 석 달 동안 네 차례 더 맹활약을 펼쳤단다. 살은 늘 치유되었지만 장 조직은 그렇지 않았다. 근육 벽에 담즙이 고이면서 새로 아문 살을 부식시켰기 때문이다. 그러면 타는 듯한 괴로운 통증이 며칠 느껴지다가 아문 상처가 터져버렸다. 자가수술과 뒤처리는 괴기스러운 일상이 되었단다. 내 행동을 두고 지나치게 공격적이라는 논란이 일 수는 있겠지만, 정확히 말해 나는 의료에 대해 완전한 풋내기는 아니었어. 이보다 열 배 큰 상처를 치료한 적도 있고 상처를 어떻게 봉하는지도 알고 있단다. 내 의사와 간호사들은 나의 행동을 너그럽게 봐주지 않았지만 모든 환자가 나만큼 지식을 갖추고 참을성을 발휘해주기를 바란다는 그들의 말은 내가 원했던 최대한의 찬사였단다. 이와 같은 집단적인 이해에도 불구하고 실험이 실패할 때마다 의사들도 함께 좌절했다.

우리는 모두 계속되는 격랑을 겪었다. 크리스틴도 나도 너희도 직장 동료들도. 그때 삶은 우리에게 또 다른 시련을 주었단다. 크리스틴의 어머니가 뇌암 진단을 받은 거야. 그전에 우리를 위해 기도했던 이들은 후렴구를 부르듯 이렇게 말했었지.

"하나님은 감당할 수 있을 만큼의 시련만 주신다."

지금까지는 그랬단다.

진정한 지혜란
마음을 여는 것

"마음을 여는 것이 진정한 지혜다"라는 말을 대학에 와서야 비로소 이해하기 시작했단다. 하지만 어린 시절에도 늘 가렵지만 누구도 만족스럽게 긁어주지 못한 어떤 주제가 있었어. 바로 종교였다.

다섯 살부터 열여덟 살까지 12년 동안 가톨릭 학교에 다니고 매주 미사에 참석하고 주일학교에 다녔다. 질문이 꺾인 적은 없었지만 꺾일 필요도 없었단다. 하나님의 노여움과 지옥의 뜨거운 불이 가르침의 밑을 흐르고 있었기 때문에 공개적인 논의가 격려되는 분위기가 아니었지. 학교에서 배우는 것 중 이보다 더 신비롭고 잘못했을 경우 이해할 수 없는 결과를 동반하는 과목도 없었어.

십자가에 못이 박힌 예수를 올려다보고 그의 고통에 대해 읽다 보면, 동정녀 잉태부터 죽었다 되살아난 부활까지 이야기 전체가 상당히 매력적이었다. 기독교 신앙은 어린 소년이 이해하기에 그리 어렵지는 않았어. "예수님은 나를 사랑하시네.《성경》이 그렇게 말하네"라고 찬송가에서 노래했지. "예수님은 전 인류를 위해 돌아가셨네. 모든 죄악을 용서받을 수 있도록"이라고 후렴구는 되풀이되었다. "십자가에 매달려 구원과 영생의 희생을 치르셨도다. 이게 바로 그리스도의 구원의 힘이다!"

이토록 위화감 없이 기분 좋은 생각은 쉽게 믿을 수 있었단다. 순수하고 어린 내 마음은 어떤 조롱도 없이 존경하는 마음으로 산타클로스와 이빨요정과 부활절 토끼도 문제없이 믿을 수 있었지. 열심히 믿고 기도하면 하나님이 대답해주실 거라고 배웠다. 때로는 이런 개념이 상징적이라고 배우기도 했단다. 즉 기도와 명상은 우리의 임무 중 일부일 뿐이고 하나님의 대답은 나머지 일을 우리 스스로 할 수 있도록 필요한 영감이라는 것이다.

그러나 상징적이 아니라 정말로 응답해주신다는 말을 훨씬 더 자주 들었다. 기도와 명상은 우리가 할 일이고 하나님은 대답으로 직접 개입한다는 것이다. 개인의 책임을 중시하는 말들도 있었지만 그러한 말들은 하나님의 행동을 강조하는 말들에 가려 크게 빛을 보지 못했단다. 당연히 기도가 곧 일이라는 생각이 더 호소력이 있었다. "하나님, 이번 경기에서 공을 막게 도와주세요." 이 개념은 두 가지 상반된 효과가 있었단다. 내가 다치기라도 하면 어머니는 반 농담으로 이렇게 말했다. "봐라, 하나님이 벌주신 거야." 또 나는 기도할 때 "이게 정녕 주님의 뜻이라면"과 같은 겸손한 말을 붙이는 게 몹시 중요하다는 걸 배웠단다.

때로는 기도가 효과가 있었단다. 예상 밖으로 우리 하키팀이 플레이오프전에서 이겼지 뭐냐. 가로팔로 할아버지는 뇌졸중에서 살아나셨다. 그러나 효과가 없었던 적이 훨씬 많았단다. 우리는 결승전에서 졌다. 웨버 할머니는 심장마비로 돌아가셨다. 이둘의 차이는 '신앙의 신비'로 설명되곤 했다.

종교를 진정으로 이해하고 받아들이려고 노력할수록 다른 많은 영역들에서 이런 모순들이 더 발견되더구나. 매주 일요일 미사 때마다 우리는 복수심에 불타는 독선적인 하나님에 관한 이야기를 들었단다. 하나님은 지구에 대홍수를 불러왔고 한 가족을 제외하고는 전 인류를 몰살시켰으며 나중에는 적을 야만적으로 짓부수는 데 개인적으로 도움을 줄 만큼 특정 집단의 인간을 많이 사랑했다.

그런데 다음 이야기로 같은 일요 미사에서 조건 없이 전 인류를 사랑해 그들을 위해 목숨 바칠 아들을 내려 보낸 하나님에 대해 배웠지. 혼외정사는 죄악이자 사악한 짓으로 간주했다. 이해할 수 있었어. 그러나 그런 생각을 품기만 해도 똑같은 죄악으로 간주했기에, 나는 굶주림만큼이나 강력한 사춘기 생물학적 충동을 경험하는 것만으로도 수치심과 타락을 느껴야 한다는 생각에 분개할 수밖에 없었단다.

자살은 지옥의 영원한 불구덩이로 직행하는 표를 끊어주었고 동성애는 〈십계명〉 중 하나를 어긴 것과 같은 중죄로 취급되었다. 만약 내가 오직 기독교인만이 궁극적으로 천국에 간다는 말을 믿지 않는다면 '구원받지 못할' 비기독교인이 환영해줄 것이다. 구원받지 못한다는 건 지옥에 간다는 뜻이란다. 나의 조심스러운 질문에 여러 신부님들과 종교 선생님들이 다양한 해석과 설명을 전해주려고 노력했지만 어떤 것도 만족스럽지는 않더구나. 16세 소년도 들으면 혼란스러운 조건과 모순을 알 수 있으니까.

가끔은 타협은 불가능하니 무조건 믿으라는 식의 가르침을 받기도 했단다. 그러면 나는 입을 다물고 지시에 따르는 법을 배웠지. "모순도 응답 없는 기도도 모두 하나님의 뜻이요 지상의 신비일지니, 이를 믿는 만큼 신앙의 힘도 크다." 또한 학교나 교회에서 〈그레고리오 성가 Gregorian chant〉를 암송하는 게 힘들었고, 오직 《성경》 구절로만 말하는 사람과의 대화가 무척 짜증났단다. 그래서 내 식으로 해도 된다고 '허가'를 받았던 날이 또렷하게 기억나는구나. 몹시 길고 화려한 기도에 반대하는 《성경》 해석을 들었던 거야. 기도는 사적으로 하는 것이지 믿음을 과시하기 위해 공개적으로 하는 게 아니라는 말이었단다.♦ 그 후로는 마치 아버지에게 말하듯, 기도하기 시작했단다. 즉, 경의를 표했지만 나의 특권도 무시하지 않았어.

이렇게 종교관이 어렴풋이 생기기 시작했을 때를 돌이켜보면 불완전하고 부당하기도 하고 또 피상적이기도 했지만, 어린아이가 그토록 복잡한 주제를 접하고 이해하려다 보니 당연히 생기는 결과였단다. 그러나 어떤 소리를 들어도 하나님에 대한 나의 희망과 신념을 의심하지는 않았단다. 내가 정말로 의심을 품기 시

♦ 나중에야 이 《성경》 구절이 〈마태복음〉 6장 5~8절임을 알게 되었다.

작했던 건 하나님의 말을 듣는 우리의 집단적 능력이었어. 내가 세운 경계 안에만 머무른다면 신앙과 종교에 대해 열린 마음을 가질 수 있을 거라는 생각을 품고 어른이 되었단다.

※

스물여섯 살 나이에 사우디아라비아로 파견을 나갔을 때, 삶의 모든 것에 대한 내 지식과 이해의 창고 속으로 누군가 수류탄을 던진 기분이었단다. 평소 기온이 46℃가 넘는 200만 세곱킬로미터 면적의 사막이 펼쳐진 풍경을 보니 망연자실해지더구나. 비도 오지 않고 강도 호수도 없었어. 이런 풍경에 문명이라니 전혀 '어울리지' 않는 것 같았고 이곳의 문화를 직접 목격해보니 그 생각이 더욱 굳어지더구나.

여성들에게 주어진 권리라곤 전혀 없고 공공장소에서는 머리부터 발끝까지 옷을 뒤집어쓰고 있어야 했어. 투표권 같은 것은 꿈도 꾸지 못했고 심지어 자동차를 운전할 권리조차 없었단다. 종교와 법이 하나였고 왕은 무타와Mutawwa(종교 경찰)라는 노동력을 고용해 종교 통치의 모든 면을 강제하게 했다. 한번은 상점에서 잡지 표지 사진에 노출된 맨살을 모두 잘라내거나 검게 칠하는 게 유일한 업무인 무타와를 본 적도 있단다.

'싹둑광장'을 찾아갔을 때, 나는 처벌이라는 말의 개념을 다시 생각하게 되었단다. 이곳은 죄수의 팔다리나 드물게는 머리를 잘라내는 공공광장인데 서구인들이 '싹둑광장'이라고 불렀던 거지. 광장 둘레에는 사우디의 수도 리야드에서 가장 큰 옥외시장 '수크'가 자리 잡고 있단다. "여보, 우리 목을 베는 처형광장에 갔다가 간 김에 시장도 보고 오기로 해요"라고 말할 수 있는 상황이었지. 부하들은 이런 환경을 매우 회의적으로 불신을 품고 바라보더구나.

"저 광기를 좀 보세요. 여기 사람들은 미쳤어요. 저는 앞으로 부대 안에만 있을 거예요."

그러나 나는 그럴 수가 없었단다. 아마추어 인류학자처럼 눈을 크게 뜨고 조심스럽게 이 모든 광경을 지켜보았어. 일주일에 며칠은 저녁마다 싹둑광장 상인들과 어울렸단다. 그곳에는 남달리 돋보이는 두 명의 상인이 있었어. 하나는 사우디에는 다른 가족이 없는 스물한 살 미혼의 인도인 샴시 오바이디Shamsi Obaidi였다. 또 하나는 기혼에 아이가 한 명 있는 서른한 살 이집트인 아메드 샤피크Ahmed Shafik였어.

정기적으로 시장에 나가 시험 삼아 흥정을 해보던 것이 점점 차와 사탕을 곁들인 온갖 다양한 주제에 관한 열띤(그러나 목소리를 죽인) 토론으로 변해갔단다. 자칫 실수하면 가게 문을 닫고 감옥에 갈 수도 있는 나라에서 관심을 품고 접근하는 미국인의 방문은 처음에는 불신과 불안감을 안겨주었지만, 나중에는 환영할 만한 휴식의 기회가 되었지.

샴시는 인도의 부유한 집안 출신으로 대학을 일찍 졸업했단다.

그의 아버지는 샴시를 유럽에 보낼 원대한 계획을 세웠지만, 우선 사우디아라비아 리야드의 거리에 면한 점포를 사들여 더 쉽고 비용도 적게 드는 사업부터 시작하게 했다. 아버지는 샴시에게 가게 운영을 모두 맡겼는데 그는 그게 싫었다고 했어. 인도에는 비슷한 활력을 지닌 또래들이 있었지만 사우디아라비아에서는 사실상 죄수와도 다름없는 생활을 하고 있었거든. 매일 열 시간씩 가게를 지키고 앉아 있어야 했고 장사 외에는 누구도 그에게 관심을 보이지 않았어.

샴시와 함께 있는 시간이 영화를 보는 기분이었다면, 아메드와의 시간은 영화 속으로 들어간 기분이었단다. 그는 결혼도 했고 어린 딸도 있었기 때문에 샴시보다는 성숙했고 세상 이치에도 더 밝았지. 아메드와는 주로 내가 살면서 경험한 것들, 예를 들면 결혼생활이랄지, 아버지 노릇이랄지, 직업과 세계관에 대해 이야기를 나누었단다. 그중에서도 종교에 대한 토론이 가장 매혹적이었어. 그와의 대화 덕분에 당시 파견 임무는 종교 공부를 위한 문화교류 안식년이 될 수 있었단다. 가장 기억에 남는 논의는 내세에서의 재판에 관한 이야기였어. 아메드가 더듬거리는 영어로 이렇게 말했다.

"당신의 왼쪽 어깨와 오른쪽 어깨에 천사가 한 명씩 앉아요. 천사들은 당신이 살면서 한 일이 모두 적힌 책을 들고 자리에 앉아 재판을 하죠. 저울이 한쪽으로 기울면 당신은 천국에 가요. 하지만 반대쪽으로 기울면 지하에서 악마가 나와 당신을 지옥으로 데려가요."

"정말로 그렇게 믿어요?"

내가 묻자 그는 씩 웃으며 차를 한 모금 마시더니 안 믿을 줄 알았다는 표정으로 말하더구나.

"그러는 당신은 예수가 아버지도 없이 태어났고 죽었다가 다시 살아났다는 말은 믿나요? 그건 믿으면서 내 말은 믿기 어려워요?"

나는 내세 문제에 대해 뜻을 굽히지 않고 밀어붙였단다. 그러고는 씩 웃으며 다시 말했지.

"그러니 나는 이단이군요."

그가 신경질적으로 웃음을 터뜨리더구나.

"그럼 나는 어떻게 될까요?"

내가 다시 묻자 그는 웃음을 그치고 어떻게 대답해야 할지 모르겠다는 듯 차를 홀짝이며 고개를 좌우로 흔들었어. 나는 장난스럽게 다시 한 번 대답을 재촉했지. 둘 다 그가 뭐라고 대답할지 알고 있었어. 잠시 후 그가 정색하고 말하더구나.

"친구, 미안해요. 당신은 지옥에 갈 거예요."

"흐음, 어쩌면 우리 둘 다 거기서 마주치고 화들짝 놀랄지도 모르겠군요."

그가 다시 웃음을 터뜨렸고 나는 분위기가 덜 심각해져 다행이라고 생각했단다. 그다음에는 종교적 가치관과 구원의 문제에 대해 토론을 벌였다. 내가 물었다.

"《코란》의 폭력성과 호전적인 주제에 대해 어떻게 생각해요?"

"당신네《성경》도 못지않게 폭력적이고 호전적이지 않나요?"

그가 예의 바르게 대꾸하더구나.

"뭐, 우리 기독교인은 구약성서보다는 신약성서를 더 중시하니까요."

그가 거짓말하지 말라는 듯 놀라며 시선을 돌렸어. 그러더니 고개를 갸웃하며 은근히 무시하듯 웃더니 그리스도 이후 기독교 행동의 역사를 줄줄 말하더구나. 그가 확신에 찬 목소리로 말했단다.

"기독교인도 원한다면 얼마든지 취할 수 있는 폭력적인 메시지가 존재해요."

나는 구원의 문제를 둘러싼 이슬람과 기독교의 선명한 차이를 지적했다. 다시 말해 이슬람에는 구원이라는 게 존재하지 않는다고 말이야. 그가 자신의 의견을 강조하며 말했어. "예수는 당신의 죄를 대신해 죽었죠. 그러니까 당신은 죽으면 재판을 받지 않겠네요?"

그의 질문에 함축적인 의미가 담겨 있다는 걸 알 수 있었지만, 뭐라고 대답해야 할지 알 수가 없었다.

"아니요. 우리도 재판을 받아요. 하지만 요점은 예수가 우리 죄를 대신해 죽었기 때문에 우리 모두 구원을 받을 수 있다는 거예요."

그러자 아메드가 대답했단다.

"내 말이 그 말이에요. 예수가 당신 죄를 대신해 죽었어요. 당신들은 그게 있어야 천국에 갈 수 있다고 믿고 있죠. 그런데 재판은 언제 어디서 하냔 말이에요."

혼란스러운 논쟁을 몇 분 더 벌인 끝에, 나는 그가 구원은 은총이지 행동의 대가가 아니라는 기독교 신앙에 대해 말하고 있다는 것을 알 수 있었다. 그게 사실이라면 무엇에 대해 재판을 받고 무엇 때문에 지옥에 가느냐는 말이다. 그리스도의 가르침을 말과 행동으로 얼마나 실천했는가? 그에게도 나 자신에게도 할 말이 없었다.

그의 질문은 고압적인 논리 전개가 아니었단다. 이슬람을 변호하는 것도 아니었어. 오히려 내가 믿는다고 말했던 것에 관해서였고, 20년간 철저히 검증해왔다고 생각했던 종교적 확신으로 내가 내릴 수 있는 최선의 설명이었단다. 바로 '조건도 있고 경악할 만한 모순도 있는 하나님의 조건 없는 사랑'이었어. 내가 아는 대다수 어른들은 〈요한복음〉 14장 6절 '내가 곧 길이요 진리요 생명이니 나로 말미암지 않고서는 아버지께로 올 자가 없느니라'로 시작하거나 끝나지 않는 토론은 벌이지도 않고 벌일 수도 없었기 때문에, 나는 그 주제에 관한 논쟁에는 거의 준비가 되어 있지 않았다.

아메드와의 논쟁에서 좌절을 경험한 후, 우리 둘 다 비슷한 신비를 지닌 같은 종류의 신앙을 실천하며 살아가고 있다고 믿기로 마음을 바꾸었지. 하지만 내가 이슬람을 기독교에 빗대는 걸 들고 친척 하나가 면전에서 코웃음을 치는 걸 본 뒤로는 그 결론을 나 혼자 간직하기로 마음먹었단다. 아메드는 단 한 번도 내게 이슬람을 믿어보라고 요청한 적이 없었고 기독교인이라고 나를 조롱한 적도 없었다. 오히려 몇 주간 만나 대화를 나눈 후로는 자기집 저녁식사에 초대해 나를 왕족처럼 대접했지.

무슬림과 수십 차례 만나 친교를 유지하는 것은 그 자체로 경이로운 문화적 체험이었단다. 그런 나에게 사우디아라비아 왕국은 '보너스'를 선사했지. 매주 OPM-SANG의 대규모 영상도서관에서 새로 나온 비디오를 빌려 아메드에게 보여주었단다. 한 번은 〈롭 로이Rob Roy〉라는 영화를 빌려왔는데 악명 높은 무타와가 다가오는 게 아니겠니. 덥수룩한 턱수염에 기다란 흰색 전통 의상을 입고 흰색 터번을 쓴 모습은 서구적인 차림새의 보통 리야드 사람들 사이에서 두드러져 보이더구나. 무타와를 그렇게 가까이서 본 게 그때가 처음이었어. 그가 내 손에 든 비디오를 보여달라고 요구하며 물었단다.

"롭 로이가 뭡니까?"

"영화 제목입니다."

그는 그 정도 대답에 만족하지 못한 것 같더구나. 그때 아메드가 불쑥 나타나 통역을 해주었어. 무타와는 그 비디오가 포르노인지 알고 싶었던 거야. 그 나라에서 포르노는 불법이었거든. 무타와가 자기랑 함께 가자고 하더구나. 나는 이 영화가 포르노가 아니었기에 '구인'당하는 것이 전혀 두렵지 않았어. 지금 생각하면 불안해했어야 했던 건데 말이야. 아메드는 불안했는지 내 곁을 떠나지 않겠다고 하더구나.

무타와가 내 팔을 잡더니 싹둑광장을 가로질러 경찰서처럼 보이는 곳으로 데려갔단다. 작은 방에 들어가 앉아 있으라고 하더니 몇 분 후 옷을 잘 차려입은 심문관이 들어와 날 마치 마약 거래자처럼 취급하더구나. 나는 군 신분증을 보여주며 미군 장교라고 밝히고, 전략적으로 사우디아라비아 황태자 직속의 군대와 함께 일한다고 말했단다. 그래도 심문관은 별 감흥이 없어 보였어. 30분을 혼자 앉아 있었더니 이 사우디의 콜롬보 형사가 변함없이 심각한 태도로 돌아오더구나. 영화에서 알몸 장면을 발견했기 때문에 포르노라는 말이었어. 그들은 나를 풀어주기로 했지만 대신 엄중한 경고를 덧붙였어.

"더는 다른 어떤 종류라도 미국 영화는 안 됩니다."

나는 그때 내 신앙과 일반적인 삶의 실천에 대해 얼마나 어처구니없을 정도로 무지했던가를 철저히 깨달았다. 나는 세계의 지배적인 종교들에 대해 아는 게 전혀 없었고 뭔가를 옹호할 수 있는 영적 철학을 갖고 있지도 않았어. 이런 깨달음은 함축적인 의미와 이해관계에 있어서 개인적인 차원을 뛰어넘었단다. 장교로서도 종교와 문화에 대한 지식과 이해가 내 직업에 얼마나 중요한 영향을 미치는지 알게 되었어. 무엇보다 자신도 남도 기꺼이 폭파시키는 무수한 이슬람 광신도들을 보며 이 문제를 더 자세히 살펴보게 되었단다.

유대교와 기독교, 이슬람교 학자들 사이의 학문적인 논쟁을 지켜보기 시작했고, 전직 가톨릭 수녀였던 카렌 암스트롱Karen Armstrong의 《신의 역사A History of God》도를 찾아 읽었다. 12년간 공식적으로 가톨릭 교육을 받았으면서 그토록 생생하고 지성을 자극하는 논쟁을 처음 접하게 된 사실이 당혹스러울 정도였지. 그 12년은 그저 입문의 기간이었음을 깨달았어. 존중의 마음을 잃지 않고 마음의 문을 연 종교 논쟁은 내세로 가는 길의 독점적 권리에 대한 훈계로 시작하지 않는다는 것을 배웠단다.

무엇보다 중요하게는 무슬림이(그리고 다른 신앙의 추종자들도) 그동안 믿었던 대로 외계인이 아니라는 것을 알게 되었지. 기독교 극단주의자들이 내 종교의 대표자들이 아니듯이 이슬람 극단주의자들도 그 종교의 대표자들이 아니었다. 대다수 무슬림은 내가 아는 보통 기독교인만큼이나 진실하고 미완의 상태로 평화와 사랑, 불멸의 소망이라는 일반적 가치관을 갖고 있었다. 실제로 다른 종교의 추종자들도 종교적 경전이 의미하는 바에 대해 폭력적인 내적 갈등을 겪어왔거나 혹은 지금도 겪고 있단다. 이 투쟁은 끝이 없는 거야.

더 중요하게는, 우리 모두 부동산 시장은 몰락하고 있지만 정보와 교역은 폭발적으로 성장하는, 또 이데올로기 투쟁에 거리나 공간의 차이가 동원될 수 없는 이 세계의 부분으로 살고 있다는 사실을 깨닫기 시작했단다. 대량 멸종이나 집단 학살 말고 평화적으로 공존하는 법을 찾아야 한다는 거지. 다른 사람이 다른 종교를 실천하는 이유를 알고 싶다고 굳이 다른 종교를 실천해볼 필요는 없었단다. 그러자 누가 천국에 가고 누가 지옥에 갈 것인가를 둘러싼 대화보다 더 깊이 있는 논의를 해보고 우리 모두 공동으로 지닌 미덕에 집중하는 게 더 현명하다는 생각이 들더구나.

사우디아라비아를 떠날 때 아메드와 나누었던 대화와 처신에 대해 자부심이 차오르더구나. 희망도 부풀어 올랐어. 신앙의 실천에 대해 우리 두 사람이 그만큼이나 존중에 기초한 대화를 나눌 수 있었다면 다른 사람과는 왜 안 되겠는가? 그 후 몇 년 동안 나는 신이란 무엇인가 혹은 신이 아닌 것은 무엇인가에 대해 장중한 결론을 내리지 못했단다. 질문이 있었고 질문을 던지기도 했지만 몹시 조심스러웠지. 이미 구축한 경계를 넘어서 그런 주제에 관해 논쟁을 벌이고자 하고 혹은 벌일 수 있는 사람은 거의 없더구나. 신이나 종교에 관한 어려운 질문이 두렵거나 혹은 관심이 없었던 거지.

내가 보기에 '신앙의 신비'라는 깃발은 너무 일찍 논외로 내던져진 것 같았는데 틀림없이 두려움 때문이었어. 나는 어려운 질문을 던지지도 않고 선입견 없이 사려 깊은 토론에 참여하지도 않으면서 모든 게 확고하게 정리되었다고 믿는 사람들에게 도전하기 시작했단다. 그러나 대부분은 나 자신을 계발하고 스스로 도전하기 위해서였다.

유순함이라는
진정한 힘

열린 마음의 지혜에 담긴 겸손, 진실한 힘 속에 담긴 관대함을 나는 본거지로 돌아와 바로 내 옆에서, 가장 그렇게 보이지 않는 사람에게서 발견하면서 종교가 가진 미덕을 다시 한 번 확인하게 됐단다. 1997년 앨라배마 포트 매클렐런에서 부대 주임상사 짐 배렛Jim Barrett을 만나 함께 일했다. 그는 사병 가운데 가장 높고 존경받는 지위에 있었고, 반대로 나는 장교 가운데 가장 낮고 존경받지 못하는 지위에 있었단다.

짐은 술과 마약, 범죄, 가정불화로 얼룩진 힘겨운 어린 시절을 보냈어. 다섯 살 때 부모님이 이혼했고 열두 살 때 마흔한 살이던 아버지가 과한 음주로 세상을 떠났단다. 어머니는 재혼했다가 그가 열여섯 살 때 다시 이혼했어. 짐은 고등학교를 중퇴하고 결국 말썽을 피우는 부랑아가 되었단다. 지금 부인이 된 당시 여자친구 폴라가 없었다면, 그는 아마 강도질에 가담했다가 친구들과 함께 구속되었을지도 몰라.

학교를 그만두고 1년 후 더는 갈 데가 없다는 것을 깨달은 짐은 모병관을 만나게 된다. 그러나 군대는 고등학교 중퇴자를 받아주지 않았단다. 새로운 목적의식과 목표로 무장한 짐은 낡은 생활태도와 옛 친구들을 떨쳐내고 학교로 돌아가 열심히 공부했고 결국 원래 동기들과 함께 졸업할 수 있었어.

짐은 주먹깨나 쓰는 덩치처럼 보였지만 내가 아는 한 가장 능력 있는 군인이었단다. 그는 정공법의 사나이였어. 그렇다고 '네가 하는 일은 항상 옳아야 해, 알겠나?' 뭐, 이렇게 우격다짐하는 식은 아니었지. 어떤 일을 바로잡으려고 최선을 다해 노력하는 것은 절대 악덕이 될 수 없다는 사실을 내게 처음 가르쳐준 스승님이셨지. 게으르거나 무책임하고 그럴 만한 능력이 없는 자들에게는 그럴 능력이 없어 괴로운 일일 테지만 말이야. 그의 정신적 동기를 학문적으로 분석이나 해보려는 이에게는 생이란 게 고통으로 점철된 것일 수도 있겠지. 그렇다면 나는? 오히려 나는 학생이 스승을 대하듯 그에게 매달렸단다. 그리고 그는 나도 모르는 사이에 많은 것을 보답해주었지. 크레이머 부부의 침실 창문을 넘어간 일로 문책을 당하고 몇 년이 지나서야 짐이 나를 가장 강력하게 변호해주었다는 사실을 알았단다.

"뒷짐 지고 물러나 상황이 악화되는 걸 그저 바라보고 있지 않은 게 칭찬받을 행동이죠. 소위님은 문제를 발견하고 어떤 식으로든 조처를 한 거예요. 앞으로는 창문을 넘어 들어가지는 마세요. 그러다 방망이로 얻어 맞을 수도 있어요."

우리는 그의 두 아들 지미, 제프리와 함께 프로레슬링 경기를 보거나 사병들을 보살피는 방법에 대해 상담을 했다. 몇 년간 지켜본 바로는 그가 아들들을 훈육할 때나 부하들을 가르칠 때 허물없이 친밀해져도 아버지로서나 지휘관으로서 전혀 약해지지도 비효율적이 되지도 않는다는 것을 알 수 있었다. 그는 또 직업상 리더십의 미묘한 차이를 알아볼 수 있게 도와주기도 했단다. 그는 하사관 고유의 업무에 대해 이렇게 말했다.

"나는 '부사관의 일'이라는 게 따로 있다고 생각하지 않아요. 부사관들이 집중적으로 하는 일이 있고 장교들이 집중해서 하는 일이 있을 뿐이죠. 모든 관계는 조화 정도에 따라 달라져요. 만약 어떤 장교가 보통 부사관이 하는 일을 한다면 그건 부사관으로서 내가 내 일을 제대로 하지 않는다는 뜻이니까 그 문제로 그 장교에게 화를 내서는 안 돼요."

짐이 앨라배마를 떠나면서 우리는 4년 동안 얼굴을 보지 못했다. 그가 독일에 있는 동안 이메일과 전화로 소식을 주고받았어. 그사이 그는 헌병대에서 가장 높은 지위(연대 주임상사)에 올랐고 우리는 다시 포트 레너드우드에서 만나게 되었단다. 우리의 관계는 이전과 달라지지 않았다. 그전처럼 밤이면 뒷마당에 서서 서너 시간이나 리더십에 대해 혹은 뉴저지에서의 화려했던 어린 시절에 대해 이야기를 나누었어.

그는 뭔가를 틀리거나 비웃음을 받는 것도 전혀 두려워하지 않았단다. 전화선과 모뎀을 연결해 인터넷에 접속하던 시절, 한번은 그가 자기 집에 와서 인터넷 연결을 도와달라고 부탁하더구나. 내가 그의 집에 가서 전화선을 붙잡고 물었다.

"전화선 꽂는 데가 어디죠?"

"전화선 꽂는 데가 왜 필요한데요?"

그가 일부러 무뚝뚝하게 묻더구나. 우린 함께 웃었다.

"그럼 인터넷이 저 혼자 벽을 뛰어넘어서 여기 컴퓨터로 들어온다고 생각했어요?"

내 말에 그는 한바탕 웃음을 터뜨렸고 지금도 그때 이야기를 하며 웃는단다. 그는 조언을 구할 때도 두려움이나 부끄러움을 느끼지 않았다. 내가 워싱턴 D.C.로 파견을 나가기 직전, 짐이 찾아와 자기 집을 파는 문제로 의견을 구하더구나. 내가 부동산 중개업자 없이 버지니아의 집을 팔았다는 걸 알고 있었던 거지. 그는 그 집을 10년 전 13만 달러에 샀다고 했다. 7년 동안 세를 놓았는데 그동안 성실했던 세입자에 대한 보답 차원으로 중개료나 협상 같은 귀찮은 절차를 피하고 보증금 11만 달러에 집을 세입자에게 넘기려 한다는 말이었어. 나는 짐을 말렸단다.

"이렇게 생각해보세요. 그 집은 13만 달러의 가치가 있어요. 어쩌면 그 이상일 수도 있고요. 그러니까 세입자에게 집을 사고 싶으면 2만 달러를 더 내라고 하세요."

무엇보다 그는 현재 집의 시세를 알아보고 자신이 얼마나 너그러운지를 깨달아야 했다. 이 일로 나는 그의 인간적인 면모를 훨씬 더 많이 알게 되었단다. 그의 어머니는 홀몸으로 한 번에 세 가지 일을 해서 그와 동생을 키웠다. 게다가 당시 그와 아내 폴라는 그닥 벌이가 좋지 않았단다. 나는 집에 가서 크리스틴에게 믿기 어려운 짐의 이 이야기를 들려주었단다. 그리고 나도 더 좋은 사람이 되고 싶다는 생각이 들었어.

일주일 후 짐이 다시 나를 찾아왔단다.

"세상에, 믿을 수가 없어요. 우리 집 시세가 18만 달러나 된대요!"

나는 껄껄 웃으며 처음 생각대로 했으면 세입자에게 7만 달러라는 거금을 선물로 주는 셈이 되었을 거라고 일깨워주었다. 그런데도 그는 15만 달러라는 '착한' 가격표를 붙였단다. 3만 달러나 깎아준 거지. 더 놀라운 일은 세입자가 그의 제안을 거절했다는 거야.

"주임상사님, 그 바보들이 그렇게 나온다면 같은 조건으로 제게 그 집을 파세요. 행여 집에 문제가 있다 해도 이 정도로 관대한 조건은 난생처음 들어봅니다."

우리는 그 집을 보지도 않고 샀단다. 그리고 순전히 우리 돈으로 그 집의 수리비를 댔어.

4년 후 다시 이사할 때가 왔을 때는 부동산 시장이 폭락을 겪고 있었단다. 우리가 집을 직접 팔려 한다는 것을 알고 부동산 중개업자가 대놓고 비웃더구나.

"요즘 같은 때 어떻게 집을 직접 팔아요?"

그러나 우리는 2주도 안 되어서 그 집을 팔았단다. 어떻게 했을까? 짐과 폴라의 본보기를 따라 시세보다 2만 달러 낮게 가격표를 붙였지. 결국 부동산 중개 수수료를 벌었고 그 돈을 미리 지급한 셈이야(그 후 중개업자를 기어코 찾아가 비웃음을 되갚아주었단다). 이 요란하고 저속한 뉴저지 사내가 내게 가르쳐준 것들이야. 그 과정에서 그는 마음을 여는 태도에 대해서 또 하나의 교훈을 가르쳐주었단다.

✼

2003년, 나는 정치에서 겸손이 얼마나 중요한 덕목인지 처음
으로 이해하게 되었다. 군은 1년간 순전히 정책 결정과 정치학
공부만 하라고 나를 조지타운대학교에 보내주었어. 물론 군인도
정치적 견해를 표현할 수 있고 심지어 어떤 후보를 지지해 선거
운동도 할 수 있지만, 군복을 입는 동안은 그럴 수가 없단다. 그
런데 그게 생각처럼 쉽지가 않아. 차라리 완전한 무당파가 되는
편이 훨씬 낫단다.

그러나 장교는 무당파일지라도 정치적으로 아는 게 많아야 했
어. 그 부분에 있어 나는 많이 부족했지. 그때 워싱턴 D.C.와 조
지타운대학에서 보낸 시간들은 사우디아라비아에서처럼 나의 정
치적 지각에 큰 도움을 주었단다. 정책에 대해 가장 먼저 배운 것
은, 이상적인 해결책이란 절대로 존재하지 않는다는 사실이야.
수많은 사람으로 구성된 한 국가의 정책을 결정하는 방법은 가장
효율적인 의견을 찾는 게 아니라 가장 반대가 적은 의견을 찾는
거라는 걸 말이야.

결국 최적이라기보다 실행 가능한 정책, 완벽하기보다 좀 더 만
족스러운 정책, 바람직하다기보다는 더 참을 만한 정책, 이상적
이라기보다 실천적인 정책을 마련하게 되지. 누구도 원하는 것을

정확히 얻을 수는 없단다. 언제나 그랬고 또 앞으로도 그럴 거야.

1년간의 공부를 통해 나는 가까운 곳에서 개인적인 거래가 이루어지는 것을 보았다. 심지어 가장 참신한 정치인들도 어떤 목표를 이루려면 투표를 '거래'해야 한다는 필요성을 아는 것 같더구나. 그런 타협이 필수일지는 몰라도 미덕은 아니라는 생각이 들었다. 서른세 살이나 된 어른에게 이런 현실이 충격적으로 다가와서는 안 되겠지만, 실제로는 큰 충격이었단다. 그 후로는 정치에 대해 확신을 품고 내 목소리를 찾는 게 훨씬 더 쉬워졌다.

몇 년 동안 전혀 상반된 정치철학을 지닌 데이비드 브룩스 David Brooks와 이제이 디온 E. J. Dionne 같은 학자들의 논쟁을 따르며 나름대로 학문적인 정치 논쟁을 즐겼단다. 그들의 토론은 타협점을 찾아내면서 동시에 자기 확신을 지키는 게 무엇인지에 대한 좋은 본보기가 되어주었다. 또 말로 다이너마이트에 맞먹는 언어적·지적 폭탄을 싣고 다니는 박식한 사람들을 무시하는 법도 배웠단다.

물론 정치에 관해 다른 것들도 배웠지만, 정책과 법은 언제나 이상에 미치지 못한다는 사실을 받아들이면서부터 정치적 혼란을 자세히 살펴보는 게 더 쉬워졌다. 정치와 결혼은 크게 다르지 않다는 걸 깨달았어. 결혼생활이든 정치든 원만하게 헤쳐나가려면 자기 목소리를 낮추고 전투지를 세심하게 고르고 모욕이나 절대적인 선언은 피하며 때로는 다정한 거짓말을 할 줄 알아야 하며 무엇보다 타협하고, 타협하고 또 타협해야 한단다. 이혼과 같이 영구적인 싸움과 활동 정지 상태는 해결책을 원하는 다양한 인구를 위해서는 있어서는 안 되는 결과란다.

모호성과 극적 사연이 많은 임무

2005년 3월, 당시 중장이었던 퍼트레이어스 장군이 합동참모본부에서 육군 소령 하나를 물색 중이라는 소문이 정보망을 타고 퍼져갔다. 당시 이라크 정부는 군 최고지휘관이자 최고위급 장교를 선발했다. 그는 바바커 제바리 장군이었고 퍼트레이어스는 그를 도울 미군 군사 보좌관을 찾고 있었다. 그런 임무에 자원하지 않는 것도 하나의 선택이겠지만, 내가 아는 어떤 사람도 그렇게 생각하지 않았다. 우리 인사 및 수행 보고서가 이라크에 있는 퍼트레이어스 본부로 보내졌고 우리는 기다렸다. 그리고 한 달 후 상관이 나를 사무실로 부르더니 퍼트레이어스가 보낸 이메일을 보여주더구나.

마크는 모호하고 극적인 특징을 지닌, 순탄치 않은 임무와 엄청나게 이점이 많은 일을 맡게 될 것이며, 큰 공을 세울 기회도 생길걸세. 도착하지미지 나를 찾아오라고 전하게.

몹시 흥분되는 일이었지만 당장은 나와 가족에게 미칠 세세한 영향력부터 생각해야 했단다. 언제 떠날 것인가? 가서 무슨 일을 하게 될 것인가? 어디에서 일하게 될 것인가? 일주일 후 공식 통보가 왔고 그때도 자세한 이야기는 거의 없었다. 마침내 이라크에 가 퍼트레이어스를 만났을 때 '모호하고 극적인 특징을 지닌' 임무라고 했던 그의 말이 사실 꽤 줄여 말한 것임을 알게 되었단다. 5분도 안 되어 퍼트레이어스는 내 임무가 어떻게 굴러갈지 자신도 정확히 모른다고 인정하더구나. 자신이 어떤 일을 원하는지는 알았지만, 한 번도 실행된 적은 없었다. 그는 아주 기본적인 안내만 해주었고 바바커와의 개인적 관계는 내게 맡긴다고 하더구나.

내 일은 바바커에게 펜타곤의 합동참모본부가 어떻게 조직되고 운영되는지 정보를 제공하고 다국적군과 퍼트레이어스와의 24시간 연락망을 구축하며, 이동의 조정을 거들고(대부분의 이동이 다국적군에 의해 이루어지므로), 또 부관(개인비서나 마찬가지)으로서 복무하는 것이었단다. 다국적군 소속 바바커가 그 정도로 실무적인 도움이 필요하다는 게 처음엔 의아했지만 곧 그가 다국적군 검문소와 착륙지대, 활주로를 출입하는 데 상당한 어려움을 겪고 있다는 사실을 알게 되었단다. 그런 일들이 원활하게 이루어질 수 있도록 '기름칠'을 하는 게 바로 내 일이었던 거야.

그만큼 나는 하루 대부분을 바바커와 그 참모들이 생활하는 곳에서 함께 보내야 했단다. 그들이 하는 일을 모두 보고 듣게 된다는 뜻이었지. 이런 설명을 듣고 몰랐던 것들이 서서히 윤곽을 드러내자 흥분이 찾아왔지만 동시에 불안감도 엄습해오더구나. 실패할 기회는 거의 무한했고 실패를 막을 통제력은 아예 주어지지 않았다. 공동의 문화, 공동의 조직적 가치관, 공동의 언어도 경험도 훈련도 없었단다. 세상이 어떻게 변해가는가에 관해서도 거의 의견이 일치되지 않았어. 오른쪽에도 왼쪽에도 내 옆에는 미군이 단 한 명도 없었단다.

이전의 군 경험은 어떤 도움도 주지 못했다. 심지어 사우디아라비아에 파견을 갔던 경험도 이곳에서는 도움이 되지 않았어. 필요한 기술을 습득할 유일한 방법이라면 일단 부딪쳐보고 적응하는 것이었단다. 내가 자신에 대해 가장 높이 쳐주는 장점이 하나 있다면 세계 문명과 군사 역사에 관한 깊은 지식과 호기심이란다. 이라크군 동료들과 친밀감을 유지하려는 노력은 그들의 신뢰를 쌓아주었지만 상반된 효과가 나타나기 시작했단다. 다국적군의 작전에 관해 미군 동료들을 설득하려고 하면 그들은 야유를 보냈어.

"원주민이 되려고 하지 마, 이 친구야. 자네 머릿속에서 그들을 몰아내라고."

다국적군의 기술과 계획을 이라크군에게 이해시키는 게 내 일이지 그 반대가 아니었던 거야. 이라크 측도 똑같이 짜증을 냈단다.

"우리가 왜 그렇게 할 수 없는지 다국적군을 이해시키란 말입니다."

전투에 따르는 어쩔 수 없는 실패와 죽음을 목격할 때면, 이라크군 동료들은 자신의 좌절감을 가장 가까운 미군에게 털어놓곤 했단다. 새삼스럽지만 내가 보고 들은 것 중 가장 의미심장한 것은 바로 바바커 장군을 통해서였어. 미국에서 온 의원들이나 수십 개국에서 온 다른 최고지휘관들과 회의를 할 때나, 그의 가족이나 동료 지휘관들을 만나러 다른 나라로 가야 할 때나, 바그다드 보안 계획이나 이라크 내 미국의 개입에 관한 그의 생각을 말하거나 토론을 벌일 때나, 그냥 거실에서 차를 마시며 〈오프라 윈프리쇼〉를 시청하고 사는 이야기를 할 때나, 우리 사이의 상호작용에는 한계가 없는 것처럼 보였단다.

그 1년 동안 나는 어느 때보다 세계의 많은 면을 목격했고, 인간의 역동성에 대해 많은 것을 배웠다. 그 당시의 경험은 '바바커와의 모험' 혹은 '이라크로의 전투 여행'이라고 정확히 묘사할 수 있을 거야. 어떤 경험은 당시 쓴 일기나 편지에 더 잘 표현되어 있단다. 바바커 장군을 만난 날 나는 다음과 같은 일기를 썼다.

이라크 국방부에 있는 바바커의 사무실에 마주 앉아 서로를 소개했다. 바바커는 키가 작다. 쿠르드족 수니파다. 대다수 쿠르드족은 윤리보다 종교를 우선한다. 미국과 달리 이라크에서는 직책 앞에 성이 아닌 이름을 붙이기 때문에 그를 '바바커 장군'이라고 부른다.

우리는 소파에 마주 앉았다. 그러나 대화는 다소 어색하게 흘러갔다. 나로선 통역을 통한 최초의 대화였다. 게다가 바바커의 아들, 스무 살이나 됨 직한 아르젱이 바로 맞은편 사무용 의자에 앉아서 동물원의 희귀동물 보듯 나를 뚫어져라 바라보고 있었다. 그래도 상관없었다. 어쩌면 아르젱이 보기에 내가 자기 아버지를 그런 눈으로 쳐다보고 있을지도 모르니까.

억지로 맞선 자리에 나온 사람들처럼 예의를 차린 가벼운 대화를 더듬더듬 나누는 동안 좋은 인상을 심어주어야 한다는 부담감이 온몸을 짓눌렀다. 이런저런 대화 주제를 찾아가다가 바바커의 참모총장 자말이 내가 펜타곤에서 미군 최고지휘관(마이어스 장군)을 위해 일했다는 이야기를 끄집어냈다. 다소 과장된 말이었을 뿐만 아니라 분위기도 훨씬 더 어색해지고 말았다. 나는 우리 둘 다 잘 아는 주제로 바꾸자고 제안했다. 바로 가족 이야기였다.

"저는 세 아들의 아버지고, 그중에는 쌍둥이도 있습니다." 나는 지갑에서 크리스틴과 너희의 사진을 꺼내며 말했다. "저도 쌍둥이입니다." 그는 정말로 깊은 인상을 받은 것 같았다. "신이 자네에게 미소를 짓는군." 그가 대답했다. 그는 자식이 모두 9명이고 쿠르드족은 원래 대가족을 좋아한다고 말했다. 내가 흥분해서 어머니 남매가 모두 15명이나 된다고 거들었더니, 그는 더욱 깊은 인상을 받은 얼굴을 했다.

바바커의 마른 체구를 염두에 두고 자식이 많은 아버지들이 왜 그렇게 건강한지에 대한 할아버지의 이론을 설명해주겠다고 했다. "어서 말해보게." 바바커가 고개를 끄덕이며 말했다. "뚱뚱한 수탉을 본 적이 있습니까?" 그가 잠시 멈추더니 이내 웃음을 터뜨렸다. 암탉과의 교미가 하는 일의 전부인 수탉 이야기가 우리 사이의 어색함을 깨고 문화적 경계선 사이에 다리를 놓아주었다.

바바커는 나에 관해 좋은 이야기를 많이 들었으며 내 도움이 절실하다고 말했다. 내 전임자가 떠난 지 한 달이 넘었기 때문에 이미 바바커는 많은 부분에서 어려움을 겪고 있었다. 대화에 적당한 친밀감이 깃들었다는 생각이 들자 나는 그만 일하러 가보겠다고 말했다. "아니야. 같이 점심식사를 해야지." 그가 말했다. 나는 예의를 갖추고 사양했지만, 그는 계속 같이 점심을 먹어야 한다고 고집하며 곧장 운전기사를 불렀다.

바바커의 집으로 가는 도중에 비로소 우리 사이에 통역이 없다는 것을 깨달았다. 그를 처음 만난 그날, 나는 언어교육을 위해 내 9밀리미터 구경 권총과 두 달치 월급을 바치고 싶어졌다. 아르젱이 영어를 쓰지 않으려고 했지만 실제로 꽤 잘한다는 사실을 알게 되면서 그가 갑자기 하늘이 보내준 사람처럼 보였다. 바바커와 나는 각자 어떤 과정을 겪으며 이 자리까지 왔는지 이야기를 나누었다. 그는 내가 사병 출신 장교라는 사실을 마음에 들어 했고 개인적으로 사병들을 찾아가 함께 이야기를 나누고 악수를 하고 입을 맞추는 게 중요하다고 말했다. 입을 맞춘다는 대목에서 내심 놀랐지만, 나중에 그게 얼마나 중요한지 배웠다. 중동과 세계 다른 지역에서는 뺨에 입을 맞추는 게 우정과 가족의 표시였다.

그는 자기 집에 도착해 내게 군화를 신고 있으라고 했지만 나는 다른 사람들처럼 군화를 벗었다(우리 집도 그러니까). 바바커는 나갔다가 잠시 후 쿠르드족 민병대 페시메르가의 제복인 전통의상으로 갈아입고 돌아왔다. 내 눈에는 그냥 공식 잠옷처럼 보였다.

점심이 나오자 바바커는 재빨리 먹고 티끌 하나 묻지 않은 말끔한 접시를 내놓으며 "자네는 천천히 먹는군"이라고 말했다. "열다섯 남매를 두었던 제 할아버지도 저더러 새가 모이 먹듯 한다고 나무라셨죠." 내 대답에 그는 또 한 번 호탕한 웃음을 터뜨렸다.

내가 처음으로 검토한 사항은 70명의 군인으로 구성된 바바커의 개인 경호대였단다. 경호대의 대장인 알리 유세프Ali Yousef를 만났는데, 그는 허풍 떠는 것을 좋아했어. 제임스 본드 영화라면 빠짐없이 모았는데 그게 유일한 훈련이 아닐까 하는 생각이 들더구나. 알리는 요란하면서도 마음은 넓은 부처의 모형처럼 보였다. 내가 이라크에서 처음 배운 쿠르드어도 그에게 들은 "아즈 베르시마(나 배고파요)"였단다. 그가 할 수 있는 유일한 영어는 "문제없어요"였는데 이따금 나는 "아니에요, 알리. 문제 많아요"라고 답하며 그를 놀리곤 했다.

그런데 보안위기 상황에서는 단어 몇 개만으로는 충분하지 않다는 걸 깨달았어. 의사소통을 위해 웃음과 투덜거림 외에 더 많은 게 필요했단다. 바바커를 처음 만난 그 주에 쿠르드어를 배워야겠다고 결심했다. 아랍어를 배울 수도 있었지만, 일단 바바커의 모국어는 쿠르드어였고 주변에도 언제든지 쿠르드어를 가르쳐줄 준비가 된 가족과 친구가 많았어.

석 달 안에 그들은 내가 비교적 능숙하게 대화를 이끌어갈 정도가 되었다고 말해주었지만 나는 걱정스럽기만 했단다. 바바커의 보좌관이 된 지 석 달 정도가 지난 뒤, 불편보다 안도감이 점점 커지고 있음을 보여주는 이메일을 집으로 보냈다.

크리스틴에게

이번 주 '설사'로 고생했던 것에 대해 누구는 독감이 유행이라고 생각할지도 몰라. 하지만 틀림없이 이라크 음식이 문제야. 어쨌든 내 소화계통이 대혼란을 겪고 있어. 내 사정을 듣고 바바커와 그 일당은 내가 엄청난 낭비를 한다며 법석을 떨고 놀리며 한바탕 즐거워했어(나도 같이 웃었어). 장 문제는 이라크에서도 꽤 일반적인 모양이야. 이라크 화장실에는 휴지가 없기 때문에 나는 무기와 탄약을 갖고 다니는 것처럼 휴지도 '장착'하고 다니는 법을 터득했지.

음식 이야기가 나와서 말인데, 며칠 전 이라크군 제6사단과 점심을 먹었어. 도착해보니 벌써 식탁에 아몬드와 병아리콩과 건포도 같은 것을 뿌린 거대한 쌀밥 더미가 차려져 있더라고. 그 속에는 큼직한 양고기 토막이(뼈가 그대로 붙은 채로) 박혀 있었어. 순간 건포도처럼 보였던 게 건포도가 아니라는 걸 알았어. 식사를 준비하는 동안 '포획'되었을 파리 시체가 분명했지.

파리만 빼면 그 음식은 실제로 끝내주게 맛있어 보였고 냄새도 근사했어. 그런데 안타깝게도 내 표정은 그게 아니었나 봐. 내 옆에 앉은 이라크인이 "친구, 무슨 일입니까? 왜 안 먹어요?"라고 물었어. "이 음식에는 파리가 충분하지 않네요"라고 답하자 그는 "파리는 몸에 좋아요"라고 말했지. "파리를 먹어서 자주 아프면 면역체계가 더 강해진다는 말이죠?" 나도 웃으면서 대답했지. "암요, 암요. 어서 먹어요. 어서요." 그는 자기 접시에서 고개를 들지도 않고 말했어. "그냥 집어서 먹으면 돼요." 그는 파리가 버섯이나 다름없다는 듯 말했어.

내게는 역겨워도 그들에게는 그게 삶이었어. 게다가 그들이 독을 먹으라고 권한 건 아니잖아? 나는 숟가락을 들고 음식을 푸기 시작했어(물론 파리를 조심하면서). 나쁘지 않았어. 아니, 솔직히 맛있었어. 그래도 파리는 파리잖아. 나중에 보기만 해도 군침이 도는 바클라바(견과와 꿀을 넣어 파이처럼 만든 중동 음식)와 따뜻한 펩시콜라를 먹었어. 음, 49℃ 날씨에는 따뜻한 콜라처럼 맛난 것도 없을 거야.

더위 이야기를 해볼까? 차라리 영하 70℃가 낫겠다고 생각할

정도면 얼마나 뜨거운지 알겠지? 올여름은 확실히 49℃ 이상
으로 올라갈 거야. 그 정도면 실제로 숨 쉬기가 어려워지지. 숨
을 들이마실 때마다 너무 추워 폐가 얼어붙는 것 같았던 미네소
타의 추위를 떠올려. 하지만 그때는 적어도 숨은 쉴 수 있었잖
아?이곳의 열기는 정말로 숨을 막아버려. 바보같이 들리겠지만
스폰지밥과 뚱이가(우리 애들이 매일 보는 만화 말이야) 태양 램
프 아래서 말라 붙어갈 때 어떤 느낌이었는지 알 것 같아.

아빠가 익숙해진 건 단지 신체적인 편안함만은 아니었단다. 크
리스틴에게 보낸 또 다른 편지에서 말했듯이 도덕적인 편안함에
도 익숙해져갔어.

사우디아라비아로 파견을 나갔을 때처럼 미국인으로서 내가
가진 개인적인 편견을 극복하는 게 참 어려워. 당신은 내가 얼
마나 책을 많이 읽고 얼마나 늘 깨어 있으려고 노력하는지 알
지? 그런데 여기서 내가 할 수 있는 게 아무것도 없다는 걸 깨
달았어. 자꾸만 서로를 이해하려는 어떠한 노력도 하지 않는
양쪽 군인들 사이에 끼어 있는 내 모습이 떠올라.
　매일 나는 여러 가지 사소한 방식으로 두 세계 사이의 노골
적인 차이를 만나게 돼. 아침이면 대사관으로 식사하러 가는
데, 그때마다 왕궁의 만찬장이 떠올라. 물론 우리 군에서 식사
서비스에 대해 외주계약을 했을 때는 그만큼 엄격한 기준으로

청결과 기준에 따른 음식 준비를 요구했겠지. 하지만 그래도 모든 게 눈에 띄는 걸. 이곳에서는 매일 엄청난 양의 음식물이 버려지고 있는데 바로 옆에서는 심각하게 굶주리는 사람이 있다는 사실을 생각하면 괴이할 정도야.

굶주림은 우리 문제가 아니라고 해도 생각하면 마음이 괴로워. 식사를 마치고 주차장에 나가면 수십 대의 새로 뽑은 차들이 완전무장한 채로 즐비하게 서 있어. 가는 길에 PX를 지나가는데, 이곳에서 공짜 음식으로 배를 채울 게 아니라면 버거킹이나 피자인에서 달러를 펑펑 쓰면서 포식할 수도 있어. 나는 보통 〈스타스 앤드 스트라이프스Stars and Stripes〉 신문을 집어들고 1면에 마이클 잭슨 기사가 실리면 '특히' 좋아하지.

몇 분도 안 되어 내가 '황무지'라고 부르는 곳으로 이동하면 상황은 180도 달라져. 이라크 사람들은 같은 컵으로 다 같이 물을 마시고 그것도 수돗물을 먹고 (안전하지 않아) 화장실에서 대변을 볼 때도 휴지를 사용하지 않아. 간신히 달리는 낡은 자동차를 타고 매일 오후 안전지대를 떠나고 매일 아침 출근길에 이른바 '암살자의 문(이라크 다국적군 사령부 정문의 별칭 — 역자 주)'을 대수롭지 않게 지나가지.

이라크인들은 이러한 차이를 별 불만 없이 받아들이는 것 같아. 우리가 가진 것을 맛보기 전까지는 말이야. 그들은 누가 누구보다 더 낫다는 것을 굳이 말로 설득할 필요가 없어. 스포츠나 오락, 사업, 현대의학, 상품, 이런 건 생각하지도 않아. 그들은 아주 기본적인 것들을 원할 뿐이야. 얼마나 기본적인 것을 말하느냐고? 내 마음을 흔들어놓았던 일화를 하나 들려줄게.

이라크군 장교 자말 대령이 지난주 나를 찾아와 휴가를 달라고 했어. 2주일을 원했는데 바바커 장군을 지키는 평소 임무를 생각하면 휴가기간이 너무 길었지. 게다가 그는 늘 다른 곳에 정신이 팔린 사람처럼 산만해 보였어. 나는 그게 게으름이나 불성실 탓이라고 생각했지. 나야 허술한 변명에 익숙해진 사람이라 분명히 터무니없는 허풍을 떨 거라고 기대하며 이렇게 물었어. "어디를 가시려고요?" 그의 가족을 바그다드 안전지대에 마련한 새집으로 데려오려고 시리아에 가야 한다는 말이었어.

더 들을 필요는 없었는데 그는 계속해서 자기 이야기를 털어놓았어. 그는 평생 이라크군에 있었지만 한 번도 큰 책임을 맡거나 지휘관 역할을 한 적은 없었대. 결혼하고 세 아이를 두었는데 모두 열세 살 미만이었어. 미국 영화를 보면서 영어를 배워서 우리말을 아주 잘해. 2003년 3월 미군이 이라크에 개입했을 당시 그는 바그다드에서 군 복무 중이었는데, 폭격이 시작되었을 때를 정확하게 기억하고 있었어. 전쟁이 끝나고 더 이상 군대가 필요 없게 되자 그도 평범한 일상을 보냈지. 그런데 얼마 후 다국적군에서 '소수정예'를 선발한다는 말을 들었지. 그는 이라크군에서 계급도 낮았고 출신 배경도 평범했고 영어도 구사할 수 있어 쉽게 뽑혔어.

그와 가족은 즉시 죽음의 위협을 받기 시작했지만 무시했어. 그때 이웃집에서 온 가족이 몰살당했어. 자말은 공포에 휩싸였지. 곧바로 짐을 꾸려 누구에게도 말하지 않고 몰래 바그다드를 떠났대. 이라크 북부 도시 모술에 도착한 직후 반군 검문소에서 차량 10여 대가 제지를 당했어. 다들 작은 공터로 끌려가 이중 다국적군에서 일하는 사람이 누구냐고 심문을 받았어. 안타깝게도 어떤 남자가 다국적군 관련 신분증을 갖고 있었대(다행히 자말은 그때 신분증을 갖고 있지 않았어). 반군은 사람들을 향해 다국적군을 위해 일하면 이렇게 될 줄 알라고 경고하면서 그 자리에서 남자의 목을 잘라버렸어.

자말은 불편할 정도로 침착하게 그 이야기를 들려주었어. "남자는 닭처럼 떨었어요. 곧 피가 사방에 흩어졌죠. 우리 아이들이 보는 앞에서요." 그의 눈가가 어느새 촉촉이 젖어 있었어. 그는 곧장 집으로 돌아가 소지품을 꾸려 가족을 시리아로 보냈고 지금도 그곳에서 살고 있었어. "다른 가족은 없어요. 가족이 살아가는 이유예요. 어머니도 아버지도 형제도 삼촌 이모도 없어요. 오직 아내와 아이들뿐이에요." 맙소사, 나에게는 상상조차 힘든 상황이었어.

이렇게 다른 두 세계를 일상적으로 목격하면서 내가 얻은 관점을 당신에게 들려주는 이유를 분명히 밝히고 싶어. '미국도 미국 방식도 타파하라'는 주장에 동조하는 것도 아니고 '그래서 우리는 이라크를 떠나야 한다'는 주장을 펼치는 것도 아니야. 단지 매일 전혀 다른 두 세계를 오가면서 개인적으로 마음이 괴롭다는 이야기를 하고 싶은 거야. 우리의 사업 감각과 물질에 대한 집착뿐만 아니라 스포츠나 오락 같은 것들도 여기서는 이 세상 것이 아닌 것처럼 느껴질 정도야.

그런데 이 두 세계가 하나로 합쳐진 것 같은 순간도 있었단다. 일기에 이런 구절로 적혀 있더구나.

오늘은 미국의 토요일이지만 이라크에서는 '일요일'이다. 이슬람권에서는 금요일이 한 주의 신성한 날이자 주말의 첫날이므로 이들에게는 토요일이 일요일이다.

어젯밤 바바커와 이라크 임시치안사령부MNSTC-I로 파견 온 호주의 크리스 안스티Cris Anstey 준장과 함께 바바커의 집에서 저녁을 먹었다. 꽤 즐거운 시간이었다. 평소처럼 바바커는 나를 옆자리에 앉혔다(일주일에 서너 번은 그의 집에서 저녁이나 늦은 점심을 먹는데, 평소에는 부엌에서 참모들과 함께 먹는다. 그들과 함께 앉아 막후 이야기를 듣는 게 더 좋다).

우리는 모두 둘러앉아 식탁에 차려진 음식을 그 자리에서 퍼다 먹었다. 안스티 준장이 이라크에 온 첫 주였고 바바커와는 비공식적인 첫 만남이었다. 안스티가 식탁을 훑어보더니 진한 호주 억양으로 말했다. "아, 쿠스쿠스couscous로군요! 난 쿠스쿠스가 정말 좋아요." 좌중에 웃음보가 터졌다. 쿠스쿠스는 보리와 고기를 섞은 호주의 음식이다. 아랍인들과 쿠르드인들도 같은 음식을 먹지만 여기서는 쿠스쿠스라고 부르지 않는다. 아랍어나 쿠르드어로 '쿠스쿠스'라는 발음은 여성의 은밀한 부위를 가리키는 말이기 때문이다.

그 주제 때문에 식탁 주변의 어색한 분위기가 깨졌고 어쩔수 없이 화제는 여자 이야기로 넘어갔다. 바바커는 여성에 대한 농담은 중동이든 세계의 다른 지역이든 별 차이가 없다는 말을 하면서 이런 우스갯소리를 들려주었다.

옛날 독일에 한 아랍인이 살았는데 집 안의 작은 탁자 위에 늘 장모의 사진을 놓아두었다. 손님이 그토록 눈에 잘 띄는 곳에 장모 사진을 놓아두는 걸 보면 장모와 사이가 정말 좋은 모양이라고 말했다. 그러자 그 남자는 장모가 지금 고국으로 돌아갔으며 솔직히 자신은 장모를 전혀 좋아하지도 보고 싶지도 않다고 대답했다. 깜짝 놀란 손님이 그런데 왜 저렇게 잘 보이는 곳에 사진을 놔두었느냐고 물었다. 남자는 고향을 사랑하고 몹시 그립지만, 그 사진을 볼 때마다 고향에 돌아가면 어떤 대가를 치러야 하는지 다시 한 번 깨우치기 위해 그런다는 것이었다.

저녁식사를 마치고 다 같이 거실에 앉아 차를 마셨다. 그때 바바커가 TV 채널을 이리저리 돌리다가 〈오프라 윈프리 쇼〉에서 멈추고 리모컨을 내려놓았다. 영어 프로그램이었지만 화면 아래쪽에 아랍어 자막이 지나가고 있었다. 순간 나 자신을 꼬집고 싶었다.

그날 초대손님은 샤니아 트웨인Shania Twain이었다. 그녀는 가난했던 어린 시절 이야기를 들려주면서 돌아가신 어머니와 지금 경험을 나눌 수 있으면 얼마나 좋을까 아쉬운 듯 말했다. 그녀가 눈물을 흘리며 이야기를 하는 동안 바바커는 진심으로 감동한 얼굴이었다. 알고 보니 바바커 집에서는 그 프로그램을 즐겨보고 있었다. 나는 또 한 번 이상하게 돌아가는 것처럼 보이는 이 세상에 대해 겸손해져야겠다고 생각했다. 이라크에서 오프라 쇼를 본다고? 그게 뭐 어때서?

바바커와 함께 이라크 쿠르드족 거주지역으로 두 번째 여행을 갔을 때, 그와 그의 가족이 나를 단순한 미군 장교 이상으로 여긴다는 것을 확실히 느낄 수 있었단다. 그들은 주위 사람들에게 나를 쿠르드계 미국인이라고 소개했고 바바커의 가족은 사흘이나 만찬을 준비했다고 했다. 남자들이 쿠르드족의 식탁(바닥)에 둥 그렇게 둘러앉았다. 바바커가 자기 옆의 바닥을 두드리며 나더러 자기 옆에 와 앉으라고 고개를 끄덕였단다. 그는 나를 자식처럼 대했고 나 역시 정말로 그의 아들이 된 것 같은 기분이 들더구나.

그날 저녁 바바커의 집 거실에는 손님 10여 명이 찾아왔고 나도 그들 사이에 끼어 앉았다. 바바커의 사촌 오토가 쿠르드족 전통의상을(6개월 전 바바커가 갈아입고 온 공식적 잠옷) 선물해주었단다. 내가 그 옷을 입고 나오자 남자들은 모두 열광했어. 다들 똑같은 옷을 입고 있었거든. 남자들과 떨어져 앉은 여자들이 그 모습을 보고 킥킥대더구나.

소파에 자리를 잡고 나서 이런저런 대화를 나누기 시작했어. 하지만 나는 그 옷이 몹시 불편했단다. 그런 걸 입어본 적이 없었거든. 갈아입고 오겠다고 했더니 만장일치로 그냥 있으라고 소리를 지르지 않겠니? 그들은 허락해주지 않았어. 그들에게 나는 쿠르드족이었으니까. 갑자기 바바커가 쿠르드어로 방 안에 모인 사람들에게 중대발표를 했단다.

"이 사람은 내게 아들과 같다네."

그가 나를 바라보며 씩 웃더니 좌중을 향해 바그다드와 독일에서의 모험담을 간략하게 들려주더구나. 나는 그저 착한 노새일 뿐이라고 대답했더니 바바커가 혀를 차며 나를 가볍게 나무라고는 분명한 영어로 말했어.

"자네는 노새가 아니야. 아주 좋은 인간이라네."

가벼운 대화가 시작되었지만 많은 사람들이 여전히 '푸른 눈에 금발의 쿠르드족'인 내게 관심을 보였어. 많은 이들이 자랑스럽게 웃으며 말을 걸었단다. 여자들은 내가 매우 잘생겼다는 말을 되풀이했어. 내가 쿠르드어를 쓰며 대화에 끼어들자 방 안 분위기가 환해졌단다. 사담 후세인 정권에서 쿠르드어 사용은 불법이었기에 결과적으로 쿠르드어는 죽은 언어가 되었다. 마치 아메리카 원주민 체로키Cherokee족의 방언이 사라진 것처럼 말이야. 그런 상황에서 금발의 미국인이 쿠르드어를 쓰자 깊이 감동한 것 같았어. 그들은 그것이 자신들에게 얼마나 큰 의미인지 내게 거리낌 없이 말했단다.

바바커가 남자들 무리에 다시 끼어들더니 내게 어떤 색깔의 터번을 쓸 거냐고 물었어. 붉은색과 검은색 중 하나를 선택하라는 말이었다. 그게 무슨 차이가 있느냐고 물었더니 붉은색은 바르자니 가문을 대표하고 검은색은 제바리 가문을 대표하는 색이라고 하더구나. 바르자니 가문은 1900년대 초에 오스만제국에 대항해 봉기를 일으켰다고 해. 그리고 무스타파 바르자니Mustafa Barzani는 30년 넘게 바그다드의 이라크 정권에 대항한 쿠르드족 혁명의 정치적·군사적 지도자였지. 쿠르드족은 자신의 나라를 세울 수가 없었지만, 이들에게 무스타파 바르자니는 조지 워싱턴 같은 존재였단다. 간단히 말하면, 바르자니 가문은 관례적으로 존경과 섬김을 받아왔어.

순간 그 자리에 모인 남자들이 내가 '바르자니' 가문의 터번을 고르기를 기대한다는 생각이 들더구나. 바바커가 제대로 가르쳐 줬다면 그랬어야 했던 거지. 그러나 나는 내가 믿는 대로 대답했단다.

"당연히 검은색 터번을 써야죠."

남자들이 예의를 차리며 웃었고 자기들끼리 속닥거렸다. 바바커가 혀를 차며 분명한 영어로 목소리를 낮춰 말했어.

"아니야, 마크. 아니란 말이야. 바르자니가 나아."

마치 내가 바바커와 방 안에 모인 모든 이들을 모욕하기라도 한 것처럼 말했다. 내 옆의 남자가 웃으며 쿠르드어로 묻더구나.

"왜 제바리지?"

"물론 바르자니가 더 낫지요."

내가 대답하자 방 안의 모든 이들이 안도의 한숨을 내쉬며 자기들끼리 "암, 더 낫지. 더 나아"라고 중얼거렸단다. 바바커도 인정한다는 뜻으로 웃었지. 그때 내가 환하게 웃으며 불쑥 말했단다.

"하지만 전 제바리가 훨씬 좋아요! 바바커 제바리는 저의 아버지예요. 그러니 어떻게 제바리를 고르지 않을 수 있겠어요?"

방 안에 와르르 웃음이 번졌고 다들 제 무릎을 쳤단다. 외국인이 하기에는 다소 금기시되는 말이었지만, 자발적이고 자연스럽게 떠오른 대답이었단다. 바바커와 늘 붙어 있다 보니 내가 정말로 쿠르드인이라면 당연히 제바리계 쿠르드인일 거라는 생각이 들었던 거야. 나중에 수많은 제바리 가문 사람들이 그런 상황에서 할 수 있는 가장 영리한 말이었다고 인정해주더구나. 관습 때문에 할 수 없었던 일을 나는 원칙과 인성으로 보완했고 모두가 그것을 전통보다 더 존중하는 것 같았어.

바바커는 이후 몇 달 동안 이 이야기를 열두 번도 더 했단다. 그때마다 웃음을 터뜨렸고 손님들도 함께 웃었지. 이런 일상적인 대화가 우리 사이를 만들어간다고 생각한단다. 얼마 후 바바커가 나를 위해 쿠르드어 이름을 지어주고 앞으로 그렇게 부르겠다고 발표했다. 세르조드 제바리. 세르조드Sherzod는 '사자의 아들'이라는 뜻이었어(호주 출신 동료들이 곧바로 세르조드는 남성의 생식기를 가리키는 속기 용어라고 알려주더구나).

✕

12개월이 지나고 이라크를 떠날 순간이 다가오자, 바바커는 당시 중장이었던 마틴 뎀프시Martin Dempsey에게 나의 파견 기간을 연장할 수 없냐고 물었단다. 뎀프시가 내 의견을 물었을 때 나는 수동적으로 접근할 수밖에 없었단다.

내가 대체불가능한 인력이라는 생각은 하지 않았지만 연장근무의 중요성과 효용성도 인정할 수 있었다. 케이시 장군의 부관도 2년 넘게 그와 함께 하고 있었으니까. 관계가 오래 지속되는 이유는 분명했다. 상대적으로 혼란스러운 이라크에서 이들은 개인적이면서 우선적인 결합관계를 이루고 있었던 거야. 바바커와 나도 같은 관계를 공유하고 있었고 그는 당연히 그 관계를 유지하기를 원했다. 나도 그의 바람을 존중했지만, 내가 먼저 자원할 수는 없었다. 집에서 나를 기다리는 크리스틴과 너희를 생각하면 그럴 수가 없었어.

바바커는 내가 계속 이라크에 머무르기를 바라는 이유를 편지로 써 미국으로 보냈다.

그는 공격적으로 일하고 언제나 진실만을 말하지만 동시에 겸손하고 제게 외교적이고 문화에 민감한 조언을 합니다. 제게 마크는 아들과 같고, 제가 알기로 쿠르드어를 배운 최초의 미군 장교입니다. 이런 모든 이유 때문에 이 사람을 결코 놓치고 싶지 않습니다.

귀환이 결정 나자 바바커는 그 사실도 위엄 있게 받아들였고, 뎀프시에게 나의 진급과 가능한 최고의 평가를 권유하는 낯간지러운 편지를 썼다. 거기에는 이런 대목도 있단다.

"마크보다 계급이 높은 여러 장교들과 오랫동안 일해왔지만, 그는 그중에서도 단연 최고였습니다."

그 밖에 우리가 함께한 일에 대해 쓴 바바커의 개인적인 편지들은 이라크 파견 당시 내가 받은 그 어떤 인정보다 훨씬 더 귀한 선물이 되었단다.

그는 왕에게나 해줄 만한 환송식을 준비해주었다. 뎀프시 장군과 치아렐리 장군도 참석해주었지만 훨씬 더 인상적이었던 점은, 이라크군의 최고위급 지휘관들이 참석해준 사실이었어. 이라크 육군 최고지휘관 압둘 카디르 오베이디, 이라크 공군 최고지휘관 케말 바르자니, 이라크군 부참모장 나시에르 아바디가 모두 와준 거야.

우리는 함께 살고 함께 먹고 함께 슬퍼하고 함께 모험을 했단다. 나는 그들을 알았고 그들도 이제껏 만난 어떤 미군보다 나를 많이 알았을 거야.

신앙과 종교,
그리고 삶의 의미

유순함은 겸손의 또 다른 말이란다. 그러나 맥아더 연설문을 살펴보면 '온정'이야말로 진정한 힘이라는 뜻이지. 연설의 다른 대목을 보면 확실히 알 수 있을 거야. "폭풍 속에서 일어설 수 있는 법을 배우되 쓰러진 이들에 대해 연민을 느낄 수 있는 온정을……"

2010년 암과의 전투가 시작되었을 때, 내가 아는 모든 이들이 나의 힘과 태도를 거울처럼 내게 비춰줄 거라고 생각했단다. 내가 암 진단을 처음 들었을 때처럼 그들도 여전히 암을 달고서 직장에 돌아가겠다는 나의 결심을 인정하고 또 이해하며, 약물요법 없이 통증을 다스리겠다는 내 계획을 지지할 거라고 생각했어. 하지만 거의 모든 이들이 경의를 표한다고는 했지만, 내 생각이 바람직하다고 말하기는커녕 이해해주는 사람도 거의 없었단다.

의사들은 삶과 일상의 파괴적인 변화와 맞서 싸우려는 내 능력에 종종 의구심을 표했고 군인이라는 내 직업을 고려해 판단했다. 그들은 반복해서 마치 내가 실제 행하고 있는 방식에 대해 약간 망설이고 주저하기라도 한다는 듯이, 항우울제 복용은 전혀 부끄러운 일이 아니라고 설득했다.

외과의사는 내 경험이 굉장히 심각하고 위험하다고 말했다. 그는 내가 택한 방식을 많은 이들이 택할 수 있다는 것을 몰랐다.

우쭐하기는커녕 절망스러웠다. 나는 예외적인 것을 좋아하지 않았고 지금도 예외적일 때가 괴롭다. 정상이 아니라는 뜻이기 때문이지. 그런 말을 많이 들으면 예외적인 게 아니라 고립된 것처럼 느껴진단다.

내가 얼마나 '비정상'으로 굴었느냐고? 나는 내 상처를 직접 처리했다. 열이 나면 곧바로 응급실로 달려가거나 항생제를 요구하지 않고 열이 무엇을 원하는지 드러낼 시간을 주었단다. 또 통증이나 공포, 슬픔이 덮쳐오면 약을 찾는 게 아니라 웃으려고 노력하거나 내 주변의 행복을 찾아내 생각의 균형을 맞추려고 했다. 간섭을 좋아하는 두 명의 방사선과 의사에게 오스카와 펠릭스라는 별명을 지어주고(드라마 〈별난 커플 The Odd Couple〉에서 따왔단다) 처치를 받는 중 그들과 농담을 주고받고 충고를 하기도 했단다. 12년 전 발병했더라면 치료법이 전혀 없었기 때문에 이미 죽었을 수도 있다는 사실을 상기했다. 그리고 종종 머리를 맑게 하려고 진통제를 거부했다.

물론 이 정도로 개입하고 독자적으로 굴려면 때로 힘들었고 늘 건강이 좋아질 거라는 희망을 품을 수도 없었다. 그러나 내가 겪어온 온갖 나쁜 일들이 내가 개입하든 하지 않든 어차피 일어날 거라는 생각을 하면 그렇게 어렵지는 않은 것 같았단다. 오히려 개입을 할수록 통제력이 있다는 느낌을 주었단다.

얼마 후 나의 선택에 감동했다거나 혹은 믿을 수 없다고 말한 사람들을 대할 때 내 태도가 조금 더 온정적이고 유순해야 한다는 것을 깨달았단다. 좌절감을 격려로 바꾸려는 한 가지 노력으로 그동안 역경에 대해 내가 생각해온 진실을 다른 사람들에게도 알려주려고 했다. "언제나 당신보다 훨씬 더 나쁜 역경을 겪는 사람이 있답니다."

나는 가족과 친구들에게 길 건너에 사는 열한 살 여자아이가 고데기에 화상을 입었다가 패혈증에 걸린 이야기를 들려주었다. 그 아이는 일주일 만에 세상을 떠났단다. 같은 추수감사절 주간에 우리 집에서 불과 몇 킬로미터 떨어진 도로에서 차를 몰던 한 남자는 자동차 앞으로 사슴이 뛰어들어 앞 유리창을 뚫고 들어오는 바람에 즉사했다. 작별인사도 없이 그냥 가버렸단다. 두 사건이 단 일주일 안에, 우리가 사는 반경 800미터 안에서 일어났어. 그리고 죽지는 않았어도 나보다 훨씬 심한 통증과 비참함 속에서 살아가는 사람의 예는 셀 수 없이 많단다.

그런 예를 접하면 삶의 축복을 피부로 느낄 수 있단다. 얼마나 많은 이들이 나보다 더 고통스러운 역경을 안고 있는지 생각하면, 네 삶의 무수한 뷰퍼드와 다투면서도 그것이 얼마나 축복이고 격려인지 느낄 수밖에 없을 거야.

※

신앙과 종교, 삶의 의미, 죽은 다음에 무엇이 올 것인가에 관한 생각처럼 우리의 영혼과 겸손함을 자극하는 주제도 없을 거야.

2010년 8월 배를 가른 사슴 몸통처럼 병원 침대에 누워 있는 동안, 그 어느 때보다 이런 주제들에 관한 말과 의문들이 자주 떠올랐단다. 많은 이들이 "당신 가족을 위해 기도할게요"나 "하나님은 당신과 당신 가족 곁에 함께하실 겁니다"라고 하더구나.

그런데 나의 행운을 빌어준 사람들 중 상당수가 그것보다 더한 뭔가를 말하고 싶어 하더구나. 그들의 종교가 무엇이든지, 주제가 겉으로 드러났든 드러나지 않았든, 그들이 하고 싶어 한 말은 바로 이런 것이었어. "당신이 꼭 천국에 갈 수 있게 해주고 싶어요." 사랑과 선의가 그들을 부추겼을 거라고 확신하지만 거기에는 겸허함도 마음을 여는 자세나 유순함도 없었단다. 그들이 말하는 것에는 구체적인 처방전이 있고 내가 그 마법의 말을 암송하면 '구원'받을 수 있겠지만 말이야.

내 경험상, 심지어 전투 중에도, 내세에 대한 대부분의 논쟁은 누가 지옥에 가고 누가 천국에 갈 것인가에 관한 규약화된 말 이상은 아니었다. 이에 관해 정해진 것은 아무것도 없었다. 이런 논의를 이끈 것은 희망이 아니라 두려움이란다. 한번은 이런 주제에 관해 끈질기게 설교하는 낯선 사람의 전화를 받고 있었더니 노아가 옆에서 듣다가 이렇게 말했지.

"그냥 끊어버리면 안 돼요, 아빠?"

간단히 대답할 수 없는 어려운 질문이었지만 나는 솔직하게 말했단다.

"이런 대화를 나누면 나에 대해서 조금은 배울 수 있거든."

그때 나는 맥아더의 연설문을 읽을 때처럼 자신을 돌이켜볼 수 있었단다. 다른 사람이 어떻게 왜 무엇을 말하고 행하는가에 집중하기보다 내가 어떻게 왜 무엇을 말하고 행하는가에 더 집중하라는 깨달음이었지.

맥아더의 연설문을 읽고 세 가지 개별적인 제안을 다시 한 번 새기고 싶구나. 겸허한 마음가짐을 가져라, 마음을 여는 것이 진정한 지혜다, 유순함이 진정한 힘임을 발견하라, 이렇게 말이야. 그러나 이 세 가지는 사실 한 가지 제안이란다. 겸허한 마음으로 자신이 모르거나 이해하지 못하는 것도 인정해야 한다는 것. 그런 맥락에서 너희는 나머지 두 가지도 발견하고 인정하게 될 거야.

맥아더가 1962년 사관생도 앞에서 연설할 때, 그는 자신의 말이 의미하는 바를 완전하게 전달할 방법은 없을 거라고 경고했단다. 그 말이 딱 맞아떨어지는 주제로 종교만 한 것도 없을 거야. 그래서 나는 내 경험으로 깨달은 것들을 남에게 들려줄 때는 조금 더 직접적이어야 한다고 생각한단다.

첫째, 내가 신앙과 삶의 의미, 내세의 개념에 대해 100퍼센트 확신하는 유일한 것은, 조만간 너희도 그 주제와 마주치게 될 것이라는 사실이다. 그러니 나중에 억지로 생각하기보다는 평생 신앙을 염두에 두고 살아가는 게 최선이라는 내 말을 새겨다오. 그게 삶이란다.

둘째, 신앙을 '종교'라는 꼬리를 가진 개라고 생각하렴. 종교는 신앙을 실천하기 위해 있는 것이란다. 우리가 어떤 예언이나 실천을 선택하든 우리는 모두 같은 창조주에게 기도하고 같은 창조주로부터 영감을 얻는다는 사실을 잊지 마라. 그러므로 오직 하나만 옳다는 생각에 완고하게 매달리기보다는 더 많은 신앙이 필요하다고 생각한다.

무엇보다도 종교에 대한 논의에서 상대방의 종교에 대한 비판이 개입해서는 안 된다. 자신의 종교에 대한 성찰이어야 하고 자신과 타인을 어떻게 대할 것인가에 관한 겸허함이어야 한다. 너희는 아빠의 종교를 알고 또 종교는 정말로 중요하지만, 내게 그랬던 것처럼 너희에게도 도움이 되기를 바라는 뚜렷한 예를 하나 말해주고 싶구나. 지식과 지혜뿐만 아니라 사랑과 이해도 있어야 진정 살아갈 가치가 있는 삶을 이룰 수 있단다.♦

어느 날 이라크에서 바바커와 함께 출장을 갔는데, 내가 어

♦ 마커스 보그Marcus Borg의 《그리스도교 신앙을 말하다Speaking Christian》를 읽어보길 권한다. 그리스도교의 언어를 참신하고 보다 겸허한 방법으로 접근한 책이다. 롭 벨Rob Bell의 《사랑이 이긴다Love Wins》도 꽤 겸허하고 많은 생각을 불러일으키는 책으로, 새로운 것처럼 보이지만 알고 보면 그리스도교만큼이나 오래된 질문을 던지며 문제를 제기한다. 무수한 비판과 칭찬을 한몸에 받은 벨의 책에 대해 꽤 공정한 대답을 하고 있는 마크 갤리Mark Galli의 《하나님이 이긴다God Wins》와, 신앙의 실천보다 신앙이 더 중요하다고 강조하는 비신학자 로버트 라이트Robert Wright의 《신의 진화The Evolution of God》도 읽어보면 좋을 것이다.

떤 사람이 한 일 때문에 좌절해서 "오 마이 갓Oh my god, 그거 농담이죠?"라고 말한 적이 있단다. 바바커가 하던 일을 멈추고 내 팔을 붙들더니 내 눈을 똑바로 바라보며 이렇게 말하더구나.

"자네는 왜 항상 '오 마이 갓'이라고 말하는 거지? 자네의 신이 아니야. 우리의 신이라네."

7 유머와 눈물

"웃음이 날 때까지 울고,
눈물이 날 때까지 웃어라"

tell my sons

점점 쌓여가는 불신과
경관영양의 시작

2012년 1월, 뷰퍼드의 농양은 4개월 전처럼 다시 되풀이되었고 네 번째 실험이 실패한 후로 병원에서 크리스마스를 보냈단다. 한때는 담즙만 새어 나오던 게 이제는 장에서 소화된 음식이 삐져 나오는 양상으로 번졌다. 누공이 점점 커지고 있었어. 고문 같은 통증도 괴로웠지만 훨씬 견디기 어려웠던 건 의료진이 문진을 올 때마다 치러야 하는 일상이었다. 내가 내 상태를 얼마나 잘 알고 있는가는 전혀 중요하지 않았어. 그들에게는 의례를 따라야 하는 의무가 있었단다. 그리고 나는 그들을 위해 그 의례를 거부했지.

"그 주사는 뭐죠? 헤파린Heparin(혈액응고제)인가요? 사양하겠어요. 저는 활동 상태이도록 놔두겠어요. 혈액응고제는 필요하지 않습니다."

"그 프로토닉스Protonix(속쓰림 치료제)로 뭘 하려고요? 제가 가져온 아시펙스Aciphex(속쓰림 치료제)를 복용하겠어요. 여기서 처방하지 않았다고 그 약을 복용할 수 없다니 그게 무슨 말이죠?"

"또 왜 피를 뽑는 거죠? 일상적인 거라고요? 구체적인 것을 확인하려는 게 아니라면 하지 마세요."

"왜 CT를 찍는 거죠? 제 치료방식이 변할 게 아니라면 싫어요. CT를 찍지 않겠어요."

검사나 치료절차가 이해되지 않거나 내가 느끼는 증상이나 조건에 들어맞지 않으면 나는 거부했다. 병원에 입원한 지 이틀 만에 외과의사가 담당 간호사들에게 화학요법을 중단하라고 지시했다. 몸무게가 62킬로그램까지 떨어졌고 음식을 먹지 않은 지 이틀째였고 병원 측에서 원한 다섯 번째 실험을 위해 장세척까지 한 뒤였다.

"암을 잠재우는 약을 계속 복용하면 어떤 손상이 오는 거죠?"

"아시다시피 며칠 화학요법을 중단해도 별문제 없을 겁니다."

"별문제 없을 거라고요? 정말요? 그렇게 확신한다면 나 같은 바보가 어떻게 그 논리에 반박할 수 있겠습니까?"

간단히 말하면 그들의 대답도 '의례' 수준에 머물 수밖에 없었지. 참을 수가 없었다. 간호사가 가고 나 혼자 남자 몇 달 동안의 고통과 비참함, 무기력감이 한꺼번에 파도처럼 내 마음을 덮쳐오더구나. 커다란 분노가, 곧이어 불확실함과 공포가 내 목을 한껏 짓눌렀다. 마치 다섯 살 아이처럼 취급받는다는 느낌이 들었고 갑자기 정말로 어린아이가 된 것 같았다. 나는 양 주먹으로 침대를 내리치며 울부짖었어. 눈물과 씨름하기도 벅차서 그냥 감정이 제멋대로 쏟아져 나오게 놔두었단다.

몇 분간 감정에 몸을 맡기고 나니 이제 뭘 어떻게 해야 할지 집중해 생각하는 게 더 쉬워지더구나. 의료진에게 예의를 차리되 나도 팀의 일원이었고 앞으로도 계속 일원으로 참여할 거라는 내 생각을 확실히 전달했단다. 소란을 피우지 않고 고분고분한 사람들도 이해할 수는 있지만, 나는 그런 사람이 아니었다. 크리스틴에게 집에 있는 화학요법 약을 가져오게 하고 의료진의 허락 없이 복용했단다. 얼마 후 뷰퍼드에 최신 장비를 달고(장 안에서 팽창하는 작은 풍선이 달린 배수관) 퇴원했단다. 누공을 막으려는 의도였지만 이제 나는 누공에 애정을 담아 '총알구멍bullet hole'이라는 별명까지 붙여주었지.

일주일도 안 되어 30명의 참전용사 앞에서 감동적인 연설을 하기 위해 세인트루이스로 날아갔다. 이들은 네이비실Navy SEAL(미국 해군의 엘리트 특수부대) 출신의 에릭 그레이텐스Eric Greitens가 설립한 비영리단체 '미션 컨티뉴Mission Continues'에 가입한 사람들이었다. 미국대폭발테러사건(9·11테러) 이후 참전용사들이 미국 전역의 지역사회에서 봉사하고 타의 귀감이 되며 군복을 입었을 때와 똑같은 목적의식을 찾을 수 있게 도우려는 취지의 단체였다.

연설 전날 밤, 물리의 법칙 탓에 장 안에서 그만 풍선이 터져버렸고 복부 근육에 박히는 사태가 벌어졌단다. 다음 날 아침 이를

악물고 연설을 마치고 다시 집으로 날아와 병원에 가보니 일주일
은 입원을 해야 한다더구나. 의사들이 이제 경관영양(입으로 먹을
수 없는 환자의 위장관에 튜브를 삽입해 영양을 공급하는 방법 ― 역자
주)이 불가피하다고 말했을 때, 나는 또 한 번 혼자 남을 때까지
기다렸다가 울음을 터뜨렸단다. 음식 섭취라는, 그토록 기본적이
고 즐겁고 사교적이며 정상적인 것을 할 수 없게 된다는 생각이
무겁게 나를 짓눌렀다.

　어린 시절 이후 작년처럼 그렇게 자주 울었던 때도 없었을 거
야. 그전에는 15년 사이에 운 게 채 열 번도 안 될 거야. 조부모님
들의 장례식 때는 너무 슬퍼서, 또 결혼식 때와 너희가 태어났을
때는 너무 기뻐서 울었지. 이제는 모든 일에서 깊은 슬픔과 기쁨
을 맛보았단다. 어느 친구의 농담처럼 나는 카드 놀이를 하다가
도 울었고 슈퍼마켓 개업식을 보고도 울었어.

　또 예전처럼 많이 웃었다. 늘 많이 웃었어. 역경과 위기의 순간
에도 웃음은 자연스럽게 찾아왔단다. 그런데 그 웃음 때문에 사
람들은 내가 어떤 사람인지에 대해 자연스레 오해를 하더구나.
유머는 선택할 수 있는 대응기제였고 늘 도움이 된다고 생각했기
에 되도록 많이 '선택'했던 거야.

　일찍부터 집안에서 알코올중독 문제를 겪고 학교 샤워실에서
괴롭힘을 경험하면서 고통 속에서도 웃음을 쥐어짜낼 수 있다는
가치관을 추구해왔단다. 위엄 있게, 우아하게, 심지어 진절머리
나는 상황에서 어떠한 유머도 하지 못하는 사람들도 존중하면서,

유머를 찾고 또 나누려면 조악한 유머가 되지 않도록 노력하는 게 필요하단다. 시의적절하지 않게 잘못 내뱉은 농담의 참혹한 결과를 우리 모두 목격해오지 않았니? 시간이 지나면서 나 자신과 타인을 위로하는 법에서 비례 관계를 발견했단다. 상황이 악화될수록 유머는 더 재미있어진단다.

⚹

유머를 찾으려는 노력은 감정을 좋아지게 만들기도 하지만 의사소통에도 도움이 된단다. 특히 너희와 함께할 때 효과 만점이지. 유머가 없었다면 그냥 과거로 흘러가버렸을지도 모르는 주제들에 관심을 기울일 수 있게 해주었잖니.

큰 수술을 받고 입원했다가 집으로 돌아온 지 몇 주 만에 나는 너희에게 아빠의 쓸모는 딱 우리 집 고양이 '애비'만큼밖에 안 될 거라고 말했었지. 아빠가 할 수 있는 거라곤 먹고 자고 싸는 것뿐이라고. 하지만 고양이는 적어도 배설상자라도 있어서 집 안을 돌아다닐 때 냄새를 풍기지는 않는다고. 나는 별로 재미있다고 생각하지 않았지만, 너희는 그 비교가 무척 우습다고 생각한 모양이었어. 그 후 온갖 관련 주제에 대해 이야기를 나눌 때 퍽 도움이 되더구나.

수술 후 2년이 지나고 내 소화계통과 간이 영구 손상을 입으면서 몸에서 지독한 냄새가 풍기기 시작했단다. 사냥이나 캠핑을 해본 사람이라면, 혹은 갑자기 식단에 변화를 겪어본 사람은 아마 무슨 말인지 알 것이다. 가스 냄새도 고약하지만 내 몸에 달린 배수 주머니는 '똥 냄새를 풍기는 액체의 휴대용 주머니'였단다. 내가 어딜 가든 함께 붙어 다니며 고양이 오줌이나 스컹크 방귀처럼 도무지 지울 수 없는 냄새를 풍겼지. 때로 크리스틴은 기체가 액체로 변한 건 아닌가 확인하면서 내 뒤를 졸졸 따라다녔다. 세상에 그 냄새하고 똑같은 건 정말 아무것도 없어. 정말이야. 우리도 헤아려봤잖아.

고양이도 그 비교에 반대하지 않더구나. 수술 전 애비는 항상 내 무릎에 앉으려고 했고 나는 엉덩이에서 고약한 냄새가 난다고 늘 녀석을 밀쳐냈지. 이젠 녀석은 내 근처에도 오지 않는단다. 보통은 옆을 지나가다 문득 걸음을 멈추고 나를 올려다보았다가 다시 제 갈 길을 가지. 나를 올려다보면서 틀림없이 이런 생각을 할 거야. '있잖아요, 고약한 냄새라는 말로는 표현이 안 되네요. 내 몸을 긁어주는 아저씨 손길과 따뜻한 무릎은 잊을래요. 그냥 시멘트 계단에 목을 문지르고 햇볕 아래 누워 있는 게 낫겠어요.'

내가 할 수 있는 거라곤 사과하는 것, 그리고 언젠가 우리 집 뒷마당에 가구를 모두 쌓아놓고 한꺼번에 태워버릴 거라는 크리스틴의 선언을 웃으며 받아들이는 것, 그게 다라고 결론지었다. 지금도 크리스틴이 사랑스러운 말씨로 "가정용 관장세트를 꺼내려면 당신 혼자 있을 때 하는 게 좋겠어"라고 말하면 우리 둘 다 큰 소리로 웃음이 터지곤 하지.

1년 후 경관영양이 시작되면서 고양이 비유는 더욱 적절하게 맞아떨어졌단다. 나도 애비처럼 식탁에 앉아 음식을 먹는 게 허락되지 않았으니까. 사실 먹는 것에 관해서라면 그동안 나는 TV 광고에서 활약하는 까다로운 고양이들보다 더 심했거든. '봉지에 든 먹이? 흥! 난 오직 깡통에 든 것만 먹는다고!'

❆

때로는 다른 일로 울 기회가 생기는 게 차라리 도움이 된단다. 열네 살 무렵 돌부리에 발끝이 심하게 차여 피가 난 일이 있어. 나는 얼얼함에 훌쩍훌쩍 울면서 아버지와 함께 오솔길을 걸어갔단다. 그때 아버지가 등을 어루만지며 달래주다가 갑자기 주먹으로 내 다리를 때리는 거야.

"이제 발가락에 어떤 느낌이 들어?"

아버지가 웃으면서 물었지. 어떻게 생각하면 가학적으로 보이겠지만 정말로 효과가 있었단다. 다시 말해 아버지는 내게 다른 울 일을 준 거야. 삶이 불공평하다고 생각하면 아동병원이나 재향군인병원, 지역 정신병동에 가서 상징적으로 너희 다리를 때려 보렴. 그런다고 너희의 환경이 바뀌지는 않겠지만 틀림없이 역경이 달리 보일 거야.

내 친구 존 크리슬John Kriesel은 이라크 파병 당시 양다리를 모두 잃고 1년 넘게 병원과 재활시설에서 보냈단다. 그런 그가 내게 이렇게 말하더구나.

"자네 같은 병에 걸리지 않아서 얼마나 감사한지 몰라."

언제라도 너희보다 더 상황이 안 좋은 이가 존재할 거란다.

※

암에 대해 너희가 알아야 할 한 가지는, 말 그대로 진절머리가 난다는 사실이야. 수술부터 화학요법, 변비와 설사, 고약한 냄새부터 철저한 재앙까지, 공공장소에서나 집에서나 모든 것을 몰고 온단다. 개인의 존엄성이 위험에 처하는데, 여기서 조금이라도 유머를 찾을 수 없으면 얼마 지나지 않아 그 존엄성마저 잃을 수밖에 없단다. 사는 게 흔히 그렇지만 가장 비참하고 모욕적이고 형언할 수 없는 순간들도 지나고 보면 그 어느 때보다 재미있었다는 것을 알게 되지.

퇴원 후 집에 온 지 겨우 몇 주밖에 안 되었지만 나는 여전히 엄청난 양의 딜라우디드Dilaudid(진통마취제)를 복용하고 있었단다. 그런데 이 약은 통증을 재워주면서 동시에 내 소화기들도 재우고 말았어. 위쪽 복부에 커다란 통증이 몇 시간 느껴지다가 곧 열과 오한으로 변하면서 응급실로 달려갔다. CT 촬영을 해보니 위 근처 소장 위쪽이 부분적으로 막혀 있더구나. 응급실 의사의 말이 장이 막혀 있으니 관장을 해야 한다는 거야.

다음에 겪은 일은 의학이라는 이름의 전문적인 고문이었다고

밖에는 달리 설명할 길이 없구나. 거꾸로 매단 채 가한 물고문이 었어. 의료진이 나를 바퀴 달린 침대에 태우고 복도를 지나 엑스레이 테이블 위에 눕히더구나. 마치 큼지막한 싱크대 상판처럼 생겼어. 격심한 통증을 느끼며 엄청난 양의 약을 거꾸로 들이붓고 난생처음 관장을 받는다고 생각하니, 안 그래도 불안해죽겠는데, 하필 그날 관장을 하러온 직원이 그날 첫 출근이라는 사실을 알게 된 후 불안감이 곱절로 뛰었단다. 직원이 내 뒤쪽으로 펌프질해 넣을 액체 주머니를 수액 거치대에 걸고 들어올 때부터 나는 미덥지 않은 얼굴로 그녀를 뚫어지라 바라보았다. 액체가 아주 따뜻하니 걱정하지 말라고 강조해도 전혀 안심이 되지 않았어.

액체가 새어 나가지 않게 하려고 직장 안에 풍선을 삽입하고 팽창시키는 것까지 모든 준비 과정이 끝나자 담당의사가 들어오더구나. 나는 입술을 깨물어 웃음을 참으며 혹시 내가 환각을 일으키는 것은 아닐까 생각했단다. 의사는 키가 작은 아시아계 남성이었는데, 비닐처럼 보이는 검은색 가운으로 온몸을 단단히 무장한 모습이 꼭 검은 비닐봉지로 포장한 것처럼 보였어. 방 안의 유일한 조명은 모니터에서 흘러나오고 있었는데, 희미한 그 불빛을 받고 의사의 가운이 번들거리고 치아는 하얗게 빛이 났으며 작은 둥근 테두리 안경은 마치 선글라스처럼 보였단다. 게다가 이마를 에워싼 검은색 모자가 패션의 정점을 찍더구나. 마치 〈가라데 키드The Karate Kid〉에 나오는 미야기 사부가 미친 과학자가 된 것 같은 모습이랄까.

의사는 친절했지만 매우 노골적이었어. 나처럼 출구에 4리터나 되는 액체를 주입하는 걸 그리 달가워하지 않는 환자들을 많이 만나본 모양이야. 그는 이마를 찡그리며 CT 이미지를 살펴보더니 불쑥 이렇게 말했단다.

"아아, 이쪽에 똥이 많이 쌓였군요."

그동안 규칙적으로 배변 활동을 해왔다고 말했지만, 벽에 대고 말하는 게 더 나을 것 같았지.

"아무렴요. 정말 똥이 많군요. 정상적인 양이 아니죠."

미야기 사부가 직원들에게 액체 주입을 지시했는데, 순간 음산한 웃음소리가 빠진 것 같았어. 뒤쪽으로 액체가 밀려들어오자 곧 참을 수 없는 통증이 느껴졌고 뒤쪽의 압력으로 뷰퍼드에서 노란색 액체가 마구 밀려나와 위장까지 들어갔단다.

"25퍼센트 주입, 좋아요."

약 30초 후 "50퍼센트 주입"이라고 말하자 곧바로 엑스레이 탁자가 움직이기 시작했어. 누구도 이 광란의 쇼가 어떻게 진행되는지 미리 알려주지 않았었지. 약 기운이 높은 상황도 전혀 도움이 되지 않더구나. 이제 탁자가 45도까지 기울어 발이 공중으로 머리가 바닥을 향한 채 누워 있게 되었어.

"이런, 무례를 용서하세요."

나는 반은 농담 반은 진담을 담아 소리쳤어. 통증이 심해 애처로운 신음이 저절로 새어 나왔단다.

"75퍼센트입니다."

보이지 않는 귀신이 장난을 치는 것처럼 탁자가 앞뒤로 기울기 시작했어.

"95퍼센트요. 거의 다 됐습니다."

약 30초 후 또 "95퍼센트"라고 말하자 나는 버럭 소리쳤어.

"95퍼센트는 아까 했잖아요!"

직원들이 가만히 웃는 소리가 들렸지만 의사는 전혀 개의치 않더구나. 내가 63킬로그램의 거대한 아기처럼 울부짖고 있는데도 꿈쩍도 하지 않았어.

"96……, 97……, 98……, 다 됐습니다. 정말입니다. 당장 장을 깨끗이 청소할 최선의 방법이에요. 이제 5분만 더 참으세요. 아주 잘하고 있어요."

정말이지 그 의사에게 주먹을 날리고 싶은 마음을 참느라 힘들었단다. 마침내 주입이 끝났다. 직원이 액체를 조금 빼더니 이제 화장실에 가도 좋다고 했어.

"아뇨. 5분 동안 더 참아서 벽에 붙은 진흙이 말끔하게 떨어진다면 그때까지 기다릴래요."

그 후 겪은 일들은 말로는 도저히 표현할 수가 없단다. 가엾은 나의 엉덩이. 친구들이 괜찮냐고 물었을 때도, 괜찮은 게 무슨 뜻인지 알 수 없을 정도였어. 내가 기억하는 거라곤 통증이 사라진 후 이틀 동안 사람들에게 이 이야기를 세 번 들려주었는데 그때마다 매번 눈물이 나올 때까지 웃었다는 것, 그리고 그때마다 기분이 굉장히 훈련했다는 것뿐이란다.

엄격함 속에서도
유연함이 필요한 이유

군대에서 최고위급 간부들과 함께 일하게 되면 반드시 언제나 진지해야 하지만 동시에 지나친 아집에 사로잡히기 십상이지. 그래서 나는 일할 때 분위기가 지나치게 거북하거나 딱딱해지지 않도록 보살펴야 할 때와 장소, 방법이 있다는 걸 깨달았단다.

펜타곤에서 일하면 대부분 정상적으로 평일에 출근한다. 그러나 고위급 지휘관의 개인 참모로 일하면 사정은 크게 달라진단다. 하물며 합동참모본부 의장을 위해 일하게 되면 눈코 뜰 새 없이 바빠지지.

새벽 4시 30분에 집을 나서서 너희가 잠든 후에나 집으로 돌아갔어. 힘든 일들이 끝없이 이어졌지만 정말 좋았단다. 펜타곤의 사무실에 가는 길에 국방장관 도널드 럼즈펠드Donald Rumsfeld와 합참의장 리처드 마이어스Richard Myers 장군과 합참부의장 피터 페이스Peter Pace 장군의 커다란 사진을 지나치게 되어 있었어. 공보실에도 역시 큼지막한 사진들이 마치 트로피처럼 걸려 있었지. 지휘관들의 중요성을 사진으로 인정하는 것처럼 말이야.

그중 페이스 장군이 어느 시청에서 연설을 하고 있고 럼즈펠드

장관이 옆에 서서 강렬한 눈빛으로 페이스 장군을 바라보는 사진이 있었단다. 내가 럼즈펠드의 머리 위로 '제길, 정말 잘하잖아!'라고 쓴 말풍선을 붙이자 사무실 사람들이 모두 유쾌하게 웃었어.

다음 날 그 사진이 사라졌단다. 페이스 장군이 떼라고 했다는 거야. 난 내가 너무 막 나간 모양이라고 걱정했지. 몇 시간 후 우리는 사건의 경위를 들었단다. 페이스 장군이 그 재미있는 표현을 썩 마음에 들어 해 럼즈펠드 장관에게 보여주려고 가져갔다는 거였어. 럼즈펠드도 역시 즐거워했고 곧바로 국방부를 방문한 고위 관료들에게 보여주었대. 페이스 장군이 사진을 제자리에 가져다놓으려고 일단 자기 사무실로 가져갔는데, 그 사이 럼즈펠드 장관이 그 사진을 보관하고 싶다고 가져오게 했대. 심지어 이 문제에 관해 페이스 장군에게 개인적인 쪽지까지 보냈고, 함께 사진 앞에서 또 사진을 찍자고 페이스 장군을 자기 방으로 초대했다는 거야.

지금 나는 두 사람이 활짝 웃으며 내가 장난친 그 사진을 들고 찍은 사진을 갖고 있단다. 또 그날 럼즈펠드가 페이스에게 쓴 '눈꽃송이' 무늬 쪽지도 갖고 있지.

수신 : 페이스 장군

발신 : 도널드 럼즈펠드

안건 : '제길, 정말 잘하잖아!' 사진

자네 사진이 내 방 벽 하미드 카르자이Hamid Karzai(아프가니스탄 대통령)와 페르베즈 무샤라프Pervez Musharraf(파키스탄 대통령) 아래에 자리를 잡았네. 좋은 조합이야. 모든 정보통에 의하면 '피터 페이스 왕 최고 지휘관' 위원회의 어느 주도적인 회원이 홍보용 포스터를 적재적소에 걸어두었다고 하더군. 가끔은 좀 자네 손으로 직접 하고 그러게나.

아, 그리고 그 말이 맞네. 자네, 정말 잘해!

DHR

럼즈펠드는 페이스가 합참의장인 마이어스 장군의 후임에 도전하고 있다는 사실을 은연중에 언급하고 있었던 거야. 실제로 이 사건 직후 페이스 장군은 새로운 합동참모본부 의장으로 선발되었고, 나중에 럼즈펠드의 눈꽃송이 쪽지 아래에 자필 서명까지 덧붙여 내게 보내주었단다.

마크, 절대로 전도유망한 경력을 걱정하느라 훌륭한 농담을 막지는 말게나!

오래전 '오리걸음'처럼 이 작은 움직임도 예상보다 훨씬 긍정적인 관심을 이끌어냈다.

이라크 검문소에서의
위급상황

이라크에서 보낸 시간은 조지프 헬러Joseph Heller의 《캐치-22》(전쟁의 광기와 지나친 관료주의에 대한 풍자소설 — 역자 주)에 등장하는 것처럼 터무니없는 순간들로 가득하단다.

바바커와 비행기를 타고 출장을 간 적이 있는데, 거기서 그는 영국인과 아랍인 여행객 사이의 다툼을 중재해달라는 요청을 받기도 했어(사람들은 그가 누군지 전혀 몰랐지). 또 내 포드 픽업트럭(다국적군 검문소 통행증까지 붙은)을 도난당했는데, 혹시 그 차가 차량폭탄테러에 이용당할까 전전긍긍했던 적도 있단다. 또 바바커가 고집해 호위대, 무기, 보호장구도 없이 낡아빠진 구형 자동차를 타고 바그다드 시내를 돌아다닌 적도 있지.

긴 하루를 보내고 이제 막 잠자리에 들었는데 트레일러 지붕에 우박이 떨어지고 팝콘이 막 터지는 것 같은 소리가 들리기도 했단다. 룸메이트가 TV를 끄고 나는 침대에서 벌떡 일어났지. 포트 레너드우드에 살았을 때 크리스틴과 나는 집에서 불과 몇 킬로미터 떨어진 도로에서 수백 명의 군인이 사격연습 대형으로 서서 무기를 발사하는 소리를 들은 적도 있거든. 하지만 이라크에서 들은 건 수만 명이 사방에서 마구 무기를 난사하는 소리처럼 들렸다. '쾅쾅쾅' 하는 대구경 기관총 소리도 섞여 있었어. 축구경기에서 이라크가 시리아를 이긴 날이었단다. 다음 날 우리는 승리를 자축하는 현장에서 바그다드 시민이 43명이나 사망했다는 소식을 전해 들었다.

그런데 아무리 터무니없는 일들이 우후죽순처럼 일어났다고 해도 총기 밀반입자로 오인받은 순간만큼 황당했던 일도 없을 거야. 이라크 국방부에서 일하는 모든 보좌관들이 모이는 사교 모임에 갔다가 휴대전화로 연락을 받았단다. 바바커의 사촌 쿠르도였는데, 내 도움이 필요하다는 거였어. 이라크군이 쓸 무기를 실은 트럭 몇 대가 다국적군 검문소에 도착했는데, 그들이 통과시키지 않는다는 말이었어. 고위급 보좌관이었던 호주의 장군이 그런 도움은 함부로 줘서는 안 된다고 충고하더구나.

"안 돼, 친구. 그런 일은 이라크의 군수 담당이 알아서 하게 놔두게. 그냥 물러나 있어."

그의 말에 전적으로 동의했지만 때는 금요일 저녁 5시 30분이었고 다국적군 검문소에 관한 상관의 개인적인 요청이었다. 나는 이라크 국방부에서 군수 문제에 관한 자문 역할을 하는 장교에게 다가가 상황을 설명했다. 그는 도움 되는 말을 들려주기는커녕 이라크 같은 곳에서 일하는 자신의 신세 한탄을 늘어놓더니 이런 쓸데없는 조언을 들려주었단다.

"그들도 이번 일에 실패해봐야 교훈을 얻는다니까."

게다가 이런 문제는 해결하고 싶어도 실질적인 절차가 전혀 없다는 거야.

"그것 참 대단하네요. 그러니까 있지도 않은 절차를 사용하지 말라는 교훈을 주겠군요."

　도무지 어떻게 해야 좋을지 알 수가 없었지만, 그렇다고 아무
것도 하지 않을 수는 없었다. 쿠르도가 벌써 검문소로 향했다는
말을 듣고 나는 급한 마음에 우리가 모여 있던 옥상을 가로질러
달리기 시작했어. 좁은 계단으로 통하는 문을 지나려다가 방망이
에 공 맞는 소리가 쾅 하고 들렸다. 하체가 앞으로 날아가고 상체
는 뒤로 넘어가며 한 바퀴 공중제비를 돌았어. 손에 든 게 모두
여기저기로 날아갔고 나는 시멘트 바닥에 쿵 떨어지고 말았단다.
출입구 머리 위쪽 턱을 미처 보지 못하고 이마를 부딪쳤던 거야.
몇 걸음 떨어진 곳에 서 있던 장교 두 명이 놀라 소리를 지르며
달려왔다. 그들이 나를 살펴보았고 나는 자리에서 일어나려고 애
써보았어.

　"조금 있다가 일어나는 게 좋겠어요."

　그중 하나가 말하더구나. 나는 괜찮다며 말했지.

　"조금만 있으면 돼요. 내 꼴은 안 봐도 엉망진창이겠지만, 그
보다는 자존심이 더 많이 다쳤거든요."

　이마에 불룩 솟은 혹과 뚝뚝 떨어지는 피를 보면 내 말이 그리
설득력은 없었을 거야. 장교가 대답했다.

　"아뇨. 아무래도 도움이 필요하겠어요."

　나는 참고 앉아 있었지만 마음은 온통 검문소에 가 있었단다.
그렇게 몇 분간 나의 착한 사마리아인 친구 두 명을 웃겨주다가,
벌떡 일어나 고맙다는 인사를 건네고 문밖으로 달려나갔어. 안전

지대 서쪽 끝에 있는 18번 검문소에 도착했을 때 순간이동으로 다른 차원에 들어선 기분이더구나. 이라크군과 러시아-조지아군이 관할하는 검문소라서 러시아어와 아랍어는 통용되었지만 영어는 통하지 않았어. 쿠르도는 영어와 쿠르드어를 할 수 있었지만 아랍어는 못 했단다. 결국 몸짓 말고는 다른 의사소통의 길이 전혀 없었어. 우리가 여기 온 목적을 밝히려면 무기 트럭을 가리키는 것 말고는 달리 할 수 있는 일이 없었지.

트럭은 검문소 바람벽blast wall 옆에 주차되어 있었어. 쿠르도가 불안한 기색으로 내 옷을 붙잡으며 뒤로 물러나 있으라고 애원하더구나. 그의 불안감도 이해할 수 있었다. 불과 몇 달 전 대규모 군수 트럭이 검문소를 지나가려다가 수색 도중 폭발한 일이 있었거든. 물론 나도 불안했지만 바람벽에서 멀찌감치 떨어져 서서 사람들에게 고함을 지르며 명령하고 싶은 생각은 없었거든. 물론 그렇게 하는 게 가능하기는 했지만 말이야. 트럭 뒤를 보고 아연실색했단다. 수천 기의 무기가 트럭 밑바닥부터 아무렇게나 뒤죽박죽 쌓여 거대한 더미를 이루고 있었어. 마구잡이로 쌓여 있는 모양새를 보니 보안대원들도 불안감을 느낄 수밖에 없었을 거야.

검문소로 돌아가니 조지아군이 상관을 불렀고 10분 후 대위와 중위가 나타났어. 중위는 키가 적어도 193센티미터는 되는 것 같았고 영어를 못했으며 생김새와 말투도 〈록키 4〉에 나오는 돌프 룬드그렌을 닮았다. 그는 빳빳하게 다린 제복을 입고 매끈한 선글라스를 과시하는 듯 보였지. 이 거인 옆에 서 있는 163센티미터 키의 대위는 다행히 영어를 할 줄 알았다. 능력은 있어 보였지만 방금 가방에서 끄집어낸 것 같은 모양새였어. 군복과 장비가 흐트러졌고 헬멧 끈도 턱에서 풀려 있고 입술에는 담배가 물려 있더구나. 조지아군은 이라크에 온 지 얼마 되지 않아서 문제의 원인이 뭔지 이해하지 못했단다. 마침내 내게 다가와 진한 러시아 억양으로 말했지.

"군수 트럭은 모두 2번 검문소로 가야 합니다."

순간 몇 달 전 군수 트럭이 폭발한 곳이 바로 그 2번 검문소라는 생각이 퍼뜩 스치고 지나갔다. 쿠르도가 운전사들이 다른 트럭처럼 납치당할까 겁이 나 여기로 왔다고 설명했다. 나는 최대한 예의 바른 말투로 조지아군 대위에게 이라크군 최고지휘관 밑에서 일하고 있다고 내 소개를 하고 이번만은 꼭 그의 도움이 필요하다고 간청했다. 그는 눈을 감고 고개를 끄덕였단다. 마치 도와는 주겠지만 전혀 달갑지 않다는 듯이 말이야.

키가 작고 구깃구깃한 대위가 돌프 룬드그렌 중위에게 돌아서더니 편안하게 뭔가를 지시했다. 중위가 강렬한 눈빛으로 고개를 끄덕이더니 날이 넓적한 칼을 꺼내듯 무전기를 꺼내더구나. 그러고는 마치 당장 공습명령을 내리는 것 같은 말투로 무전기에 대고 말했어. 약간의 실랑이 끝에 결국 트럭을 통과시키라는 승인이 떨어졌단다. 작은 승리였는데, 내가 정말로 성취한 게 뭔지 잠시 헷갈렸다. 쿠르도에게나 조지아군에게 규칙은 깨져야 한다고 가르쳐준 건 아닐까?

트럭을 수색하는 동안 운전자들과 함께 바람벽 뒤쪽에 서 있었다. 그들은 손짓 발짓으로 지금 얼마나 목이 마르고 배가 고픈지 설명하면서 수중에 가진 돈을 보여주었단다. 마치 내가 행상이라도 되는 것처럼 말이야. 그들은 여기까지 오는 동안 두려움에 시달려 어디서도 멈추지 못했던 거야. 트럭 수색이 끝나자 운전자들에게 차를 몰고 나를 따라 국방부로 오라고 했어. 그들은 오락용 경주자동차를 탄 열여섯 살 소년들처럼 무기를 가득 실은 트럭으로 앞서거니 뒤서거니 하며 신나게 거리를 질주하더구나.

그 사이 내 머리는 넘어졌을 때의 충격으로 욱신거렸고 이마에서 흘러나온 피가 헬멧 안쪽에 끈끈하게 말라붙었어. 하지만 나는 괜찮았다. 모두 괜찮았어. 덕분에 상황의 위험과 결과적인 유머를 구별할 수 있었으니까. 니체에게 유머감각이 더 있었더라면 아마 이렇게 말했을 거야. "나를 죽이지 못하는 모든 것은 나를 더욱 재미있게 만든다('나를 죽이지 못하는 모든 것은 나를 더욱 강하게 만든다'는 니체의 말을 변용한 것 — 역자 주)."

나라를 위한 복무에 감사드립니다

조지프 헬러는 《캐치-22》 이후로 다른 훌륭한 희극 소설을 쓰지 못했다. 아마 암에 걸리지 않아서였을 거야.

'무기 밀반입자'로 활약하고 나서 6년 후, 나는 12월 미네소타의 로즈마운트에 있었다. 매슈가 수영대회에 참가하게 되어 크리스틴은 벌써 수영장에 가 있었고 나는 뒤늦게 달려가고 있었지. 크리스틴에게 위치를 알려달라는 문자메시지를 보냈더니 '레이크빌 사우스 고등학교'라고 답장이 오더구나. 방향을 검색하고 먹을 것을 챙겨서 문을 박차고 뛰어나갔지. 30분 정도 운전을 하는데 복부의 깊은 절개 자국을 덮어놓은 두꺼운 붕대 뭉치에서 액체가 배어 나오더니 곧 따뜻한 담즙과 췌액이 배를 타고 바지 속으로 흘러내리는 게 느껴졌다. 이 액체는 부식성이 있어서 1년 전 수술 후로 내 복부 구멍을 '먹고' 있었다.

떠나기 전에 미리 붕대를 갈지 않은 걸 책망하면서 붕대를 넣어둔 '여행용 가방'을 향해 조수석으로 손을 뻗었단다. 그러나 아무것도 잡히지 않았어. 가방을 뒷문에 놔두고 온 게 떠올랐다. 레이크빌 근처에 마트가 있었던 게 생각나 방향을 바꾸었단다. 자신을 원망하면서 글러브박스에서 찾을 수 있는 온갖 패스트푸드점 냅킨을 주워 모아 점점 엉망이 되어가는 허리띠 근처 상황을 수습해보려고 했다. 보통 나는 하루에 가로세로 10센티미터 크기의 붕대를 24장 정도 쓴단다. 그러나 '양이 많은 날'에는 곱절로 붕대를 써야 해. 그리고 하필이면 그날이 양이 많은 날이었단다.

열 개들이 붕대 상자가 단 두 개밖에 없는 걸 보고 잠시 기저귀를 살까 하는 생각이 들었다. 그 정도 붕대로는 앞으로 네 시간을 견딜 수 없을 것 같았거든(지금은 '여성용품'도 응급물품의 일부가 되었지만, 그때만 해도 초보였거든). 내가 처한 상황이 짜증스럽고 또 매슈의 경기에 늦을 것 같은 다급함 때문에 진열대에서 얼른 붕대상자를 낚아채 계산대를 통과해서 마트 화장실로 직행했단다. 얼른 셔츠를 올리고 노란색 담즙을 흠뻑 먹은 냅킨과 붕대, 반창고를 떼어내 세면대에 버렸어. 살갗에 묻은 담즙을 닦아낼 게 없어서 셔츠를 턱밑까지 바짝 추켜올린 채 휴지를 가지러 화장실 칸으로 갔단다.

다시 세면대 쪽으로 몸을 돌렸을 때 직원이 화장실로 들어왔다. 그가 나를 보고 눈이 접시만큼 휘둥그레지더구나. 한 손은 잔뜩 뭉친 화장실용 휴지를 들고 다른 손은 셔츠를 턱밑까지 끌어올린 채 화장실 한복판에 서 있는 남자. 그 옆 세면대에는 고약한 냄새를 풍기는 노란 붕대와 냅킨이 가득 쌓여 있고, 배를 가로지르는 43센티미터 너비의 흉터가 고스란히 보이는 가운데 총알구멍처럼 생긴 열린 상처에서는 걸쭉한 노란색 액체가 흘러나오고, 커다란 배수 주머니가 달린 튜브가 연결된 게 한꺼번에 다 보였다. 직원 머리 위로 말풍선이 보이는 것 같았단다. "도대체 이게 다 무슨 난리법석이야?" 그가 어색하게 도와줄 게 없느냐고 물었지만 나는 알아서 할 수 있다고 대답했다.

"실제보다 더 끔찍해 보이겠지만, 솔직히 저는 괜찮습니다."

마침내 화장실 밖으로 나왔을 때 마치 전축 바늘이 비닐을 긁는 소리를 들을 때처럼 신경이 거슬렸다. 가는 길에 스쳐 지나가는 모든 계산대 직원들이 나를 흘끔거렸다. 내가 무슨 고속도로 한복판의 사고현장이 된 기분이었단다. 내 사고는 고속도로가 아니라 마트에서 일어났다는 점만 달랐지.

붕대 사고 때문에 생각보다 훨씬 시간이 지체되어 어쩔 수 없이 마구 달리게 되었단다. 학교에 차를 세울 때가 돼서야 비로소 안도의 한숨이 터져 나왔다. 무슨 종합건물 같은 곳이었고 외부 표지판도 없었단다. 곧바로 중앙현관으로 들어오면 된다던 크리스틴의 말이 떠올랐다. 그러나 현관에 붙은 안내판을 보았지만 수영장이라는 대목은 없었다. 종종걸음으로 내 옆을 지나가는 한 아이를 붙잡고 물었다.

"잠깐만, 수영장으로 가려면 어떻게 해야 하지?"

아이가 멍한 표정으로 나를 보더니 아무 말도 하지 않는 거야.

"이 학교 학생이야?"

다시 물었더니 아이가 마지못해 머뭇거리며 대답했다.

"예, 그런데 우리 학교에는 수영장이 없어요."

얼른 크리스틴에게 전화했다.

"여기에는 수영장이 없대. 켄우드 중학교에 가야 한다는데?"

"난 모르겠어. 아까 분명히 레이크빌 사우스라고 쓰여 있었단 말이야. 얼른 서둘러. 매슈 경기 놓칠라."

다시 알아보니 켄우드 중학교였다. 정말 머리끝까지 화가 나더구나. 그 사이 매슈의 경기가 끝나버렸다. 때맞춰 마트에서 간 붕대가 다시 새기 시작했지. 한편으로 길을 잘못 가르쳐준 크리스틴에게 화가 났지만 그녀에게 화를 내는 내 자신에게 더 화가 났어. 나 자신 말고는 책망할 사람이 없다는 걸 알고 있었거든.

세상을 향해 화풀이라도 하자는 듯 집을 향해 마구 차를 몰았단다. 매슈가 열심히 준비한 수영경기도 못 봤고, 고약한 냄새를 풍기는 따뜻한 담즙이 계속 바지 속으로 흘러 들어가 이제는 사타구니까지 흠뻑 젖어버렸어. 옷을 입은 채로 천천히 소변을 눈 것 같은 기분이었지만 도저히 어찌할 도리가 없었단다. 붕대도 더는 없었고 패스트푸드점 냅킨도 남은 게 없었어. 그런데 갑자기 후면경으로 붉은색과 파란색 불빛이 번쩍거리는 게 보이더구나.

'이보다 더 나쁠 수는 없다고 생각했니, 웨버? 잘했어, 이 바보야.'

"면허증과 차량등록증 주십시오."

주 경찰관이 운전석 옆으로 다가와 예의 바르게 말했다. 나는 그에게 면허증을 건넸어. 곧바로 이라크전 면허판과 뒷좌석 군복을 알아보고 경찰관이 묻더구나.

"현역 군인이십니까?"

"예, 그렇습니다."

그는 신분증을 돌려주며 내 곁으로 바짝 다가왔단다.

"등록증은 됐습니다. 제가 왜 자동차를 세웠는지 아십니까?"

"예, 과속하고 있었습니다. 과속하는 줄, 알았어요."

검손하되 불쌍하게 들리지는 않는 말투로 말했다. 변명의 여지가 없었고 변명을 할 생각도 없었으니까. 그가 계속 물었다.

"왜 그렇게 서둘러 가십니까?"

"끔찍하게 엉망인 문제가 생겨 빨리 집에 가야 합니다."

"무슨 문제입니까?"

나는 웃으며 대답했단다.

"과속을 하다 걸린 입장에 이렇게 말하면 뻔뻔스럽게 들리겠지만, 경관님이 물어보니 대답하겠습니다."

나는 셔츠를 들어 올려 프랑켄슈타인 같은 내 배를 보여주었다. 그의 얼굴이 마트 화장실에서 만난 직원처럼 변하더구나.

"도움이 필요하십니까? 운전은 할 수 있으세요? 제가 모셔다 드릴까요?"

"참담해 보이겠지만 솔직히 괜찮습니다. 다만, 상황이 엉망이 되어가서 빨리 집에 가야 할 것 같아요."

그가 짐짓 가벼운 말투로 말했단다.

"마음 편하게 먹고, 저를 봐서라도 속도를 늦춰주세요, 아시겠습니까?"

그가 덧붙였다.

"그리고 나라를 위한 복무에 감사드립니다."

아버지에게
전해주오

모든 눈물이 슬픔이나 절망의 눈물은 아니란다. 때로는 주체할 수 없는 자랑스러움과 기쁨의 눈물이 솟구치기도 하는데, 영혼을 위한 강장제 같은 것이 있다면 바로 그런 느낌일 거라고 굳게 믿는다.

매슈는 수줍음이 많고 조용한 신입생이었다. 태어날 때부터 줄곧 이어진 성격이었지. 뭐, 적어도 우리 옆에 있을 때는 말이야. 2010년 8월, 내가 큰 수술을 받고 나서 몇 달 후에 너는 학교 합창단에서 솔로를 뽑는 데 자원했다고 했지. 크리스틴과 나는 네가 그냥 합창단에 들어가려고 한다는 말인 줄만 알고 그냥 흘려듣고 말았단다. 몇 주 후 학교에서 집으로 돌아온 네가 뒷마당에서부터 소리를 질렀지.

"아빠! 저 솔로로 뽑혔어요!"

나는 크리스틴에게 말했단다.

"저 녀석 진지한데? 대체 무슨 일이 벌어지고 있는 거야? 당신은 저 녀석이 손발 오그라들게 혼자 노래하는 모습을 볼 수 있을 것 같아?"

크리스틴이 웃으면서 말했단다.

"아니, 정말 흥미로운데?"

물론 우리는 네가 그만한 능력이 있다고 믿었지만, 평소 네가 집중조명을 쫓아다니는 성격이 아니었잖니. 우리는 야망 넘치는 신입생이 노력 점수만 A를 받는 모습을 볼 거라고 기대하며 합창단 공연에 갔다. 놀랍게도 네 목소리는 낭랑했고 피아노 연주와 완벽한 조화를 이루더구나. 우리는 너에 대해 새로운 사실을 알게 된 거야.

몇 달 후 너는 또 노래를 하게 되었지. 이번에는 지난번보다 마음의 준비가 되어 있었지만 여전히 의구심이 들었단다. 프로그램 팸플릿을 보니 너는 학교 대표 합창단원 마크를 달고 있었고 또래가 뽑은 가장 훌륭한 단원 세 사람 중 하나더구나. 우리에겐 두 가지 사실 모두 금시초문이었지. 팸플릿을 보며 놀라는 사이 어느새 공연이 시작되었단다.

네가 부를 노래 제목은 〈아버지에게 전해주오Tell My Father〉라고 적혀 있었어. 처음 듣는 노래였지. 너는 조화롭게, 그리고 나로선 처음 보는 자신감과 풍부한 감정을 불어넣어 노래했다.

"아버지에게 전해주오. 이 아들은 결코 달아나지 않았다고, 굴복하지도 않았다고."

눈물이 터져 나왔다. 숨을 고르기가 어려울 정도였어. 너는 계속해서 명예롭게 가족의 이름을 달고 다녔다고, 우리 모두 '살아가는 동안' 우리가 행한 것들로 평가를 받기 마련이라고 아름답게 노래했단다. 곧 나머지 합창단이 가세해 노래했고 노랫말 한 줄 한 줄이 내 마음을 뒤흔들었다. 남북전쟁 당시 한 군인의 이야기를 담은 노래였어. 지금 내가 입은 군복과 똑같은 푸른색 군복을 입고 자신의 아버지를 향해 필요한 희생을 치러서 사나이가 되었으니 자기 때문에 울지 말라고 말하는 내용이었단다.♦ 너도 간간이 우리 쪽을 바라보면서 벅찬 감정으로 우렁차게 노래하는 게 보이더구나. 노래 뒤에 숨은 의미를 너도 진정 이해했던 거니?

너의 노래에는 내가 암 진단을 받은 후 너에게 들려주었던 말과 생각이 많이 담겨 있었다. 미지의 것을 맞아 강인한 용기를 발휘하라고, 살면서 행동으로 평가받으라고. 게다가 넌 당연히 이 아빠의 군대를 향한 열정을 알고 있겠지만 남북전쟁에 대한 지극한 관심도 알고 있었던 거냐? 아니면 그 주제는 단지 우연이었더냐? 넌 항상 감정과 생각을 잘 드러내지 않았고 특히 나의 암에 대해서는 침묵을 지켰는데, 그 노래를 통해 내게 너의 생각을 직접적으로 전달하고 있다고 굳게 믿고 싶었단다.

마지막으로 네가 언젠가 우리가 다시 만날 날에는 남자로서 명예롭게 만나자는 대목을 불렀을 때, 내 가슴은 또 한 번 벅차올랐다. 그게 공연 마지막 노래였단다. 네가 절제된 표정을 하고 조용히 내게 다가왔을 때 나는 어떻게 해야 할지 알 수가 없었단다. 그저 아무 말 없이 다가가 널 내 품으로 꼭 끌어안았지. 다시 눈물이 걷잡을 수 없이 흘러나오더구나. 너도 내 품에서 조용히 몸을 들썩이며 우는 게 느껴졌다. 넌 조금 더 힘을 주어 날 끌어안으며 말했지.

♦ 매슈의 공연은 www.tellmysons.com에서 볼 수 있다.

"사랑해요, 아빠."

당황해서 웃음이 터져 나왔다. 네가 그런 말을 그런 감정으로 하는 것은 한 번도 들어본 적이 없었거든. 다시금 목이 메었다. 나는 애써 분위기를 가볍게 해보려고 했다. 우리 둘 다를 위해서 말이야.

"맙소사, 무슨 노래를 하듯이 말하는구나."

"맞아요, 아빠."

지난 2년간, 내 온라인 일지를 애독한 수많은 독자들이 눈물을 달고서 웃어서 미안하다고 사과했단다. 그러나 나는 그야말로 맥아더가 말한 '최적 지점'이라고 생각한다.

울음과 웃음에는 다 때와 장소가 있단다. 그리고 역경이나 심지어 죽음을 맞아 어떻게 울고 웃을 것인가를 아는 것은 어렸을 때부터 갈고닦을 가치가 있는 기술이다. 웃는 아기를 보면 우리 기분이 어떻든 반드시 웃음이 나오고 마음이 따뜻해지지 않니? 엔도르핀은 저절로 생기지 않아. 웃음의 기폭제를 찾아야 한단다.

너희가 슬퍼할 때나 화가 났을 때, 아빠가 웃겨주던 때를 기억하니? 내가 너희 입을 열려고 애쓰면 너희는 웃음이나 미소가 새어 나오지 않게 입을 꼭꼭 막고는 했지. 너희는 웃지 않으려고 했어. 다들 울게 놔두는 게 훨씬 더 쉽다고 생각하는 것 같더구나. 하지만 웃게 놔둘 때 어떤 일이 벌어지는지 한번 보렴.

앞으로 좋은 삶을 살게 된다면, 눈물이 날 때까지 웃을 일이 여러 번 생길 거야. 또 웃음이 날 때까지 울 일도 여러 번 생길 거란다. 결국 웃음과 울음은 낯선 사이가 아니라 사촌에 가까워. 웃음도 울음도, 인간이 자신의 삶을 사랑하기 때문에 찾아오는 반응인 거고 그 사람이 얼마 만큼 솔직한가를 보여주는 거야. 너희가 살아가면서 온갖 종류의 눈물과 웃음을 수없이 겪게 되길 바란다.

8 가슴속 열정

"평범한 삶을 너희만의
비범한 방식으로 바꾸어라"

tell my sons

동정심과 슬픔보다는
희망과 사랑을

2010년 11월. 첫 암 진단과 함께 삶을 뒤흔들어놓은 대수술을 받고
단 석 달 만에, 미네소타 바이킹스의 풋볼 경기에 모인 64,000명
관중 앞에 서는 영광이 찾아왔단다. 군복을 입고 운동장 한가운
데 서 있는 내가 꽤 애처롭게 보였겠지만, 속은 훨씬 더 나빴다.
군복 밑의 내 모습은 기차 충돌사고를 입은 모양새였다. 59킬로
그램까지 빠진 앙상한 몸으로는 서 있기도 힘들었어. 이 대규모
위로파티에서 대체 나는 무엇을 하고 있단 말인가?
　　장내 아나운서가 짤막하게 내 군 경력을 발표했고 나를 고향
미네소타의 영웅으로 추앙했다. 여기저기서 박수갈채가 들려왔
다. 이어서 아나운서는 내가 그해 여름 퍼트레이어스 장군에게
발탁되어 아프가니스탄에서 함께 일할 계획이었지만 몇 주 만에
4기 암을 진단받았다고 설명했다. 관중석이 숙연해졌다. 계속해
서 암 진단 이후 내가 발휘한 인내심과 태도를 설명했고 크리스

틴과 너희를 소개했으며 마지막으로 로마 콜로세움에서 검투사를 소개하듯이 큰 소리로 내 이름을 외쳤다. 그러자 관중이 일제히 일어나 박수로 환호했다. 내 앞에서 눈물을 훔치는 사람들의 얼굴이 똑똑히 보였다. 아나운서가 관중석을 향해 나를 중령으로 진급시켜야 한다고 외쳤다.

그날 비디오를 보면 환호성이 너무 커 아나운서가 하던 말을 멈추는 장면도 보인단다.♦ 열 살이었던 노아는 경기가 끝나자 이렇게 물었지.

"아빠 얼굴이 내내 울 것처럼 보였어요. 왜 그렇게 슬퍼한 거예요?"

"암에 걸렸다고 영웅이 될 수는 없기 때문이야. 그런데 암에 걸리지 않았더라면 아빠는 그 자리에서 설 수도 없었을 거거든."

바이킹스 풋볼 경기에 대한 내 생각, 그리고 다른 사람에게 내 사연이 지니는 의미를 바꿔 생각해보라고 설득한 사람은 미네소타의 목사이자 좋은 친구인 존 모리스John Morris였다. 그는 그날 내가 받은 헌사는 중요한 풋볼 경기의 '포스다운fourth down(공격팀이 공격권을 갖는 4회의 다운 중 마지막 다운 — 역자 주)'과 크게 다를 바가 없다는 사실을 깨우쳐주었단다. 관중들이 보낸 열정은 그동안 내가 성취해온 것들만을 향한 게 아니라, 여전히 극복할 가능성이 있는 것들에 대해 시들지 않을 나와 그들의 희망을 향한 것이기도 했어. 동정심이나 슬픔이 아니라 희망 그리고 다른 인간을 향한 사랑이었던 거야. 그들은 이렇게 말하고 있었던 거지.

"저 사람이 싸워서 이기는 모습을 꼭 보고 싶어!"

혹독하고 잔인한
현실과의 조우

2012년 5월, 풋볼 경기장에 선 지 18개월 후 나는 훨씬 더 쇠약해지고 나빠졌지만, 아직 살아 있다는 사실에 대해 기적과도 같은 경이로움과 예기치 못했던 삶의 기쁨과 감동을 느낄 수 있었단다. 경관영양을 중단했고 미네소타 주방위군 최초의 전략소통계획 집필을 마감했으며, 우리 집 정원의 꽃이 일제히 만발했다.

여전히 복부에 '총알구멍'이 보였고 늑골과 간에 카테터가 관통하고 있었지만, 통증과 성가심이 참을 만해진 지 오래였다. 심지어 한 달에 한두 번꼴로 찾아오는 패혈증도 점점 익숙해지고 있었어. 내 몸은 이제껏 경험한 서른 번 정도의 사건을 통해 효과적으로 싸울 준비를 마친 것만 같았지.

전승기념일에 '총알구멍'에 약간의 문제가 생겨 병원에 가게 되었다. 에레월드 박사가 서둘러 엑스레이를 찍더니 진료실로 우리를 부르더구나. 화면에 얼굴 특징처럼 이미 익숙해진 내 복부 이미지가 떴다. 총알구멍은 아무것도 아니었단다. 가장 먼저 눈에 들어온 것은 간에 생긴 커다란 종양이었어. 은화 크기만 했던 게 두 배로 커져 있더구나. 그리고 다른 열다섯 개의 종양 가운데 두 개가 눈에 띄게 '잠에서 깨어나' 있었다. "10년을 사는 사람도 있지만, 1년도 못 사는 사람도 있습니다." 그 말이 떠올랐다. 이번 소식은 처음 암 진단을 받았을 때만큼이나 충격적이었단다.

즉시 새로운 화학요법을 시작했지만 시작부터 난관에 부딪혔다. 피부와 눈이 노랗게 변했고 온몸이 가려웠으며 소변 색깔이 붉은빛으로 변하고 호흡곤란이 자주 찾아왔고 내내 피곤했다. 간이 심각한 스트레스를 받고 있다는 징후였다. 등에 카테터를 꽂아 오른쪽 폐에서 다시 액체를 뽑아내야 했다.

2010년 가을처럼 전투진지 전체가 괴멸되고 포위당할 거라는 생각이 들었단다. 과감한 선전포고의 희망은 사라지고 없었다. 진짜 전투처럼 혹독한 현실이 나를 위축시켰어.

직장에서 나는 영원히 손을 떼기로 마음먹었단다. 우리는 흔히 이렇게 말한다. '사병과 장교는 왔다가 가지만 군대는 영원하다.' 군인이라면 누구나 군대를 떠날 날이 찾아온다. 다만 내가 바랐던 대로 되지 않았을 뿐이지.

끝내려고 했느냐고? 작은 비밀을 하나 알려주마. 군대는 끝내거나 퇴각하지 않는단다. 절대로. 군대는 제도를 약간 속이려고 우리만의 언어를 만들어냈다. 우리는 '통합'하고 '재편'하고 '작전 역수행'을 하지만 절대로 '끝내거나 퇴각하지' 않는다. 작전 역수행과 퇴각의 차이가 뭐냐고? 태도란다.

만약 타이타닉호에 육군 대대가 타고 있었다면, 선택의 여지가 전혀 없을 때도 나는 곧바로 뛰어들어 갑판 위 의자들을 재배열하라는 명령에 몰두했을 것이다. 부정적인 생각도 긍정적인 생각도 아니란다. 배가 가라앉는 마당에 내 태도는 실제로 보기 흉할 수도 있을 것이다. 하지만 나는 그저 뭔가를 하는 게 더 좋다. 사실 아무것도 하지 않는 법을 더는 알지 못하기 때문이다.

아들과 함께한
처음이자 마지막 듀엣

2012년 6월, 아빠의 건강이 점점 나빠지면서 처음처럼 너희와 허심탄회한 대화를 나누지 못하고 있구나. 너희는 새로운 소식을 완전히 부정하더구나. 크리스틴과 나는 잠깐 눈물을 흘렸지만, 곧바로 그녀는 나처럼 고집이 센 사람은 간 없이도 살아가는 최초의 인간이 될 수 있을 거라고 당당히 선언했단다. 그런데 너희도 크리스틴처럼 아빠는 어떤 일이 있어도 넘어지지 않을 거라고 생각하는 것 같아. 그러나 아빠도 넘어진단다.

2010년 가을 이래로 심각한 사태가 벌어졌을 때 구체적으로 어떻게 할 것인지에 대해 이야기를 나눠본 적이 없지. 이제 그럴 때가 왔는데 너희는 모두 거부했단다. 매슈, 넌 가장 나이가 많으니까 나의 일차적인 공략 대상이었고, 난 어떻게서든 대화를 시작할 기회를 엿보았지.

6월 1일 군에서 병가를 받았을 때, 이미 6월 14일 군 탄생 237주년을 기념해 미네소타 역사센터에서 연설을 하기로 예정되어 있었지. 나는 연설 주제를 고민하고 있었단다. 희생? 명예? 결단력? 겸손? 매슈, 네 생각으로 마음이 어지러운 가운데, 역사적으로 군인들의 희생과 봉사정신에 대해 깊이 생각해보았단다. 상상할 수 없는 역경을 헤쳐나가는 자랑스럽고 진실한 역사, 그러나 남북전쟁만큼 모순이 가득한 역사 말이야.

듀엣이었다.

그 생각이 번뜩, 그리고 강렬하게 머리를 스치자 나는 생각을 정리하기도 전에 키보드 앞에 앉아 울었단다. 노래는 매슈 너의 의사소통 방법 중 하나였잖니. 게다가 1년 전 네가 솔로로 불렀던 그 노래는 우리 두 사람의 요구를 모두 충족시켜주었다. "내전에서 싸우고 살아남기. 죽어간다는 것. 푸른색 군복. 중요한 메시지를 전달하기. 절대 끝내지 않기. 사랑." 가사의 거의 모든 것이 나에게 너에게 또 끔찍한 순간에 처한 우리 모두에게 많은 것을 말해주고 있었단다. 게다가 군대에게 신병에게 바치는 완벽한 찬사였지. 더욱이 그날은 '아버지의 날'이었다.

네가 낯선 청중 앞에서 죽어가는 아버지와 폭발적인 감성의 노래를 함께 부르겠다고 기꺼이 동의했을 때, 나는 우리가 '미친' 유전자를 공유하고 있음을 비로소 알 수 있었단다.♦ 공연을 마치고 책을 써야겠다는 생각이 들더구나. 우리로선 현재의 삶을 말하는 게 어려운 일이지만 너희는 미래가 궁금할 것이고, 그렇다면 직접 대화를 나누지 못하더라도 이 책이 차선책이 되어줄 거라고 믿었다.

네 번째 항암치료,
그리고 새로운 이야기

2012년 7월, 신장암 치료를 위해 네 번째 화학요법을 시작했다. 그 주에 뎀프시 장군의 사무실에서 연락이 왔단다. 2년 전 그와 내가 각자 암 진단을 받았던 주이기도 했어. 뎀프시는 후두암을 이겨냈을 뿐 아니라 미 육군 최고위직에 올랐고, 진급하고 몇 달도 안 되어 오바마 대통령으로부터 전 미군에서 가장 높은 지위인 제18대 합동참모본부 의장으로 임명되었다.

그는 일정만 허락하면 아내와 함께 미네소타로 와서 나와 크리스틴의 봉사정신에 경의를 표하고 싶다고 했다. 8월 16일이 다가오자 제10대 합참의장 잭 베시 장군도 참석의사를 알려왔다. 뎀프시가 350명의 친구들과 가족들 앞에서 우리가 함께 일했던 날들에 대해, 또 내 인성에 대한 개인적인 평가에 대해 연설하는 걸

♦ 연설과 공연은 www.tellmysons.com에서 볼 수 있다.

듣고 있자니, 꼭 내 장례식 추도사를 듣는 것 같더구나.

웨버 중령은 저에게, 삶의 가장 위대한 가치는 자신이 추구하
는 바를 행하면서 살아가는 것임을 가르쳐주었습니다. 스스로
부여하고 묵묵히 실천해온 대의명분을 통해 자신의 모습을 완
성해나가는 게, 바로 삶이라는 것을 말입니다. 그리고 여러 면
에서 평범한 삶을 비범한 방식으로 살아가는 것이 더욱 높은
이상을 추구하는 삶이 될 수 있음을 깨우쳐주었습니다. 저는
언제나 마크 웨버가 가르쳐준 그 교훈들을 기억할 것입니다.♦

제16대 합참의장 페이스 장군은 직접 참석하지는 못했지만 메
시지를 보내주었다. 그는 내 일과 전투에 대한 자신의 생각을 요
약하면서 작은 농담으로 마무리 지었단다.
"유명한 말을 빌리자면, 제길 정말 잘하잖아!"
당시 CIA 국장이었던 퍼트레이어스도 쪽지를 보내왔다.
"2년 전, 자네를 아프가니스탄행 비행기에 태울 뻔했던 이후로
자네가 개인적으로 용감하게 전투를 치러왔음을 알고 있네. 자네
의 용맹과 근성에 진심으로 감동했네."
물론 거물들의 칭찬을 받고 우쭐하기도 했지만, 동시에 군에서
평생 해온 것을 앞으로도 계속해야 한다는 책임감을 느꼈단다.

━━━━━━
♦ 뎀프시 장군의 연설과 그에 대한 나의 소감은 www.tellmysons.com에서 볼 수 있다.

어쩌면 죽는 날까지 해야겠지. 그래도 좋았다. 에릭 그레이텐스가 말했듯이 임무는 계속된단다. 그리고 '아웃워드 바운드'의 친구들이 말했듯이 배를 띄울 수 있는 한 출범기는 언제나 펄럭여야 한다.

이 책을 독자들과 공유해야 한다고 나를 계속 설득하면서 모리스 목사는 다음과 같이 자신의 생각을 정리해주었단다.

우리는 매일 전쟁과 살인 등 좋지 않은 소식들의 폭격을 받습니다. 거기에 인간이 각자 맞닥뜨리는 온갖 어려움까지 더해지면 우리 모두 영감이 필요하다는 생각이 별로 놀라운 일도 아니지요. 문제는, 그 가운데 가장 영적인 사람들조차 자신의 이야기를 공유하려 하지 않는다는 겁니다. 그들은 매일 자신의 몫을 살아가고 결단력과 참을성과 용기를 발휘하며 최선을 다해 눈앞의 삶을 대면할 뿐입니다. 그런 사람들이 자신의 이야기를 공유해 남들에게 영감을 심어주면 좋겠습니다. 당신이야말로 그런 이야기를 지니고 있으므로 반드시 사람들과 공유해야 합니다.

인생의 뷰퍼드를
만났을 때 필요한 것들

2012년 11월, 누구나 시계가 째깍째깍 돌아간다. 그러나 내 시계
는, 우리 귀에는 들리지? 우리에게 내일은 어떤 일을 가져다줄
까? 맥아더가 살아 있다면 경이감, 결코 시들지 않는 미래를 향
한 희망, 삶의 기쁨과 감동 등 이전 장에서 말했던 덕목을 너희가
충분히, 자연스럽고 우아하게 받아들일 거라는 내 생각에 기꺼이
동의하지 않을까. 나는 그 교훈들을 받아들였고, 아직 탐색과 발
견을 끝내지도 않았단다. 아직 질문을 끝내지 않았다. 배움도 끝
내지 않았다. 왜냐하면 내가 아직 살아 있기 때문이야.

　자초한 것이든 아니든 고통과 괴로움은 단지 너희의 여정에 무
례하게 끼어든 게 아니라 그 여정의 목적 중 하나이기도 하다는
것을 알려주고 싶구나. 너희 삶의 뷰퍼드를 무시하거나 제거하려
들지 마라. 그게 가능하더라도 말이야. 할 수 있는 동안 최선의 노
력으로 뷰퍼드를 대면해라. 용기와 정직, 자부심과 겸손, 모험심,
타인을 향한 사랑, 상상력, 지혜, 진지함, 감정표현 등은 편안하고
달콤한 순간이 아니라 뷰퍼드를 만났을 때 필요한 것들이란다.

　내가 내 삶의 어떤 것을 마침내 진심으로 자랑스러워하게 된다
면, 내가 아는 방법으로 이 세계를 솔직하게 탐험하는 동안 끊임
없이 반문하고 지속적으로 탐색하며 기꺼이 투쟁해왔다는 뜻이
리라.

너희도 그렇게 살아갈 것인지 궁금하다면 이렇게 생각해보려무나. 열 살에 배운 지혜를 받아들였다면 오늘은 어디에 와 있을까? 스무 살 혹은 서른 살, 마흔 살에 배운 지혜를 받아들여야 할까? 계속해서 질문을 던지고 자신과 주변 세계에 대한 이해를 넓힐 것인가? 너희도 어떻게 하는 게 좋을지 잘 알고 있을 거야.

그동안 내가 배운 도덕과 생각들을 너희에게 들려주고 몇 가지 제안을 했다.

그러나 너희가 그 무엇보다 중요하게 알아야 할 게 따로 있단다. 매슈, 조슈아, 노아, 너희가 어떤 아이인지 아빠는 아니까, 너희도 이미 알고 있을 거라고 믿어 의심치 않는다.

너희를 정말 사랑한다.

—— 아빠는 항상 너희를 사랑한단다.

지금, 인생의 갈림길에 서 있다면

배우자와 아이들을 자동차에 태워 나들이를 떠나는 모습을 상상해보자. 고속도로가 아닌 구불구불한 시골길로 갈 것이다. 한 번도 가보지 않은 길이다. 일단 시작하면(반드시 시작해야 한다) 속도를 줄일 수는 있어도 절대로 멈출 수는 없다는 게 함정이다.

이제 배우자와 아이들의 눈을 가려라.

죽을 때까지 매일 이 운전을 반복한다.

이것이 나와 크리스틴, 매슈, 조슈아, 노아가 살아온 삶이었다. 나는 운전자니까 일단 출발하면 내 앞에 무엇이 있는지 볼 수 있다. 장애물에 부딪히고 거칠게 회전하고 과속방지턱을 넘고 가파른 오르막길, 내리막길을 달리는 동안 연료와 클러치와 브레이크와 운전대를 직접 느낄 수 있다. 모두 힘든 길이지만 적어도 나는 어디로 가고 있는지 볼 수 있고 통제력도 갖고 있다. 우리는 이 마음 아픈 운전을 계속할 것이다. 내가 죽어서 여정이 영원히 끝날 때까지.

크리스틴과 아이들은 눈가리개로 가린 것보다는 분명히 더 많이 볼 수 있지만 일어나는 일에 대해 전혀 통제력이 없다. 친구와 가족이 무전기를 통해 우리에게 다급하게 말하는 것과 똑같은 말을 할 수 있을 뿐이다. 즉, 어떻게 운전하라는 격려와 충고의 말들 그리고 피할 수 없는 장애물에 대한 슬픔이나 분노를 이따금 분출하는 것.

내 아들들은 다른 사람들이 할아버지를 잃는 나이에 아버지를 잃게 될 것이다. 크리스틴은? 그녀가 느낄 고통과 상실감 혹은 우리가 함께 겪은 역경으로 단련된 사랑의 힘을 어떤 말로 묘사할 수 있을까? 그녀라고 남편이자 아이들의 아버지를, 가장 친한 친구이자 소울메이트라고 부르는 남자를 잃는 게 두렵지 않겠는가? 혹은 현실적으로 아이들의 훈육자이자 집안 수입의 일차적인 원천을 잃는 상실감이 어떻겠는가? 슬픔과 두려움으로는 그 감정을 감히 설명할 수 없다.

"안녕하세요?"라는 말은 우리가 이 여정을 시작한 후로 가장 흔히 듣는 질문이 되었다. 실제로 이 책을 함께 작업한 저널리스트 데이비드 머레이David Murray는 일을 시작한 지 한 달 만에 그 질문을 언급했다. 그는 시카고에서 우리를 처음 만났던 순간을 이렇게 묘사했다.

시카고에서 당신 가족을 만났을 때, 두 시간 동안 분노에 가까운 고통의 창을 들여다보는 기분이었습니다. 당신과 아이들, 크리스틴 모두에게서요. 순간 당신도 여전히 느끼고 있을 게 분명한 불확실성과 두려움과 화를 내 쪽에서 먼저 솔직하게 인정해야 한다는 생각이 들었습니다. 이 책에서 가장 처참하고 가슴을 쥐어짜게 괴로운 대목도 분노에 가까운 그 마음과 미칠 듯한 슬픔, 철저한 두려움과 혼란 그리고 어지럽고 혼돈스러운 현실을 제대로 그려내지 못한다는 것을 당신도 인정했으면 좋겠습니다.

내게 있어 문제는, 데이비드를 비롯한 아주 많은 사람들이 알고 싶어 하는, 가공되지 않은 난폭한 경험을 몇 페이지 안에 완전히 포착할 수는 없다고 생각하는 것이다.♦

여기 쓴 것은 우리가 암과의 싸움을 어떻게 헤쳐나가고 있는지 독자들에게 조금 알려주려는 의도다. 그러나 독자들도 뭔가를 해줘야 한다. 이런 건 어떨까 하는 상상을 잠시 내려놓고, 여기서 내가 말하는 것들이 정말로 그렇다고 믿어줘야 한다. 나는 상상과는 도저히 경쟁할 수 없으니까.

우리 가족은 각자 조금씩 다르게 이 상황을 견디고 있다. 어떤 게 더 좋고 나쁜가, 어떤 방식이 효과가 있고 또 없는가를 판단하기보다는 그저 내가 목격한 대로 들려주고 싶다. 조슈아는 원래 제 감정과 생각을 많은 사람들과 나누지 않는다. 늘 그 순간에 충실하고 때로는 한 발자국도 더 나가려고 하지 않는다. 그 나이에

♦ 그러한 묘사에 가장 가까운 것이 나의 저널 www.caringbridge.org/visit/markm weber 이다.

신조라는 게 있다면 아마 "그건 그때 가서 생각하자" 정도가 될 것이다.

어느 날 아침 6시 무렵 부엌에서 커피를 마시고 있는데 조슈아가 아래층으로 내려와 '레이지보이' 소파에 함께 앉으면 안 되냐고 물었다. 매슈가 아기였을 때부터 있었던, 내가 좋아하는 소파였다. 나는 녀석을 품에 앉고 소파에 몸을 묻었다. 그리고 녀석이 어렸을 때부터 이따금 그랬던 것처럼 부둥켜안고 코를 비비댔다.

나는 녀석을 안고 몸을 앞뒤로 가만가만 흔들면서 암이 가져올 결과에 대해 솔직히 말했고, 녀석이 내게 얼마나 소중한지, 내 기분이 어떤지 들려주었다. 그리고 눈가가 촉촉해진 채로 녀석에게 기분이 어떠냐고 물었다. 녀석은 마치 우는 것처럼 몸을 들썩였다. 그런데 얼굴을 내려다보니 킥킥거리는 게 아닌가! 솔직히 나는 기분이 조금 상하기까지 했다.

"조슈아! 아빠가 엄청 심각한 이야기를 하고 있는데, 어떻게 웃을 수가 있어?"

조슈아는 당황한 것처럼 보였지만 대답을 하면서도 계속 킥킥거렸다.

"아빠 입 냄새가 고약해."

노아는 매우 다르다. 온몸으로 제 감정을 드러내고 마음속에 생각이 떠오르면 곧바로 질문을 던진다. 녀석이 던진 가장 절박한 질문은 내가 떠나고 나면 어떻게 될 것인가에 관한 것이었다.

집을 팔아야 할까? 학교를 옮겨야 할까? 불과 몇 달 전, 세 번째 화학요법이 실패했을 때 노아는 무표정한 얼굴로 크리스틴에게 이렇게 물었다.

"그럼 새 아빠가 생겨요?"

크리스틴은 이렇게 대답했다.

"아니, 우리는 고양이 한 마리를 더 키우게 될 거야. 엄마는 고양이 엄마가 될 거거든."

과연 나에 관한 이야기였는지 확신은 안 가지만, 어쨌든 노아는 그 대답에 만족했다.

솔직하게 말하자면, 이 책에 소개된 여타 경험들과 마찬가지로 이런 일화들이 '녀석들이 정말 잘 지내는지' 나에게 확신을 주지는 못했다. 그래서 아이들이 다니는 학교의 사회복지사 짐 침니가 조슈아와 노아가 다른 어려운 학생을 도울 수 있게 허락해달라는 부탁을 해왔을 때 조금 놀랄 수밖에 없었다. '도움을 준다고? 우리 애들이?' 짐은 이메일에 이렇게 썼다.

"귀댁 자녀에게서 꽤 놀라운 점을 목격했습니다. 덕분에 저도 많이 변했죠. 둘 사이에는 일종의 동의 혹은 계약이 있습니다. 아이들 말을 빌리자면 노아는 '실질적이고 감정적'이며 조슈아는 '언저리에서 거들고 더 조용한' 게 편하다고 합의를 봤답니다. 둘 다 나이에 비해 의사소통 능력과 역할배정 능력, 전략을 짜는 능력이 놀라울 정도로 뛰어납니다. 간략하게 말하자면 감정이입의 작용이지요."

짐은 사회복지 분야에서 일한 지 20년이나 되었고 경력의 절반을 문제 청소년과 결손가정과 함께하는 데 보냈다. 그 학교에는 군인인 아버지가 거의 2년간 해외 파견근무로 집을 비웠던 3학년 아이가 있다고 했다. 그 아이는 무의식적으로 자해를 하며 강력한 스트레스와 불안감, 좌절감, 학업 집중력 저하 등을 드러내고 있었다. 그 아이를 도와줄 방법을 고민하던 중 여러 선생님들과 전문가들이 조슈아와 노아를 잠정적 멘토로 제안했다.

나로선 고민이 되었다. 조슈아와 노아는 이미 아빠와 두 명의 조부모가 암과 싸우는 무거운 짐을 짊어지고 있었다. 하지만 직업상 다른 사람을 돕는 게 개인적인 부담감을 얼마나 크게 줄여주는지 경험해보았기 때문에 결국 짐의 제안에 동의했다.

아이들은 마냥 행복해했다. 조슈아와 노아는 매주 그 어린 소년을 만났다. 나중에 짐은 이렇게 편지를 써서 보냈다.

"맙소사, 아이들은 정말로 큰 도움을 주었습니다. 놀랍게도 조슈아가 말을 가장 많이 하고 그 아이를 달래주고 편안하게 해주는 모범을 보였습니다. 온정적인 질문을 던졌고 자기 생각을 나누었습니다. 노아도 잘했지만, 그 아이의 노력은 평소 거리낌 없이 솔직한 성격 때문에 충분히 예상할 수 있었으니까요. 아이들은 함께하면서 모두 서로를 치유해주는 것처럼 보였습니다. 학년 말이 다가오자 그 3학년 학생은 점차 안정을 찾아갔고, 누가 자기 말을 들어주고 확신해주기를 바랄 때면 저보다 오히려 조슈아와 노아를 더 많이 찾았습니다. 상호 호혜적인 우정이랄까요?"

짐은 그 2년 동안 완전한 범위의 감정(슬픔, 깊은 비탄, 눈물, 유머, 냉소, 침묵 그리고 기쁨)을 목격했다고 했다. 모든 게 예상했던 바였고 또 정상적이었다.

"두 아이에게도 불만이 있었지만, 언제나 엄마 아빠에게 돌아갔고 자신이 얼마나 사랑받고 있는지 다시 느끼곤 했습니다."

짐은 조슈아와 노아를 만날 때마다 두 가지 속성을 목격할 수 있었고, 그 두 가지는 우리 가정에서 배웠을 것으로 믿는다는 말로 편지를 마무리했다.

"어디에서 출발해 어디에 있고 어디로 가고 싶어 하는지 아는 것, 그리고 절대로 포기하지 않는 것."

❀

매슈는 저만의 범주를 가진 아이다. 십대 청소년으로서 호르몬과 성마른 감정, 여자친구와 운동의 성공과 실패의 혹독함과 전반적인 고등학교 생활과 씨름 중이다. 어떤 한 감정이 어디에서 오는지 정확히 말할 수 있는 사람이 있을까? 매슈는 이 모든 상황에 대해 정확히 어떻게 느끼고 어떻게 생각하는지를 설명하지 못한다. 그래서 그 아이에게 대답을 들을 수 있을 거라고는 생각하지 않는다.

감정이 왜 생겨나고 무엇 때문에 발생했는지에 집중하기보다는, 그 감정을 가지고 무엇을 할 것인가에 집중하는 게 더 낫다고

제안했다. 매슈는 어떤 감정이 느껴지는지 혹은 언제 그 감정을
느끼는지 스스로 통제할 수 없기 때문에 자신의 통제권 아래 있
는 것들, 즉 행동과 환경에 신경 쓰는 게 최선이었다.

특별히 힘들었던 어느 날, 우리는 함께 소파에 앉아 있었고 녀석
은 오래도록 흐느껴 울었다. 마침내 녀석이 분노에 차서 말했다.

"모든 게 제대로 되지 않아요. 전부 다 잘못되어가고 있어요.
정말 엉망이에요!"

매슈는 아빠가 사라지면 삶이 어떻게 될 것인지에 관해 이야기
하는 것을 싫어했고 그 문제에 관해서는 나와도 다른 사람과도
대화를 거부해왔다. 그날은 내가 고집을 부렸다. 우리 둘은 식탁
에 앉아 있었고 크리스틴은 저녁 설거지를 하고 있었다. 나는 컵
에 물을 반쯤 채우고 매슈 앞에 놓으며 말했다.

"이 컵이 네 삶이라고 한번 가정해보자. 누구나 이 부분을 설
명하는 건 꽤 쉬워."

컵의 빈 공간을 가리키며 말했다.

"그래도 괜찮아. 현실을 파악하고 겸손하려면 그래야 하니까.
하지만 이 부분에 무엇이 있을까를 이해하려면 노력이 더 필요하
단다."

나는 물 부분을 가리키며 말했다.

"네 삶에서 물은 무엇이니?"

매슈는 말없이 몇 분간 생각만 하고 있더니, 마침내 입을 열었다.

"난 아프지 않아요."

나는 껄껄 웃음을 터뜨렸다.

"그래, 지금 아프지 않은 건 알지. 그것 말고 지금 네가 지닌 것에 집중해봐. 네가 지니지 않은 것이 아니라 네가 지닌 것을 생각해보자고."

매슈는 계속 식탁만 바라보았다. 곧 얼굴이 불편함으로 일그러졌다. 아무 말도 없었다.

"그럼 정말로 너와 가까운 것부터 시작해볼까? 엄마와 아빠, 우리에게 점수를 매겨다오."

"엄마 아빠는 저를 학대하지도 않고 험하게 대하지도 않아요."

나는 다시 지니지 않은 것이 아니라 지닌 것에 집중해보라고 말했다. 그러자 매슈는 우리가 자신을 위해 어떤 일을 해주었고, 어떻게 사랑하고 보살펴주었는지 줄줄 읊기 시작했다. 심지어 자기 행동 때문에 실망했을 때에도 우리가 변함없이 그렇게 해주었다고. 나는 화제를 바꾸어 물었다.

"여자친구는 어때? 그 애는 영리하고 예쁘고 너보다 2년 선배지만 또래가 아닌 너를 남자친구로 삼았잖아. 그게 너에 대해 어떤 점을 말하는 것 같아?"

그는 어깨를 으쓱하더니 그런 식으로는 한 번도 생각해본 적이 없다고 말했다.

"그럼 지금 해봐."

내 말에도 그는 아무 말 없이 앉아 있기만 했다. 잠시 후 내가 물었다.

"기타는 어때?"

녀석이 고개를 들었다. 좋았어. 그는 기타를 정말로 잘 친다. 그 정도 수준에 도달하기까지 열심히 노력했고, 꼭 지미 헨드릭스가 되어야 제 능력에 대한 자부심을 맛볼 수 있는 것은 아니었다.

"노래는 어때? 또 수영에 기울이는 열정과 노력은?"

"예, 하지만 선배들만큼 잘하지는 않아요."

나는 컵의 빈 부분을 손끝으로 톡톡 두드렸다.

"그래, 네가 지니지 않아서 더 노력해야 할 게 뭔지 아는 것도 중요해. 하지만 그 부분은 충분히 알고 있으니까 우리는 여기에 집중해보자."

손가락으로 물 부분을 가리키며 말했다.

"여기 물 말이야. 뭔가 있는 부분."

마침내 녀석은 수영에서 제가 원하는 수준까지 도달하지는 못했지만 정말로 먼 길을 꾸준히 달려왔다는 사실을 인정했다. 사실 자전거 타기부터 손 글씨까지, 이 아이가 해온 모든 일이 그랬다고 말할 수 있다.

전체 대화가 끝나는 데 25분가량이 걸렸다. 마침내 이야기를 마쳤을 때 녀석이 자세를 살짝 바꾸면서 내 눈을 들여다보더니 슬픔을 뚜렷이 드러내며 말했다.

"힘들어요."

"그래, 힘들지. 하지만 더 많이 해볼수록 더 잘하게 된단다."

✻

물론 크리스틴은, 세세한 이야기나 롤러코스터 같은 사연에 대해서는 나와 비슷하다. 평소 크리스틴의 겸손한 성격을 생각하면 자기 삶의 축복거리에 대해 말하게 하는 게 매슈의 입을 열게 하는 것만큼이나 어려울 것이다. 그녀는 내일에 대한 큰 걱정 없이 솔직한 본능대로 그리고 사적으로 하루하루 잘 살아내는 것으로 충분히 만족해하며 살아왔지.

종교부터 정치, 삶의 의미에 대해 그녀가 어떻게 생각하는지는 포트 녹스Fort Konx(미연방준비은행의 금괴가 보관된 곳으로 철통보안으로 유명하다 — 역자 주)보다 더 보안이 철저하다. 그동안 살면서 역경을 인정하고 자신의 뷰퍼드들을 향해 슬픔이나 화를 표현하는 데 전혀 문제가 없었지만, 그녀는 언제나 작은 취미생활이나 집안일, 세 아들의 양육에 신경을 돌리는 것으로 만족해왔다.

그런데 서른여덟 살에 만난 남편의 암은? 또 부모님이 60대 초반의 나이에 암에 걸린 사실은? 이런 경험을 통해 그녀는 굳게 잠긴 지하실 문을 열 수밖에 없었다. 그녀는 사적인 성격이지만 그렇다고 은둔형은 아니기에 언제 얼마만큼 공유해야 하는가에 대해 균형유지를 무척 어려워하고 있다. 언젠가 속내를 털어놓으며 운 적이 있다.

"남편이 암으로 죽어가고 있는데 웃거나 재미있어도 괜찮은 걸까? 죄책감이 느껴져. 나는 늘 여기 당신과 함께 있어야 하잖아."

나나 그녀의 친구들이 뭐라고 말하는지는 오히려 중요하지 않다. 그녀의 본성에서 그건 잘못이라는 소리가 들려오면, 그녀는 그 소리를 받아들이지. 그녀는 삶이 공평하지 않다는 걸 안다. 자기 혼자만 특별한 역경에 처한 게 아니라는 것도 알지만, 그래도 분노와 좌절감은 매일 그녀의 문을 두드린다. 배수 주머니, 벌어진 상처, 주렁주렁 매달린 온갖 삽입장치 그리고 끊임없이 코를 찌르는 고약한 냄새. 이는 상상 이상으로 마흔 살 남편과 아내에게 진정한 삶의 흥을 앗아가고 있다. 나는 결코 병약자가 아니고 거의 모든 신체활동이 가능하지만, 극적인 결과를 동반하며 완벽하게 비참한 시기가 찾아올 때마다 우리 삶은 반복적으로 크게 흔들린다.

이런 조건과 함께 우리 두 사람은 사실상 하룻밤 사이에 사랑과 헌신의 의미를 바꾸게 되었다. 우리는 마흔 살이 아닌 일흔 살 부부처럼 보였다. 암이 시작되었을 때 우리가 처했던 기본 조건을 생각해보면 비교적 순조롭게 삶의 변화를 겪은 것처럼 보이지만, 어려움이 없지는 않았다. 우리가 18년간 시도해온 처방이 지금도 적용되는 것 같다. 즉, 늘 의사소통하기, 그리고 싸워야 한다면 공정하게 싸우고 품위 있게 화해하기.

크리스틴이 데이비드 머레이가 말한 '분노에 가까운 그 마음과 미칠 듯한 슬픔, 철저한 두려움과 혼란 그리고 혼란스럽고 어지러운 상황의 현실'을 거의 혼자서 짊어지고 살아갈 거라고 생각하면 순식간에 눈물이 흐르곤 한다. 크리스틴의 말을 빌리자면,

"예, 삶은 불공평해요. 하지만 삶의 시련 속에서도 낙담하지 않는 것 같은 가장 친한 친구를, 그리고 내 안에서 가장 좋은 점을 이끌어낼 줄 아는 소울메이트를 잃게 될 것을 안다는 게 조금 더 불공평한 것 같아요. 그 사람이 가끔 날 열 받게 하더라도 말이에요."

※

사람들은 자신의 죽음이 실제로 다가오는 것을 고스란히 지켜보는 게, 즉 천천히 '느린 동작'으로 죽는 게 어떤 기분인지 정말로 알고 싶어 한다. 지금 내 기분? 정말로 솔직히 말하라고? 엿같다. 아름답다. 끔찍하다. 순수한 고문이다. 순수한 기쁨이다. 그리고 조금 무책임한 것 같다. 더 나은 어떤 것 때문에 내 가족을 떠나게 되리라는 것을 알기 때문이었다.

삶이 우리에게 빚진 것은 아무것도 없고 오히려 우리가 삶에 모든 걸 빚졌다고 생각한다면, 그런 삶에는 좋거나 나쁜 모든 것을 경험할 가능성이 완전하게 열려 있다. 죽음도 삶의 한 부분이므로 내 앞에 펼쳐진 이 모든 것을 바라보고 있으면 이상할 정도로 평화롭고 편안한 결심이 선다. 단 하나, 가족을 궁지에 내버려두는 것을 아는 것이 무척 두려울 뿐이다.

우리는 모두 알고 있다. 적어도 들어보았다. 죽음이 한밤중 도둑처럼 우리를 찾아온다는 사실을. 나는 몰래 들어오려는 죽음을 발견했고 2년 동안 그에 맞서 싸워왔다. 이 글을 쓰는 동안 내 마음속에 부풀어오른 분노와 행복과 슬픔, 군인으로서 혹은 이 책을 통해 내 삶과 만나는 당신을 생각하면서 내가 얼마나 좋았는지 당신은 상상할 수 있을지.

누구에게나 죽음은 다가오지만 나는 그것이 정확히 어디에 있는지를 알고 있다. 내 입장에서는, 죽음이 다가오는 모습을 직접 보고 어떻게 해볼 수 있다는 것이 오래 사는 것 다음으로 좋은 일이다. 나는 대여섯 번의 커튼콜을 받았고 사람들의 기대를 충족하지 못한 점에 대해 조금은 죄책감을 느끼기 시작했다. 나의 장례식은 완전히 용두사미가 될 것이다. 이 모든 게 깊은 겸손으로 하는 말이다. 이따금 아래로 손을 뻗으면 어김없이 전선이 잡히는데, 그게 매일 매주의 내 현실이기 때문이다.

언젠가 크리스틴과 암 치료에 관한 사소한 일상에 대해 이야기를 나눈 적이 있는데, 그녀가 갑자기 내 말을 끊더니 내가 죽음을 조롱하는 게 짜증이 난다는 듯 벌컥 화를 냈다.

"당신은 이 모든 게 화나고 절망스럽지 않아? 아니, 이보다 더 괴로운 일이 어디 있어?"

솔직히 나도 정말 화가 난다. 예를 들면, 나도 태도와 기도가 중요하다고 믿지만 사람들이 그게 암의 원인이며 치료법이라고 주장할 때는 정말로 기분이 나빠진다. 또 어떤 일에도 괴로워하지 않는다는 말은 사실이 아니다. 정말 많이 괴롭다. 며칠 계속 기진맥진한 상태로 누워 있어야 할 때마다 정말이지, 몹시 괴롭다. "그래서 뭐?" 화가 날 때나 괴로울 때마다 내가 던지는 질문이다. 어른이 된 후로 이 질문에 대해 내가 찾은 답은 늘 실천하려고 노력해왔던 '평온을 구하는 기도'의 한 대목이다.

> 바꿀 수 없는 것은 받아들이게 해주시고, 바꿀 수 있는 것은 바꾸게 해주시며, 둘 사이를 구별할 수 있는 지혜와 정보를 찾게 하소서.

가능하다면 평온을 구하는 기도에 다음 구절을 덧붙이고 싶다.

> 그리고 앞으로도 계속 더 많은 지혜를 얻어, 바꿀 수 없다고 생각했던 일들을 다시 고쳐보려는 노력을 하게 하소서.

두려움도 겪지만 내게 찾아올 일들에 대한 두려움이 아니라 내가 떠난 후 가족들에게 찾아올 일들에 대한 두려움이 훨씬 크다. 내 신앙은 내가 어디로 갈 것인지를 알려준다. 떠나고 싶지는 않지만 반대편에 무엇이 있을지 볼 수 있게 되어 몹시 흥분된다.

우리 가족은 울고 소리치고 웃으며 이 모든 게 우리에게 어떤 의미를 가져다줄 것인지에 대해 이야기를 나누려고 노력한다. 삶이 원하는 대로 흘러가지 않을 때 우리가 할 수 있는 일이 뭔지, 어떻게 주어진 삶을 살아갈지에 주로 집중한다. 마지막 이유 때문에 나는 훨씬 더 공격적으로 가족 안에서 권위적인 지휘권을 행사하고 변명과 핑계는 잘 참아주지 않는다.

　책에 담긴 어떤 내용이 당신 삶의 끔찍한 일들에 대항하는 처방전처럼 들린다면, 그동안 내가 얻은 최대한의 확신을 담아 모든 게 '실험'이라고 분명히 밝히고 싶다. 늘 말보다 행동이 어려운 법이다. 내가 아는 거라곤 할 수 있는 한 노력해왔다는 것뿐이다. 그러므로 당신도 삶의 어떤 길을 건너려고 한다면, 내 아들들에게(혹은 당신의 아들딸에게) 할 수 있는 한 이 책에 담긴 가치관들을 추구하며 살아가라고 전해주기를.

솔직히 영성을 공공연하게 드러내는 데 약간 알레르기가 있다(그래서 하나님이 당황할까 걱정이다). 그러나 이번만은 예외로 해야겠다. 내 삶에서 처음으로 하나님의 영감을 인정하지 않고 지나가는 것은 옳지 않기 때문이다. 단지 착하게 살라는 영감만 주신 게 아니라 '어떤 일을 위해 착하게' 살라고 영감을 주신 하나님께 감사드린다. 하나님이 의도한 게 분명한 삶을 살 수 있게 내 안에 신앙을 심어준 것에 감사드린다. 하나님이 나를 대신해 내 삶을 살려 하지 않고 지금의 나를 만든 경험들을 면제해주지도 않았다는 게 진정 경이롭다.

내가 살아온 삶이 자랑스럽지만, 영웅 소리를 듣거나 아이들에게 나 같은 아버지를 둔 게 행운이라는 말을 들으면 아내이자 가장 가까운 친구 크리스틴을 보며 황송해진다. 그녀야말로 영웅이다. 내가 군인이자 아버지이자 남자가 될 수 있었던 건 바로 크리스틴 덕분이다. 이 책을 쓰는 것도 일종의 '보너스'였던 것이 암 때문에 그녀와 함께할 시간이 점점 줄어들고 있었지만 그녀가 사랑과 보살핌으로 나를 지지해주었기 때문이다.

나의 부모님 데니스와 일리안에게. 어렸을 때 말썽꾸러기였던 점 죄송해요. 하지만 남자로 컸으니 용서해주세요. 제게 단단한 토대를 마련해주고 지금의 제가 될 수 있게 해주신 점 감사드립니다.

이 책은 존 모리스 목사의 끈질긴 설득과 결단력 덕분에 세상에 빛을 보았다. 1년 전 20년 넘게 써온 일기와 이메일을 정리해 아들들과 나눌 수 있는 몇 가지 중요한 이야기들을 추려냈다. 이 이야기들을 우리 집을 벗어난 곳에서, 다른 아들들과 아버지, 어머니, 딸들과 공유할 수 있는 이야기로 써보라고 확신을 준 사람이 바로 존 모리스다.

처음 이 책을 어떻게 쓸 것인지 고민하던 나에게 매슈와 조슈아, 노아에게 직접 들려주는 식으로 써보라고 격려해준 작가 제이 하인리히에게 감사의 말을 전한다.

2012년 6월 21일 데이비드 머레이에게 이 책의 공동작업 의뢰 건으로 이메일을 보냈을 때, 그는 공손하게 "저는 이 일에 적임자가 아닌 것 같습니다"라는 답장을 보내왔다. 그러나 대화가 거듭될수록 나는 그야말로 이 일에 적임자라고 확신하게 되었다. 정확히 한 달 후 그는 우리와 함께하기로 했다.

그가 마감이 언제냐고 물었을 때 나는 크리스마스 선물이 목표라고 대답했다. 적어도 9월 말까지 초고를 끝내야 한다는 말이었다. 단 두 달 만에. 그는 불가능할 것 같다고 말하며 이렇게 덧붙였다. "날 적임자로 여기다니, 사람을 한참 잘못 봤군요." 데이비드는 내가 살아온 이야기를 죽 듣고 보고 나서, 나 혼자였다면 절대로 찾지 못했을 방법을 찾을 수 있게 적극적으로 도왔다. 그의 허심탄회함, 유머, 객관성, 감정이입 그리고 날카로운 시각은 이 모든 이야기를 '나의 이야기'로 바꾸어낼 수 있게 도와주었다.

처음 이 책을 자비출판했을 때 도움을 준 수많은 분들에게도 갚을 수 없는 감사의 빚을 졌다. 작가 미치 앨봄의 교열담당 케리 알렉산더가 이 책의 교열을 봐주었고, 그것도 무료로 하겠다고 고집했다. 문학자문 짐 코스모도 자문과 함께 우정을 나눠주었다. 비버스 폰드 출판사의 에이미 퀘일은 나를 왕족처럼 대해주었다. 폴 잉글먼은 추가 검토와 편집 등 여러모로 세세한 도움을 주었다. 홀튼 하우스 오디오의 셀 대니엘슨과 스콧 톰센, 트리 오디오 프로덕션의 윈 그로템에게도 오디오북 제작에 쏟아준 너그러운 수고에 감사드린다.

이 세상에 이 책을 선보이는 초인적인 위업을 이룩한 밸런타인 출판사의 편집팀에게도 큰 감사의 인사드린다. 특히 나의 편집자 마크 타바니와 편집보조 베시 윌슨에게, 세심하고도 능란하게 이끌어준 점에 머리 숙여 감사드린다. 리비 맥과이어, 지나 센트렐로, 제니퍼 텅, 리처드 캘리슨, 킴 하비에게 나와 내 책을 믿어줘서 고맙다는 말을 전한다. 마케팅 담당자 퀸 로저스의 속도와 효율성, 개인적인 애정과 일 처리에 경외감을 느꼈다. 또 특별홍보팀 수전 코코란, 데이비드 모엔크, 신디 머레이에게도 감사드린다. 그리고 부차권, 디지털, 법률, 판촉 및 영업 부서 분들에게,

특히 드니스 크로닌, 토비 언스트, 매슈 스왈츠, 로라 골딘에게 감사드린다.

의학박사 티모시 실라프, 에두아르도 에렌월드(오스카), 서브바라오 이남푸디(펠릭스), 존 셍 그리고 가장 탁월한 전문간호사 마리 크레이머는 내게 단순한 의료진 이상이었다. 그들은 내게 가족이었다. 그들의 협업 능력은 다섯 번째 진단을 정확하게 이끌어주었고 내게 지난 2년이라는 귀중한 시간을 선물로 주었다.

지난 18년 동안 내게서 1971년제 은화를 선물 받은 59명의 남녀에게(본인들은 알 것이다), 지금의 나를 만들어주어 고맙다고 말하고 싶다. 특히 세 명의 멘토를 특별히 언급해야겠다. 테리 클레먼스 대령, 짐 배렛 부대주임상사, 데이비드 트루팅 대령은 군 생활 내내 내게는 아버지와 같은 분들이었다. 이 세 분 외에 고마운 분들을 나열하려면 부적절하게 한 분을 꼭 빠뜨리는 실수를 저지르고 말 것이다. 말하지 않아도 당사자들은 알 것이다.

책에 대부분 실명을 사용했다. 존 부스, 데니스 브라이어, 벤 크레이머, 에이버리 제임스, 마이클 번스는 모두 익명이므로 그들의 이야기가 혹시 자기를 가리키는 게 아닐까 생각이 든다면 과대망상이거나 은근히 바라거나 둘 중 하나다.

현역 군인의 신분으로 책을 쓸 수 있게 허락해주신 리처드 나시 소장에게 감사드린다. 저자로서 신분을 밝히고자 계급을 사용하기로 했지만, 책에 담긴 견해는 모두 개인적일 뿐 국방부의 견해와는 상관이 없음을 밝혀둔다.

2010년 10월 전국에서 찾아온 수백 명의 가족과 친구들, 그리고 미네소타 주방위군의 사병들과 상급 지휘관 수백 명이 한자리에 모여 우리 가족을 위해 '진정한 기개'라는 제목의 자선공연을 개최했다. 필요하지 않은 도움은 받지 않으려고 했지만, 여러분이 보내준 너그러움에 대해서는 도무지 무엇을 어떻게 해야 좋을지 알 수가 없었다. 이 책이 그 답의 일부다. 당시 모금된 돈은 이 책의 자비출판 비용과 거의 정확히 일치했고 이후 메이저리그에 진출할 수 있었다.

여러분의 너그러움은 또한 우리 가족이 '진정한 기개' 작전을 받아들이고 앞으로 차차 갚아나가라고 격려하고 있다. 크리스틴과 나는 이 책의 수익금 절반을, 다른 가정의 아들딸이 역경을 극복해 우리가 내 아이들에게 바라듯 풍요롭고 생산적이고 사랑하며 살아가도록 돕는 일에 쓸 것이다.

Tell my sons